遺産相続を放棄します

木元哉多

角川文庫
23182

目次

榊原道山《さかきばらどうざん》
元七星重工総帥・90歳

榊原《さかきばら》トキ
道山の妻・88歳

榊原昌房《さかきばらまさふさ》
道山の長男・66歳

榊原真紀子《さかきばらまきこ》
昌房の妻、失踪・56歳

榊原孝之《さかきばらたかゆき》
道山の次男・58歳

榊原美乃里《さかきばらみのり》
孝之の妻・54歳

榊原勝也《さかきばらかつや》
孝之の長男・25歳

榊原史穂《さかきばらしほ》
昌房の長女・32歳

榊原芳樹《さかきばらよしき》
史穂の夫・33歳

榊原俊彦《さかきばらとしひこ》
昌房の長男・29歳

榊原景子《さかきばらけいこ》
俊彦の妻・29歳

榊原凜《さかきばらりん》
昌房の次女・25歳

佐久間誠《さくままこと》
榊原家執事・60歳

陣内《じんない》
弁護士・68歳

竹中《たけなか》
刑事・57歳

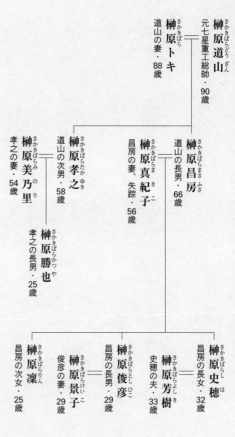

第一章

1

門前でタクシーが止まる。

榊原景子《さかきばらけいこ》は、料金をぴったり渡して、タクシーを降りた。

少し遅れて、夫の俊彦《としひこ》も車を出た。

いつも鈍重に感じられる夫の動き。年寄りみたいに、のっそり動く。

生まれついての金持ちは、けっして急がない。そよ風のように優しく動いて、金も時間もけろっと無駄にできる。きびきび動くのは、たいてい貧乏人である。金も時間ももったいないという根性が染みついているからだ。

二人とも喪服を着ていた。

俊彦の祖父、榊原道山《どうざん》の危篤が伝えられたのは昨夜である。

すぐに駆けつけようとしたが、直後に死亡が伝えられた。急ぐ必要もなくなり、朝になってから家を出た。

麹町《こうじまち》にあるこの榊原邸。浅草寺《せんそうじ》の巨大な門を、富裕層の家庭用サイズに縮尺したような門構えである。この門は、大昔に赤穂《あこう》浪士の映画の撮影で、吉良《きら》邸の門として使われたことがあるという。

門は、貝のように堅く閉ざされている。

景子は、その横にあるくぐり戸から中に入った。

俊彦は、自分の実家なのに、気後れしたように景子のあとをついてくる。初めて幼稚園に連れてこられた人見知りの幼児みたいに。

この近辺も、いつしか高層ビルが目立つようになった。俊彦と結婚したのが二十二歳のときで、七年前になる。そのとき初めて来た。ここ数年だけでも、当時はなかった建物が目につくようになった。

門構えは日本風なのに、敷地に入ると三階建ての洋館がそびえている。レンガ造りで、明治《めいじ》期にイギリス人が設計したものだ。麹町には鹿鳴館《ろくめいかん》をはじめ、このタイプの洋館がまだ残っている。頑丈な造りで、関東《かんとう》大震災でもびくともしなかった。あたりに大使館が多いため、空襲もまぬがれた。

以前は公爵の所有だったが、敗戦で没落し、服毒自殺を遂げたという。そして売りに出された屋敷を、榊原家が購入した。

広い敷地には池もある。かつては優美な日本庭園がここにあったが、今は見る影もない。雑草が伸び放題で、ツタがあちこちにからみつき、ジャングル化している。池はにごって悪臭を放ち、泳いでいるはずの鯉の姿も見えない。

この庭の荒廃ぶりが、榊原家の没落を如実に表している。

飛び石を踏みつつ、洋館入り口に向かっていった。ふと気になって、景子は足を止めて後ろを振りかえった。

俊彦は、まるでカルガモの子供みたいに、あとをついてくる。

俊彦は足音がしない。歩くとき、地面をしっかり蹴《け》らないからだ。地雷地帯を進むように、抜き足差し足で歩く。だから、とても遅い。動きに覇気がなく、いつもぼんやりしている。

幽霊みたいに気配がない。肋骨《ろっこつ》が浮き出るくらい細くて、贅肉《ぜいにく》がない。汗をかかないので、匂いもしない。髭《ひげ》もほとんど生えない。肌は白くてきれいだ。表情が少ないせいで、顔に皺《しわ》ができない。便器みたいにつるつるしていて、脂もないし毛穴も見えない。きめ細かい赤ちゃん肌である。

目は開いているのに、どこを見ているのか分からない。だから何を考えているのか分からない。作り物めいて見えるのはそのためだ。

将来、人間にかぎりなく近いロボットができるとしたら、きっと俊彦みたいな姿をしているだろう。ＡＩが思考し、バッテリーで作動する。合成皮膚をかぶっているが、血は流れておらず、体にも心にも痛点はない。静音設計されていて、基本的に人間の命令に忠実だが、ときおり誤作動を起こす。

それが榊原俊彦という人間である。


俊彦とは大学で出会った。

同い年。四年付き合って、卒業と同時に結婚した。

榊原家は、元七星《しちせい》重工の総帥一族である。総帥とは、七星重工のトップを指す固有の名称で、社長と同義だが、あえて「総帥」などという仰々しい表現で呼ぶあたりがこの会社の性格を表している。

かつては鉄鋼業界で三指に入る大企業だった。最高で一兆円ともいわれる資産を有していた。だが、バブル崩壊後、鉄鋼の需要減少にくわえて、放漫財政と過剰投資のツケがたたって、たちまち逼迫《ひっぱく》した。

最盛期、まるで豊臣秀吉《とよとみひでよし》の聚楽第《じゅらくだい》のごとく本社ビルに金の装飾をほどこしたり、世界の名画を法外な値段で買い集めたりした。汚職で逮捕された悪徳政治家との癒着も噂になっていた。驕《おご》れる平家《へいけ》の滅亡は早い。すでに弱肉と化していた七星重工は、業界再編の流れを受けて、解体・吸収された。榊原家が完全に経営権を失ったのは、道山が総帥だった二十六年前のことである。

俊彦はまだ三歳。当時の記憶はないという。

とはいえ、五百億円の資産は残った。道山と、その長男である昌房《まさふさ》は、榊原家の復興を賭《か》けて、別の事業に乗りだした。だが、それらがことごとく失敗する。資産は目減りする一方なのに、名家のプライドとライフスタイルはおいそれとは変わらない。屋敷での貴族的な生活はあいかわらず続いた。

そのなかで俊彦は御曹司として育った。

そこでは苦労というものが完全除菌されている。欲しがるよりも先に与えられてきたから、飢えがない。自分に危害をくわえるものがない環境で育ち、すべて他人にやってもらうことを自然の摂理みたいに思っている。そのため世間を知らないし、人を疑うことを知らない。

善意と暖衣飽食のなかで純粋培養された、ストレスフリーかつ純真無垢《むく》の好青年である。まるでアホウドリ。

夕飯の時間が来たら、テーブルにつく。A5ランクの料理が出てくる。食べたいだけ食べて、飽きたら残す。その料理を誰が作ったのか、いくらするのかという感覚はない。食べた皿は放置して、自分の部屋に戻り、自由な時間を過ごす。その皿はあとで使用人が洗うのだという感覚もない。

夏休みの自由研究さえ、誰かがやってくれる。

今日だってこのあと葬儀があるというのに、ピクニックにでも行くような服装で家を出ようとした。人が死んだときは、どういう服を着ていくのかを想像する力が根本的にない。なぜなら今日、自分が着ていく服は、使用人が事前に選んでいて、朝にはアイロンがかけられた状態で置いてある環境で育ったからだ。

自分の意志で人生を切り開こうという根性はない。創意工夫は何もできない。困ったときは「どうしたらいい？」と人に聞く。「こうするといい」と助言すると、「じゃあ、やっといて」と他人まかせにする。

そのくせ「努力は報われる」とか、「話しあえば分かりあえる」とか、大人が子供に対してつく嘘っぱちの道徳を素直に信じていたりする。もしかしたら、サンタクロースだって信じているかもしれない。

小早川秀秋《こばやかわひであき》は、こんな人間だったのではないかと思う。秀吉の親類というだけで大名にしてもらえた。実力で勝ち取ったものではなく、すべて与えられたものだけで成り立っている。秀吉が生存中はそれでもよかった。だが、秀吉が死に、庇《ひ》護者がいなくなったら、家康《いえやす》にちょっと脅されただけでパニックになり、突如として支離滅裂な裏切り行為に走ってしまう。

そんな俊彦が、最初に会ったときはとても魅力的に見えた。

大学一年のときである。

こぎれいな顔立ちで、有名ブランドの服を着ていた。いつも涼しげで、屈折したところがない。甘えん坊なのはひと目で分かった。黒目がちのどんぐりまなこが、自分の世話を焼いてくれる女性を求めていた。

今どき珍しい髪型をしていた。タイムスリップして昭和《しょうわ》の床屋で切っているのかと思った。三角定規を使って測ったように直線的に刈り込まれている。古いモノクロの青春映画に出てくる書生の髪型である。

俊彦の特徴は、身なりだけは立派に見えることである。それが上流階級というものなのだろう。物腰が上品で、洗練されている。言葉づかいは丁寧すぎるくらいで、テーブルマナーなど見事なものだ。「できる男」という印象さえ与える。

なにより心が清らかだった。

そこに惹《ひ》かれた。それは景子にはないものだったから。

景子は真逆の環境で育った。

父はバクチ打ちで、結局、離婚した。母は食品工場で働いていたが、高卒女性労働者の賃金は不条理なほど安かった。シングルマザーを支援する国の制度はあってないようなもので、病気になるなど出費があったときは分かりやすく食卓が貧しくなる。絵に描いたような貧困世帯だった。

景子は必死で勉強した。奨学金を借りて高校に行き、土日はバイトした。大学へも奨学金を借りて入った。そのためすでに三百万円の借金があった。バイトを二つ掛け持ちしながらの大学生活がはじまった。

だから俊彦のことがまぶしくて仕方なかった。

金持ちなのに威張ったところがなく、気取りもない。それは小金持ちの特徴であって、大金持ちになると一つ突き抜けるのだと思った。話してみると、普通にいい人だった。憎悪とか嫉妬《しっと》とか、ネガティブな感情をそもそも持っていない。なのに、ぜんぜんモテなかった。

今なら分かる。当時はそれが不思議だった。人間くささや男らしさ、エゴや根性がない。人としてみなぎるものがなく、押し出してくるものが何もないのだ。

女は、たとえイケメンでも、そういう男に魅力を感じない。ずるさ、野望、危なっかしさ、やんちゃさ、そういうところが多少はある男を好む。

今なら分かるのだが、当時は目がくらんでいた。

サークル名簿で、俊彦の住所が分かった。麴町の一等地にある。グーグルマップで調べて、とんでもない豪邸だと分かった。ただ、そのときは元七星重工の総帥一族ということは知らなかった。資産家なのだろうと思っただけだ。

この男を欲しいと思った。

この男は自分にないものをすべて持っている。結婚すれば、それらが自分のところにこぼれ落ちてくる。

今となっては、そのときの気持ちが思い出せない。当時は純粋に、恋をしたのだと思っていた。でも今は、自分が生まれつき持ちえなかったもの、それを欲しいと思う感情さえ抑えつけてきたものが、俊彦と出会ったことによって、まるでパンドラの箱が開かれるように、噴きだしたのだと思う。

景子は、自分でも欲望の強い女だと思っている。五欲のうち、色欲と食欲はさほどない。睡眠欲はほどほど。名誉欲は強い。財欲はさらに強い。恵まれない人生を生きてきた。そのことを恨んでも仕方ないので、心に封じ込めてきた。そこに突然、景子が欲して止まないものを、なんの努力もせず、生まれながらに手にしている俊彦が目の前に現れた。

まさに鴨が葱《ねぎ》を背負《しょ》って来る、である。

自分の容姿がさほど見劣りするものではないという自負はあった。それでも作戦は練った。俊彦はあっさり陥落した。

俊彦は女性と交際した経験がなかった。根が受け身なので、ぐいぐい来られると、よほど嫌いでないかぎり押し切られてしまう。人並みに性欲もあっただろう。しかし育ちがいいので、風俗に行ったり、アダルトビデオを見たりすることはない男だった。自分から告白できるタイプでもない。自分を好きかどうか分からない第一志望より、自分を好きと言ってくれる第二、第三志望を選ぶ。自分を好きでいてくれる女性が好きで、拒絶されることをなにより怖れる。

結局のところ、自分のことが一番好きなのだろう。自分を好きになってもらうには努力がいるが、自分を好きと言ってくれる相手には無条件で優位に立てる。俊彦は、つねに楽なほうを選ぶ男だった。

時間をかけて、好意があることを匂わせた。乱暴なのは苦手だから、強引なことはしない。かといって遠回しだと、感受性が鈍いから伝わらないうえに、不安になって逃げられてしまう。ちょうどいい加減で、距離をつめていく。

そして三ヵ月後。

「付き合ってほしい」

景子のほうから告白した。「僕でよかったら」と俊彦は答えた。

付き合ってみたら、楽な相手だった。

俊彦は月に十万円のおこづかいをもらっていた。デート代はすべて俊彦持ち。甘えん坊だが、基本的にレディーファーストの精神が身についている。「なに食べたい？」とか「どこ行きたい？」と必ず聞いてくる。

難点は、すべてにおいて優柔不断なところである。いちいち了解を求めてくる。やれと言われたことはちゃんとできるが、自分の判断と責任でするのは苦手。口では正論を言うのに、行動は伴わない。競争は嫌いだし、荒っぽいことからはすかさず逃げる。がつがつ何かに取り組むこともない。

飼いならされた、という表現が一番ぴったりくる。

セックスは人並みだった。ただ、自分からしたいとはなかなか言いだせない。性に対してシャイで、本当にもじもじする。だから、そっち方面のことはすべて景子がおぜん立てしてあげなければならなかった。

俊彦は、すべてにおいて言えることだが、行為中も受け身で、工夫がない。こちらから二人きりの状況を作り、キスをせがみ、抱きよせて布団に横になる。幼児の服を着がえさせるように、服をぬがせて、直前にコンドームをつけてあげる。荒々しくされるといやがる。すぐに射精してしまうので、局部への刺激は後回しにする。ソフトに、優しく、挿入に導く。

交際期間中、景子がどれだけ気を使っていたか、俊彦は知らないだろう。

なにせ育った環境が異なるので、景子には理解できないところも多かった。ただ、当時はそれが新鮮で、かわいらしくもあった。景子は逆にすべてをコントロールしたいタイプなので、相性はよかった。

その点では、俊彦は教育しやすかった。景子が「こういうことはしてほしくない」と言えば、けっしてしない。躾《しつけ》のよくできた犬である。この時期は、俊彦を自分好みの男にカスタマイズしていく時期だったともいえる。

大学三年のとき、景子の母が死んだ。

体の弱い人だった。そのうえ無理もした。死因は急性間質性肺炎だったが、その原因はよく分からないままだった。

急に熱が出て、咳《せ》き込み、倒れた。そしてセミみたいにころっと死んだ。そのあっけなさが母らしい。劇的なものが何もない人生だった。

でも、景子なりに母を愛していた。感謝もしていた。悲しかった。でも同時に、これを好機に思う自分もいた。

その時期は、弱々しい女を演じた。

一人でいると不安で眠れない。そんなことを俊彦に訴えて、泣きついたりもした。半分は本当で、半分は演技だった。そうすれば単純な俊彦のことだから、結婚しようと言ってくると思った。

優柔不断な俊彦に、結婚という大きなことを決断させるには、それなりのシチュエーションが必要になる。目の前に弱っている女性がいて、自分を頼っている。責任感がめばえて、結婚しようという気持ちになる。まるで先の読める映画みたいに、俊彦ならきっとそうなるという確信があった。

実際、母の死から三ヵ月後、結婚しようと言ってきた。

これが俊彦の扱い方なのだ。ほめて導いたり、弱いところを見せて頼ったりすると、こっちが望む行動をちゃんと取ってくれる。

籍さえ入れてしまえば、こっちのものだと思っていた。それで景子は榊原家、すなわち大富豪の一員になる。

いま思えば、焦っていたのかもしれない。

リサーチが甘すぎた。俊彦の外見と麴町の屋敷に目を奪われて、圧倒されていた。慎重に考えることができなくなっていた。

景子もまだ、世間知らずの学生だったのだ。

あらためて考えてみれば、俊彦は実家のことを話したがらなかった。ただ、それも金持ちに生まれたことを逆にコンプレックスに思っていて、榊原家のお坊ちゃまとしてではなく、一人の男として見てほしいという、金持ち特有のぜいたくな見栄《みえ》があるからだと思っていた。

景子もあえて聞かなかった。あくまでも俊彦のことが好きで、榊原家の財力に惹《ひ》かれたわけではないという建前を崩したくなかったからだ。

そのときは二人だけで、大学を卒業したら結婚しようと約束した。

そして大学四年に進級した。俊彦は就職活動をしていなかった。そのときにちゃんと聞くべきだった。大学を卒業したら、どうするのかと。

いや、一度だけ聞いたことはあった。「就活しなくていいの？」と。

「大丈夫なんだよ」

俊彦はさわやかな声で、そう答えた。

何が大丈夫なのかは聞かなかった。景子の勝手な解釈で、たぶん榊原家には縁故採用のようなものがあって、親が経営している会社に入るとか、なにか決まっているのだろうと思った。

そのとき俊彦は「日本人とケン玉、そして世界へ」という卒論を書いていた。ケン玉は俊彦の趣味である。実際、全国大会に出場するくらいの技量は持っている。金持ちの道楽だと思っていたが、本人は真剣に取り組んでいた。

一方で、景子は就活していたものの、なかなか決まらなかった。こっちは高望みが原因だった。母の死で生命保険が下りて、借金は片づいていた。小さな会社に入ってもつまらない。一年浪人して、資格でも取るかと思った。どのみち結婚するのだし、すぐに子供もできるかもしれない。

気分はシンデレラである。玉の輿《こし》に乗って、お嫁に行く。すべてを自分に都合よく解釈して、すでに勝ち組のつもりになっていた。

思い込みというものは恐ろしい。

すべてが判明するのは、大学卒業の直前である。

俊彦と結婚することになり、初めて麴町の榊原邸を訪れた。

出てきたのは俊彦の父、昌房だけだった。

母は、俊彦が六歳のときに離婚して以来、生き別れている。他に姉の史穂《しほ》、妹の凜《りん》がいて、祖父母の道山とトキがいることは知っていた。このとき榊原邸で暮らしていたのは、この家族六人と、執事の佐久間《さくま》である。

昌房は、当時五十九歳だったが、妙に老けて見えた。髪も髭《ひげ》も真っ白で、顔に生気がなかった。冬なのに甚平《じんべい》を着ていて、隠居老人のような佇《たたず》まいだったが（実際、隠居していたのだが）、その枯れぐあいが風流人にも見えた。

執事の佐久間が、昼食を用意していた。こっちも初老くらいに見えたが、当時まだ五十三歳とあとで聞いて驚いた。背が低くて、顔が陰気なせいもあるが、とっくに定年をむかえているくらいの年齢に見えた。

やたら長いテーブルの上座に昌房が座った。

用意された昼食は、小さい器に入った天丼とお吸い物である。子供用なのかと思うくらい、量が少なかった。

柱時計の振子が、まるでこの屋敷の心音みたいにずっと音を立てていた。時折、ゴーンと鳴る。それが鳴る時間は不規則で、突然、発作が起きたみたいに鳴る。たぶん壊れていたのだが、放ったらかしのようだった。

奇妙な家だと思った。

「お父様、僕は景子と結婚します」

昼食後、俊彦が言った。父に敬語を使うのが、いかにも上流階級だと思った。

「そうか」

昌房はそれだけ言った。食事中もろくに話しかけてこなかったので、景子にどういう印象を持ったのかは分からなかった。

佐久間が紅茶とチーズケーキを運んできた。

昌房はぼそりと言った。「で、俊彦、仕事はどうするんだ？」

「まだ決まっていませんが、おいおい決めます」

「以前にも言ったが、うちにはもうそんなに余裕はない。また父が、ほら、例の事業、あれが失敗して……」

あとで聞いたことだが、例の事業とはコンゴでの金発掘事業だった。事業とは名ばかりで、要するに詐欺に引っかかったのだ。

「はい、分かっています」と俊彦は言った。

「大学卒業までは面倒を見る。だが、そのあとは……。凜もいるし」

「大丈夫です、お父様。僕のことは心配いりません。景子と二人でなんとかします。愛があれば、なんとかなります」

「そうか……」

「愛のある家庭を築きます、ちゃんと」

この言葉が、愛のある家庭を築けなかった父に対する辛辣《しんらつ》な皮肉だと気づいたのは、だいぶあとになってからだ。

俊彦は自信ありげで、希望に満ちた表情をしていた。

このとき二人は、他にもいろいろ話していた気がするが、意味の分からないことも多くて、あまり覚えていない。大金持ちの家庭には、庶民には分かりえない仕組みがあるのだろうと、そのときは思った。

それより覚えているのは、少し離れたところから、セーラー服を着た女子高生がこっちを見ていたことだった。

俊彦の四歳下の妹、凜である。

来春から美術大学に進学するという話は聞いていた。ちょうど学校から帰ってきたようだった。兄の婚約者の顔を見に来たのだろう。

神秘的な、美しい女の子だった。小顔で、手足など小枝のように細い。なのに弱々しくは見えない。眼光が鋭く、年齢のわりに目が据わっている。アイスピックがどれだけ細くても弱くは見えないように、鋭く尖《とが》ったものはなにかしら強い印象を与える。その先端が、自分に向いたときは特に。

その子と一瞬、目が合ったとき、思わず息を呑《の》んでしまった。

向こうは蛇で、こっちは蛙なのだと思った。丸呑みされるような気がして、本能的に足がすくんでしまった。

色白なのは俊彦と同じで、艶《つや》やかな長い黒髪が背中までまっすぐ伸びていた。コートのポケットに手を突っ込み、首を傾げて一分ほどこっちを見ていたが、やがてそれも飽きたみたいに二階に上がっていった。

その子に気を取られて、昌房と俊彦の会話が耳に入ってこなかった。

たぶん、目がくらんでいたのだ。そのときは俊彦に対して、懐疑の念をひとかけらも持っていなかった。大量の札束をつかんだつもりだったが、それが偽札だとまだ気づいていなかった。

ともかくまだ学生身分である。景子は当時、女子寮にいた。結婚式は挙げず、籍だけ入れて、春までに同居の準備をすることだけ決めた。

「部屋を借りたよ」

その何日後だったか、俊彦は言った。「いいところだよ」と、景子も当然気に入るだろうという顔で。景子に相談はなかった。

その部屋に行って愕然《がくぜん》とした。

足立《あだち》区のボロアパート。ワンルーム。管理費込みで、月五万円。

昭和の路地裏にひっそりたたずむ安普請の建物である。トタン屋根で、雨が降るとボタボタ音が鳴る。ネズミが天井を動きまわる足音がする。右隣の住人は、汚い身なりの男やもめ。酔っ払うと、誰もいないのに架空の誰かに罵声《ばせい》を浴びせる。左隣は、三十代のシングルマザーと子供二人。理由は不明だが、ちょくちょく警察が訪ねてくる。格差社会の闇のような場所だった。

あとで知ったことだが、俊彦はこういう貧乏暮らしに憧《あこが》れていたようだ。

初めてその部屋に泊まった日、夕食はハンバーガーだった。翌日は牛丼である。俊彦はそれまでジャンクフードを食べたことがなかった。小さい器の天丼みたいなものばかり食べてきたのだ。駄菓子、インスタントラーメン、レトルトカレー、そういったものに憧れていた。

だが、景子はそういう暮らしから抜けだしたくて、小さい器の天丼みたいなものを食べたくて、俊彦と結婚したのである。

少しずつ歯車が狂いはじめていた。

このあとに続く結婚生活において、つねにそうなのだが、俊彦は景子に相談もなくすべてを決めてくる。悪気はない。自分がいいと思うものは、妻もいいと思うはずだと信じている無邪気なお坊ちゃまなだけだ。

ともあれ新婚生活がはじまった。

問題は生活費である。大学は卒業したが、俊彦は無職だった。当てがあるような言いぶりだったが、何もなかった。梅雨どきに入り、やっと見つけてきた仕事は「幸運を呼ぶ数珠《じゅず》」を売る仕事だった。

「人を幸せにする仕事がしたかったんだ」

俊彦はその数珠を両手首に巻いて、幸せそうに言った。

俊彦が本領を発揮しはじめたのは、このあたりからだ。

お金がなかった。榊原家は没落の一途をたどっていて、援助を求めるのは無理な話だった。それでも百万円の支度金は出してくれた。その金で当面は生活していた。景子は仕事を探したが、女の就職浪人には厳しかった。正社員はあきらめ、契約社員の仕事に就いた。年収は二百五十万円ほど。

俊彦のほうは歩合制なので、収入はまちまちである。ゼロの月もあった。つまり、その月はまったく売れなかったのだ。さすがに心が折れたのだろう。半年くらいで、その会社は辞めていた。

俊彦はその数珠を売ることで、本当に人を幸せにしたかったのだと思う。でも理想から入って現実が立ちふさがると、根性はないのですぐに逃げる。なのに「喉元《のどもと》すぎれば熱さを忘れる」で、同じことをまたくりかえす。よく分からない仕事を見つけてきては、うまくいかないとすぐにやめる。うまくいかない理由は、創意工夫をしないからだ。つねに正攻法しかない。ストレートをど真ん中に投げて、毎度打たれるピッチャーみたいなものだ。外見はいいので、すぐに仕事を見つけてくるのだが、長くは続かない。それでも本人は気楽なもので、「つまらないからやめちゃったよ」と、習いごとをやめる感覚で仕事を捨ててしまう。

俊彦が唯一、続けているのは、ケン玉の練習だけだ。

俊彦の収入は当てにならないので、景子がなんとかするしかない。生活はつねにギリギリだったが、俊彦は貧乏を苦にしなかった。高級なものには飽きている。ハンバーガーとカレーの夕食がエンドレスに続いても幸せでいられた。一方で金銭感覚はおかしくて、この生活に「それ、必要?」というものを平気で買ってくる。三万円の扇風機とか、五万円のカーペットとか。

離婚はもちろん考えた。だが離婚しても、ワーキングプアの独身女になるだけで、人生が好転するわけではない。俊彦が離婚に応じるとも思えなかった。現実認識をまるで共有できていないのだ。離婚しようと言ったら、俊彦は驚くだろう。「こんなに夫婦円満なのに、なぜ?」と。

避妊だけはちゃんとやった。俊彦も子供を欲しいとは言わなかった。ここ数年は、なんとなくセックスレスになっている。

気づいたら二十九歳。

結婚生活は八年目。もうすぐ三十歳になる。

気分は崖《がけ》っぷちである。この七年で得たものは何もなかった。

俊彦は今の生活に満足なのだろう。

三ヵ月前から、自転車のデリバリーのバイトをしている。だが、これもいつまで続くか分からない。それでも景子は一度も怒ったことがない。怒っても仕方ないのだ。おねしょをした赤ちゃんを叱っても仕方ないのと同じことである。こっちが怒らないから、俊彦は景子が今の生活に満足していると思っているはずだ。夫婦は以心伝心で、固い絆《きずな》で結ばれていると。

そう思わせておくことが大事だった。

俊彦に対して、もう愛情はない。それでも別れずにいるのは、まだ利用価値があると思うからだ。

この七年で、景子はしたたかになった。

今、俊彦はケン玉の練習に熱中している。三ヵ月後に大阪で大会があるのだ。俊彦のバイト代は、その参加費や旅費で消えてしまう。これほどバカバカしい散財はないのだが、それも好きにさせている。

野心は見せない。

榊原家のことは隅々まで調べてある。まだ、チャンスは残っている。

まだ、あきらめていない。

金持ちに対する憧れだけはずっとある。

勝ちたい。勝ち組に入りたい。

そのためのカードが、まだこの手に残っている。

2

景子が先を歩き、遅れて俊彦がついてくる。

屋敷の玄関に立って、ドアベルを鳴らした。しばらくして佐久間が出てきた。

「ようこそ、お越しくださいました」

佐久間も六十歳になった。だが、見た目は七年前と変わっていない。むしろ老けた容《よう》貌《ぼう》にやっと年齢が追いついてきた。

最盛期は八人いたという使用人も、今は佐久間一人である。

「みんな、来てるの？」と俊彦は言った。

「はい、孝之《たかゆき》様も先ほどお見えになりました。凜様は午後に来られると聞いています」

現在、屋敷に住んでいるのは、亡くなった道山、トキ、昌房、史穂とその夫の芳樹《よしき》、そして佐久間の六人である。

着いてすぐ、二階にある俊彦の部屋に行った。俊彦の部屋は学生のころのまま残っている。荷物だけ置いて、道山の寝室に向かった。

ドアが開いていて、そこに親族が集まっていた。

祖母のトキが部屋の隅にいて、車椅子に腰かけている。八十八歳。認知症が進んでいて、夫が死んだことを理解できているのかも分からない。佐久間が介護をしている。つまり佐久間は介護士でもあることになる。そのうえ庭の手入れまではできず、荒れたまま放置されているというわけだ。

道山はやせ細った体で、永遠の眠りについている。享年九十歳。長年、腎臓《じんぞう》をわずらっていた。老衰もはなはだしく、一年前から寝たきりになっていた。

すぐ近くに昌房が立っていて、父を見下ろしている。

俊彦の姉の史穂と、夫の芳樹もいる。結婚して四年になるが、子供はいない。二人はこの屋敷に住んでいて、姓は榊原のまま。つまり芳樹が婿養子になっている。史穂は厚化粧のぽっちゃり体型。いつもあごをしゃくっていて、底意地の悪さが隠しようもないほど、顔や態度からあふれ出ている。芳樹は元バレーボール選手で、長身だが、今は借りてきた猫のように肩をすくめている。典型的なかかあ天下の夫婦で、芳樹が史穂より前に出るところは見たことがない。

そして昌房の弟の孝之、妻の美乃里《みのり》もいる。

その一人息子の勝也《かつや》は、だるそうにポケットに手を突《つ》っ込んでいた。髪型はツーブロックで、三分の一を金色に染めている。まゆげを剃って細くしている。喪服だが、ネクタイをゆるく締めて、悪ぶって見せている。凜と同じ二十五歳だが、見ての通りで、定職には就いていない。ずっとフリーターだと聞いている。

親族といっても、もうこれだけなのだ。

七星重工が倒産したとき、道山は六十四歳だった。引退するには早いが、新しく事業を興すには老いていた。榊原家の復興を賭《か》けたその後の事業は、ことごとく失敗し、五百億円あった資産はどこかに消えた。最後はビジネスというより、コンゴでの金発掘といった投機的なものが多かった。そうして一人、また一人と去っていき、残ったのは直系の親族だけである。

俊彦と結婚した七年前になると、道山は部屋に引きこもって、誰とも会わなくなっていた。腎臓の病気と老衰のせいで、気力もすっかり萎《な》えていた。だから景子は、道山と面と向かって話したことはない。

「おじい様……」突然、俊彦がつぶやいた。

振り向くと、その目から涙があふれていた。

洟《はな》をすすり、唇を曲げて、少年のようにめそめそ泣きはじめる。俊彦は景子を追い越して、よろよろと道山の遺体に近づいていった。

見ようによっては感動的なシーンに見えるだろう。

でも、ちがうのだ。大好きだった祖父の死に涙しているわけではない。知り合ってから今の今まで、俊彦の口から祖父のことが語られたことはない。寝たきりになったこの一年だって、見舞いにさえ来ていない。

ただ、死体を見て、動揺し、涙腺《るいせん》がゆるんだだけ。だいたい俊彦はつまらない映画を見たって泣くし、なんならカラスの死体を見ただけで泣く。高校野球のまったく知らない選手の涙に感動してもらい泣きする。

日常と少し異なったことが起きると、不安になる。その不安を静めるために泣く。ただそれだけのことだ。

景子のみならず、みなが白けている。

俊彦は周囲の視線も気にせず、床にひざまずいて泣き続けた。


午後に凜が来て、親族は全員そろった。

それ以外では佐久間と、長年、榊原家と付き合いのある陣内《じんない》弁護士だけである。

葬儀は親族だけで行われた。弔問客の数はたかが知れていた。七星重工時代の部下でさえ、ほとんど姿を現さなかった。

トキは自宅でお別れをすませて、火葬場には行かなかった。道山が骨壺《こつつぼ》に入って戻ってきて、葬儀はすべて終わった。

麹町の屋敷に戻ると、ダイニングのあの長テーブルに、佐久間が出前で注文しておいた料亭の御膳《ごぜん》が載っていた。トキはその食事会にも出てこなかった。車椅子でしか移動できないこともあるが、それ以上にもう何かに興味を持つことがなくなっている。無気力で、ずっと遠くを見ている。

食事会は盛りあがらなかった。もともと仲のいい親族ではない。いや、みんな気になっているのだ。遺産相続のことを。

道山の遺言状は、葬儀のあと、陣内が発表することになっている。

自分をふくめて、榊原家の親族はみな、はっきりと落ちぶれていた。

たとえば史穂と芳樹。

芳樹は春高バレーに出て、スポーツ推薦で大学に入った。史穂とはそのころから付き合っている。顔立ちのよかった芳樹は、史穂の自慢の彼氏だった。しかしそこが芳樹のピークで、大学を卒業して競技をやめたら、冴《さ》えないサラリーマンになった。釣り具のセールスをしているが、収入はよくない。三十歳を超えたあたりから顔も野暮ったくなって、今はただのひょろ長である。

史穂は仕事をしていない。この屋敷の家事は佐久間がやっているので、専業主婦ですらない。いわば高等遊民である。榊原家のお嬢様という意識が強くあり、外で働くことに抵抗があるのかもしれない。三十歳を過ぎてから太りはじめ、容姿にしても厚化粧をしなければその醜さを隠せなくなっている。

二人がこの屋敷にとどまっているのは、経済的な理由からだと思われる。ここなら家賃はいらないし、家事は佐久間がやってくれる。労働から解放され、芳樹の収入をすべて遊興費にまわせるというわけだ。

それから孝之、美乃里夫妻。

俊彦の叔父《おじ》にあたる孝之は自動車工場で働いているが、優秀ではないのだろう。暮らしぶりはサラリーマンの平均を下回る。美乃里はパートで働いていて、埼玉県春日部市《かすかべし》の賃貸マンションに住んでいる。ということ以外に語ることがないくらい、榊原家のかつての驕奢《きょうしゃ》さとは無縁な生活をしている。

問題は、息子の勝也である。この不良少年に、両親はずっと手を焼いていた。起訴猶予になったが、二度の逮捕歴がある。定職に就いていないうえに、住所をころころ変えるので、どこに住んでいるのかも知らない。

だが、もっとも落ちぶれて見えるのは、昌房かもしれない。

妻の真紀子《まきこ》とは、七星重工が倒産した三年後、離婚している。トキとのあいだで嫁姑《しゅうとめ》問題があったらしい。

当時、この屋敷ではトキが最高権力者として振る舞っていた。まるで大奥である。使用人はみんなトキ派で、真紀子は孤立していた。昌房は仕事で忙しく、家に帰ることが少なかったうえに、妻より実母の肩を持つことが多かったようだ。

俊彦は、幼いときの記憶で、祖母と母が言い争っているのを見たことがあるという。真紀子は夫にも守ってもらえず、榊原家内でのいじめに耐えられなくなり、子供三人と離婚届を置いて、家を出ていった。昌房は真紀子を探そうともせず、その離婚届に判を押して、役所に提出したそうだ。

その昌房も、もう六十六歳である。今はこの家の財産を食いつぶして余生を送っている。父と同じく腎臓をわずらっていて、透析治療を受けている。

みんな落ちぶれている。

もちろん一番落ちぶれているのは、俊彦と景子かもしれないが。

この没落貴族にあって、唯一輝いているのが凜である。

美大に進学して、すぐに才能が開花した。学生時代に多くのコンテストで受賞。奨学金をもらってニューヨークに留学した。絵画、写真、ポスターなど、多様なジャンルで評価され、最近では映像クリエイターとして有名アーティストのミュージックビデオも手がけている。アメリカを拠点に活躍しているが、逆輸入するかたちで日本でも現代アートの旗手として名前が売れはじめている。

ずっと海外生活なので、景子との接点はあまりない。だが、俊彦と結婚したあと、当時は無名の高校生だった女の子がどんどん有名になっていくのを、羨望《せんぼう》と、多少の嫉妬《しっと》をもって、ずっと見てきた。

最近は美しい容姿を生かして、モデルもしている。喪服なのに、胸に金色のコサージュをつけるだけで、全体を華やかに見せている。まるで暗闇のなかで灯《とも》るロウソクの炎みたいに。彼女にとって日常の服装さえ、芸術なのだろう。

盛りあがらない食事会だった。

長テーブルの上座に昌房が座っている。その左側に、孝之、美乃里、史穂、芳樹、勝也の順で座り、右側に陣内、俊彦、景子、凛の順で座っている。

昌房と孝之は、兄弟なのに会話がなかった。陣内が会話を振るくらいで、寒々とした雰囲気のまま、食事会は進んだ。

勝也が、同い年の従兄弟《いとこ》である凛にしゃべりかけている。

「なあ、凛。見たよ、おまえの写真集」

「ふうん」凛はそっけなく返す。

「光のアートっていうんだろ。いや、俺、すげえ感動した」

「勝也に分かるの？」

「分かるよ。いや、そりゃあ難しい理屈は分かんねえけどよ。でも、ああいうのは心で分かるもんだろ。これ、すげえなって」

その写真集は、俊彦が発売日に買ってきたので、景子も見ている。

まず千を超える色のインクを使って（赤だけでも百色を超える）、点をつらねていくことで絵を描く。つまり点描画なのだが、それで完成ではなく、できあがった絵に光を当てて写真に撮ったものが作品となる。

光がなければ、世界は真っ暗闇である。光があることによって、それは目に見える風景になる。だが、光は一秒ごとに微妙に色を変える。朝の光か、夕方の光かで、同じ風景でも別の見え方になる。

点描画に、複数の角度からさまざまな色の光を当てることによって、平面の絵なのに立体的に見えてくる。たぶん特殊なインクを使っているのだろう。まるで光の魔法がかかったみたいに、止まっている一つ一つの点が蠢《うごめ》きだす。どういう原理でそうなるのかは、景子には説明できない。

すごい写真集だと思った。一万八千円もするのには驚いたが。

凛がわずらわしそうにしているのに、勝也はかまわず話しかけている。

「なあ、凛。サーフィンに興味ない？」

「ない」

「一度、俺たちの集まりに来いよ。教えてやるから。俺にとっちゃ自慢の従兄弟だし、みんなもおまえに会いたいって」

「行かない。日焼け、嫌いだし」

「日焼け止め塗れば大丈夫だよ。俺だってそんなに日焼けしてないだろ」

「そんなゴロツキの集まりに行くわけないでしょ。私には立場というものがあるの。勝也には分からないだろうけど」

「立場って？」

「契約書に、勝也みたいな恥ずかしい従兄弟と関わってはいけないって書いてあるのよ。コンプライアンスってやつ」

「なんだよ、恥ずかしいって」

「お願いだから、ケチな犯罪で逮捕されたりしないでよね。親戚《しんせき》ってだけで、私の株が下がっちゃうんだから」

「ちぇ」勝也がいやな顔をする。

勝也の趣味は、サーフィンと麻雀《マージャン》。両方ともプロをめざしていたらしいが、どこまで真剣に取り組んでいたのかは知らない。

この七年で、もっとも変わったのは凜である。

最初に会ったときは、ちょっと陰気なセーラー服の美少女だった。その後、海外のアートシーンで揉《も》まれたのだろう。今の芸術家は、作品を生みだすだけではダメで、総合的なビジネス力が求められる。凜は自分の会社を持っていて、スタッフも抱えている。芸術家としての自分と作品のプロモーションまでやっている。評価されるのを待つのではなく、積極的に売り込んで力ずくで認めさせる。その敏腕さもふくめて注目されているし、カリスマ的存在になりつつある。

食事が終わって、佐久間が膳《ぜん》を片づけた。続いて、輪切りのレモンが添えられた紅茶とチーズケーキが配られた。

弁護士の陣内と俊彦が話していた。

「俊彦くん、最近どう？　まだケン玉、やってるの？」

「ええ、今は新しい技、デンマーク一周っていうんですけど、それを特訓中です。三回に一回は成功するところまで来ています」

「へえ」

「あとでお見せします」

「持ってきてるの？　ケン玉」

「もちろん。毎日練習しないと、感覚が鈍るんです。一日サボると、取り戻すのに三日かかってしまいます」

陣内が苦笑いを浮かべている。

ケン玉は、体操と同じく、一つ一つの技に名前がついていて、難易度に応じてランク分けされている。俊彦いわく、百発百中でないとマスターしたとはいえない。俊彦はいつもケン玉を持ち歩いていて、暇があれば練習している。毎夜、カチカチやられるのが景子には耳ざわりで、寝つきが悪くなる原因となっている。

「今はなんの仕事をしているの？」と陣内が聞いた。

「デリバリーの仕事をしていましたけど、やめました」

「で、今は何を？」

「仲間と一緒にケン玉の動画を作って、ユーチューブにあげています。ケン玉文化の普及も兼ねて」

「へえ、じゃあユーチューバーだ」

「はい」俊彦は無邪気に笑った。「おもしろいので、ぜひ見てください」

景子は、自分の表情がこわばるのを必死で抑えた。

何も聞いていない。デリバリーの仕事をやめたことも、ユーチューバーになっていたことも。なぜ妻になんの相談もないのだろう。ケン玉のユーチューブが収入につながるとは思えないから、また無職になったことになる。

目の前のテーブルを叩《たた》いてやりたい衝動にかられた。手をグーにして握りつぶし、歯を食いしばって耐えた。

みながデザートを食べ終えたところで、陣内が切りだした。

「あの、みなさん、よろしいですか。本日、これで葬儀も終わり、親戚一同お集まりということで、私のほうから弁護士としてお話があります。もちろん相続のことです。ここに遺言状があります」

陣内は、足元に置いてあるカバンからファイルを取りだす。

「遺言状を作成したのは三年前です。あとでコピーをお渡ししますが、まあ、法律上の難しいことは省いて、簡単にその内容を説明します」

陣内は六十八歳。七星重工時代から、榊原家の弁護士を務めていた。今は引退しているが、昔からのクライアントの依頼だけは引き受けている。俊彦のことも子供のころから知っているので、親戚付き合いに近い。

「この家の家督、まあ、家督といっても戦前のような制度はもうないので、おおまかな意味で家を継ぐということですね。その家督は、長男の昌房さんが継ぐ。これが第一。次にトキ様ですが、あの状態ですから、昌房さんが法定代理人になって、全面的に扶養義務を負うことになります。昌房さんはトキ様が亡くなるまで、この家で面倒を見る。

この家で、というところがポイントです。つまりここを終《つい》の住処《すみか》として、トキ様が亡くなるまで売ってはならないということです。これが第二」

トキを一度、介護施設に入れたことがあった。だが、体質的に合わず、大暴れして戻ってきた。この屋敷にいて、佐久間に介護されていれば、終日ぼんやりしているが、精神的には落ち着いている。それで今のようなかたちになった。

「続いて、この家の財産ですが、道山様の預貯金は相続税の支払いにあてると、ほとんどなくなります。あとはこの麴町の土地と建物だけです。土地と建物は、これだけの広さですから、十億円くらいになるという試算です。税金の計算や地価の評価算定方法などは、あとで書面で出しますが、相続の対象となる財産はだいたいそれくらいだと思っておいてください。

その財産の配分ですが、相続人はトキ様、昌房さん、孝之さんの三人です。家督を継ぐ昌房さんに全財産を相続させるというのが遺言の内容ですが、もちろん遺留分があります。十億円のうち、トキ様の遺留分は四分の一で二億五千万円、孝之さんが八分の一で一億二千五百万円です。残りの六億二千五百万円が昌房さんに相続される。ただ、トキ様はあの状態ですので、法的な責任能力がないとみなして、その財産は昌房さんがいったん管理する。ここまではよろしいですか」

景子は少し驚いていた。事前に調べていたので、土地と建物の評価額は見当がついていた。だが、それ以外では何も残っていないのだ。五百億円ほどあった資産は、すっかり失っていたことになる。

陣内は続けた。

「したがって孝之さんに一億二千五百万円を支払わなければならないのですが、今の時点で昌房さんには三千万円ほどの預貯金しかありません。なので、この土地と建物を売却しないかぎり、お支払いできません。しかしトキ様が亡くなるまでは、ここを売ることはできない。これは遺言状に書かれている絶対条件です。そこでまず孝之さんにお聞きします。自身の遺留分を放棄するつもりはありませんか？」

「放棄？　つまり、一円ももらわないということ？」

「はい」

孝之は、美乃里と顔を見合わせた。だが、言葉は交わさず、前を向きなおした。

「……いえ、ありません。うちも、苦しいので」

「そうですか。では、お支払い方法ですが、二つ考えられます。もし孝之さんがただちに欲しいというなら、まずこの土地と建物を担保にして、銀行からお金を借りて、お支払いすることになります。ただし借りるのですから、金利が発生します。その金利分は孝之さんが負担する。もう一つはお支払いを待ってもらって、トキ様が亡くなるまではこの土地と建物を残す。そして亡くなったあとで売却して、お支払いする。この二つのどちらかです。孝之さんのお考えはどうですか？」

「どうって言われても……」孝之は妻の顔を見る。「まあ、私としては、もちろん母が生きているうちは、この屋敷で過ごしてほしいという気持ちはあるし……。まあ、早くもらえるなら、それに越したことはないけど。でも金利分はこっちの負担になるなら、受け取る金額が減ることになるし……」

孝之らしい優柔不断な答え方だった。はっきりとものを言えない性格で、それが息子の教育にも悪い方向に転んだ。

道山も、次男の孝之を評価していなかった。七星重工倒産後、新事業をはじめるときも孝之には声をかけていない。そもそも七星重工に入れてもらえなかった。専門学校を卒業したあと、親のコネで今の会社に入り、そのまま捨て置かれた。長男とのあいだに明確な差をつけられていた。

陣内は言った。「昌房さんは、どうお考えですか？」

「うん」昌房はぽつりとつぶやいた。「そのまえに、ちょっといいかな」

「あ、はい」

「今までみんなには黙ってきたけど、私はもう長くないだろう」

昌房が突然そう言うと、一同はしんとなった。

だが、景子は思わず飛びあがりそうになった。来たっ、と。まるで競馬で、自分が買っていた馬が先頭に躍り出たように。

この瞬間を待っていたのだ。

3

昌房は言った。

「あと一年かそこらで、おそらく母より先に、あの世に逝《い》くことになる。父と同じ慢性腎不全《じんふぜん》をわずらっているのはみんなも知っているだろう。腎移植を検討してはどうかと医者から言われたが、そんな気力もなくてな。もう思い残すこともない。七星重工がつぶれたとき、私は四十歳だった。業績が悪化しているのは知っていたが、倒産するとは思っていなかった。すべてが終わったあとで父から知らされて、うろたえたほどだ。その後、残った資産を投じて、さまざまな事業に手を出したが、どれもうまくいかなかった。榊原家を没落させたのは私と父で、それに関しては申し訳なく思う。この屋敷だけでも残せたらと思っていたけど……。

いや、愚痴はよそう。話を戻す。私はもう先が長くない。この際、私のほうの相続もすませてしまいたいと思う。先ほど陣内さんから話があったように、父の相続の対象となる財産は、この土地と建物、金額にするとおよそ十億だ。このうち私に六億二千五百万、母に二億五千万、孝之に一億二千五百万が相続される。だが、母はあの状態だ。母の望みは、残りの人生を今と変わらず、この屋敷で送ることだけだろう。母の財産は、私と孝之で半分ずつ分けることにする。つまり合わせると私が七億五千万、孝之が二億五千万を相続する。孝之、それで不満はあるか？」

みなの視線が孝之に集まった。孝之は言った。

「……いや、ないよ」

「陣内さん、法律上問題ありますか？」

陣内は言った。「いえ、合意の上なら、問題ありません」

「うん。しかし、この家にはもう現金がない。この土地と建物を処分しないと、孝之にそれだけの金額を支払えない。ただ、この家を処分するのは、私と母が死んでからにしてほしい。母はもう八十八歳だ。そう長くはないだろう。孝之がすぐに現金を欲しいなら、さっき陣内さんが言ったように──」

孝之は言った。「いや、母が死んでからでいいよ」

「そうか」

陣内が言う。「では、この道山様の遺言状が発効するのは、トキ様が亡くなったとき、でよろしいですね。そのあとで土地と建物を売却して、昌房さんが四分の三、孝之さんが四分の一で分けると」

昌房は言った。「続いて、私の財産の相続分もここで決めておく。まず、この家の家督を継ぐのは長男の俊彦だ。家督を継ぐといっても、先祖の墓と家宝を守り、二十代当主を名乗るだけだ。願わくば榊原家の再興を、という気持ちもあるが、無理にとは言うまい。財産はすべて俊彦に譲る。史穂と凜は遺留分相当額のみ。金額でいうと、七億五千万のうち、史穂と凜はそれぞれ一億二千五百万ずつで、俊彦は五億。したがって私と母が死んだ時点で、この土地と建物を売却して、これまでに話した通りの比率で分配することになる。ここまでで異論はあるか？　史穂」

「……いえ」史穂は言った。

「凜は？」

「べつに」と凜は答えた。

「じゃあ、誰も異論はないな」

昌房はため息をつき、椅子の背もたれに背中をあずけた。

史穂は軽く下を向いたまま、無表情でいる。

景子は少し意外に感じた。凜はともかく、史穂は反論すると思っていた。同じ兄弟なのに、長男というだけで俊彦が家督を継ぎ、相続される金額も倍以上ちがう。史穂の性格からいって文句を言いそうだが、あっさり引き下がった。

凜には稼ぐ能力がある。アメリカで活躍する芸術家なので、日本とは稼ぎの単価が異なる。だから遺産相続にはこだわらないかもしれないが、史穂は少なくとも俊彦と同等の取り分を要求してくると思っていた。

突然、思いもよらず、勝也が声を発した。

「あ、あの、おじさん。俺は？　俺はいくらもらえんの？」

「ん？」昌房は、むっとした顔をする。

陣内が言う。「あ、いや、勝也くん。君は相続人にふくまれていないから、取り分なんてないよ。いわば部外者だから」

「えっ、そうなの？」

「君の両親が亡くなったときは相続人になるけど、今はトキ様と昌房さんが亡くなったときの話をしているんだから」

「ん、なんで？」

孝之と美乃里は、顔を伏せて恥ずかしそうにしている。

勝也の頭では、相続法の仕組みは理解できないようだった。みんなに金が入るなら、自分にも入るだろうと単純に思ったのだろう。

部外者が口を出したせいで、一瞬、空気が止まった。

景子は、自分の顔がにやけそうになるのを必死でこらえた。それでもこみあげてくる愉悦を、手の甲をつねって封じた。

すべてはこの瞬間のためだった。

俊彦に対して怒らず、物分かりのいい妻を演じてきた。働かなくても、好きなだけケン玉をやらせて、自分の収入で養ってきた。

それは近い将来に訪れるであろう、この相続のため。

道山は数年前から老衰が激しく、死が近いのは分かっていた。トキも同様。まだ六十六歳の昌房も、腎臓《じんぞう》を長くわずらっている。肌の黒ずみや体力の衰えを見ても、かなり悪化しているのだろうと思っていた。

つまり、この三人は遠からず死ぬ。

仮にこの家の資産が十億として、道山とトキが死ねば、通常なら昌房と孝之に五億ずつ相続される。さらに昌房が死ねば、史穂、俊彦、凜に三分の一ずつ、つまり約一億六千万ずつ相続される。要するに、俊彦には最低でもそれだけの遺産が入ってくることが近い将来に約束されている。

ただ、この榊原家には古い家督制度がある。

榊原家はルーツをたどると、室町《むろまち》時代までさかのぼる。徳川《とくがわ》につかえ、江戸《えど》時代は譜代大名として権勢をふるった。明治維新で没落したものの、昭和初期に七星重工の前身となる会社を興す。戦後、GHQの財閥解体をまぬがれ、高度成長期に鉄鋼生産を急伸させて大企業へと成長した。

古い家なので、旧民法のような家督制度があり、家は長男が継ぐことになっている。道山や昌房も長男である。もちろん今では因習といっていい制度だが、なんとなく長男が重んじられる空気は厳然と残っている。

そうであれば、道山とトキが死んだ時点で、全財産が昌房に相続され、孝之には遺留分のみが認められる。配分は昌房が七億五千万、孝之は二億五千万になる。そして昌房が死んだら、今度は長男の俊彦に全財産が相続され、史穂と凜には遺留分のみ。配分は俊彦が五億で、史穂と凜は一億二千五百万ずつ。

要するに、最大で五億、最少でも一億六千万。その約束手形が俊彦だった。

結果として、最大のものがここに来た。

昌房はあと一年で死ぬ。トキの介護を引き受ける義務は負うが、そんなものは景子がいくらでもやる。それだけのものをもらえるのだから。榊原家の家督など、もはやブリキの勲章にすぎない。でも、その因習のおかげで、十億の資産のうち、半分が俊彦に入ってくる。それだけの金があれば……。

サラリーマンの生涯賃金をはるかに超える。うまく資産運用すれば、一生ぜいたくに暮らしていける。実際、俊彦に気づかれないように、資産運用の勉強はしてきた。本を何十冊も読み、セミナーにも通った。金相場や株相場、先物取引など、もし買っていたらという想定で、仮想シミュレーションをしている。五億あれば、ローリスクで手堅く勝負しても、それなりの見返りを期待できる。

意外だったのは、史穂の反応である。

孝之の場合、昌房より取り分が少ないのは、すでに死亡した道山の遺書があるので決定事項である。文句を言っても覆るものではない。

だが、史穂に関しては、昌房がまだ生きているので、話しあいの余地はある。今どき家督などという時代錯誤の制度を持ちだして、長男だけ多くの財産をもらえるなんて、性差別だし、不公平だと主張すると思っていた。

もっといえば、夫の芳樹を婿養子にして榊原姓を名乗らせ、この屋敷にとどまっているのは、芳樹に家督を継がせるための準備行動だと思っていた。長い榊原家の歴史で、男子が生まれなかったため、長女の夫を婿養子にして家督を継がせた例が二度ある。まったくないケースではないのだ。だから史穂は文句を言うと思っていたし、ここで家督相続争いが起きることも覚悟していた。

でも、それでも問題ないと思っていた。長男信仰の強い榊原家において、実子をさしおいて婿養子が家督を継ぐのは、絶対にありえない気がしたからだ。大事なのは能力うんぬんではなく、流れる血である。

それを分かっているから、史穂も反論しないのかもしれない。

昌房は言った。「では、今後のことだが、家督を継ぐ以上、俊彦と景子さんはこの屋敷に移って――」

「待ってください、お父様」俊彦は言った。「言いたいことがあります」

「なんだ？」

俊彦は勢いよく立ちあがった。

景子は俊彦の顔を見上げた。日本晴れのような、澄みきった表情をしていた。

俊彦は演説をはじめた。

「僕がこの家を出たのは、七年前になります。大学を卒業して、景子と結婚して、アパートを借りて生活をはじめました。それから僕たちは仕送りももらわず、二人でやってきました。自分がどれだけ恵まれていたか、そのとき初めて知りました。この榊原家に生まれて、お金に困らず、欲しいものを買ってもらえて、お腹がすいたら食べ物を用意してくれて、部屋は誰かが掃除してくれて、服も誰かが洗濯してくれる。大学の学費も払ってもらえて、卒業するまでバイトもせず、不自由なく生きてきました。だからお金のありがたみも知りませんでした。でも家を出て、それからは大変でした。お金を稼いで、家賃を払って、いろんな契約も自分たちでやらないといけない。僕は知りませんでしたけど、水道ってお金がかかるんですね。電気もお金がかかります。税金や健康保険料も払わなければなりません。買い物も掃除も洗濯も料理も誰もやってくれません。全部自分たちでやるんです」

開いた口がふさがらなかった。

大変だったのは事実だが、それらはすべて景子の苦労である。すぐに無職になる夫のかわりに、景子が働いて稼いできた。水道や電気に料金がかかることを知らない夫のかわりに、光熱費を節約して生活してきた。狭いアパートの部屋を整理整頓《せいとん》して、居心地のいい空間を作ってきたのも景子である。

俊彦は何もしていない。食べたカップ麵《めん》の容器は置きっぱなし。買い物に行かせれば、分不相応なものを買ってくる。仕事はころころ変える。洗面台の水を出しっぱなしにして、歯を磨いていたりもする。

大変なことの九割九分は、景子がやってきた。俊彦がしていたのは、あの愚にもつかないケン玉の練習だけである。それでも景子は不満を言ったことがない。ひとえに相続のことがあったからだ。

といらか、そんなことはあえて声に出して言うことでもない。みんなそれぞれ、なんとかやっているのだ。子供のいる家庭なら、もっと大変だ。誰もがあたりまえのようにこなしていることを、いかにも大変そうに言うのは、甘やかされて育ったお坊ちゃま特有の感傷にすぎない。

俊彦は続けた。

「でも、そういう厳しい環境に身を置いて、分かったこともあります。ああ、これが人間の本当の暮らしなんだって。それまでの僕は、動物園の檻《おり》のなかでエサを与えられていた猿でした。でも今はその檻から出て、自分で苦労してエサを獲《と》り、体を動かし、額に汗して、どうにかその日を生きていく。それが人間の、いや、動物の本来あるべき姿なのだと学びました。今日が終わったとき、その日の労働の疲れがたまっていて、そのぶんだけ生きているという実感がある。自由というのはそういうことなんです。時にはエサを見つけられずに、空腹のまま過ごす夜もあります。寒さに凍える冬も、暑さに耐える夏も、毎年くりかえしやってくる。

空腹だからこそ、食べる喜びがある。寒いからこそ、布団の温《ぬく》もりが分かる。暑いからこそ、のどを潤す水のありがたみを知る。苦しい生活のなかで、そういう小さな感動を味わいながら、毎日を暮らしていく。だからこそ、路上に咲く名もなき一輪の花にさえ、その美しさに感動することができるんです。与えられた高級なエサより、自分で採ってきた山菜のほうがおいしく感じられる。恵まれた環境にいたときは、そういう感動を一つも知らずに通りすぎていました」

この男は詩人だったのだ。

まったく知らなかった。俊彦がそんなことを考えながら生活していたなんて。ただ、そこで語られる内容と、実際のありようがかけ離れているけれど。

確かにたまに山菜を採ってくることはあった。近くの畑から野菜を引っこ抜いてくることさえあった。野に生えている山菜とちがって、畑の野菜は農家が生産しているものだから、勝手に持ってくると窃盗になるということをこのお坊ちゃまは知らないので、罪の意識はないのだが。

みんな、唖然《あぜん》として聞いていた。凜だけくすくす笑っている。

「思えば、この屋敷で暮らしていたときは、僕は生かされていただけでした。でも、今はちがいます。自分の力で生きている。僕はそのことを誇らしく思います。いや、もちろん僕一人の力では無理でした。ここにいる妻、景子の助力があってこそです。景子のおかげです。ありがとう、景子」

「えっ……、あ、は、はい」

突然、感謝されて、思わず返事をしてしまった。

テーブルに座っている全員の視線が、景子に集まっている。恥ずかしくて顔をあげられない景子の隣で、俊彦は笑みさえ浮かべていた。感動の余韻をひきずって、まったりした顔で黙り込んでいる。

昌房が言った。「それで、だからなんだ？」

「はい、お父様。つまり、僕はここに戻るつもりはないということです」

「というと？」

「僕は遺産相続を放棄します」

4

何が起きたのか分からなかった。

頭が真っ白になって、言葉の意味をすっと理解できなかった。ただ、生の感覚だけはあって、自分が上から下に転落しているのは分かった。気球に穴があいて、プシューと音を立てて落下していくような感覚だ。

陣内が言った。「待って、俊彦くん。相続放棄って、一円も受け取らないということ？」

「はい」

「遺留分も？」

「何もいりません。家督も継ぎません。僕はこの家を出て、初めて自由の意味を知りました。自分では気づかなかったけど、この家にいたときは縛られていたんですね。本当の僕じゃなかった」

「でも、じゃあ家督は？」

「家督を継ぐのは、芳樹さんでいいんじゃないですか」

「芳樹くん？」

「ええ、榊原を名乗る婿養子ですから、その資格があるでしょ。凜はどう思う？」

突然、振られた凜は、とまどうより、愉快そうな顔をしている。

「いいんじゃない、誰がなっても。家督といっても、もはや有名無実だし」

凜が言うと、みなが押し黙った。

この家で、絶対的な発言力を持った末娘である。きらびやかな容姿とずば抜けた才能を前にすると、誰も反論できなくなる。

とはいえ、小中学生のころは反抗的だったと聞く。榊原家には男尊女卑の傾向が根強くあり、教育においても名家の子女はこうあらねばならないというジェンダーの縛りがあった。凜は激しく反発したという。

大人になるのが早い女の子だったのだろう。景子が知り合った高校生のころには、もうしっかりとした大人だった。

芸術家として名を成したあとも、父とはうまくいっていない。父に対する反抗という意味では、感覚的に俊彦に近いものがある。家督を軽んじるのも、ある意味、父への面当てといっていい。

陣内は言った。「えっと、じゃあ芳樹くんは、どう？」

「えっと、僕ですか」

芳樹は返答に困って、隣の史穂を見た。

史穂は言った。「ええ、いいわよ。俊彦がそう言うなら。凜は海外に住んでいるし、忙しいでしょうからね。夫が家督を継いで、おばあ様やお父様のお世話もふくめて、この家のことは私がやる。それはまかせて」

勝也が言った。「あ、俺は？　俺が家督を継いでもいいけど」

だが、誰も相手にせず、言葉は宙に消えた。

陣内が言う。「えっと、じゃあ、どうしますか。昌房さん」

「分かった」と昌房は言った。「好きにすればいい。まあ、凜の言う通りだ。誰が榊原家を継ごうと、実質は私の代で終わりだ。私と母が死んだあとは、この屋敷を売って、あとはそれぞれ勝手にしてくれ」

昌房は一瞬、俊彦をにらんだ。

その目にあったのは怒りだった。榊原家の家督などいらないと、唾《つば》を吐いた不肖の息子に対する怒りなのか、それとも自分が最後の当主になることへの、ふがいなさもふくめた怒りなのかは分からなかった。

陣内が言う。「とすると、どうなるんでしょうか。遺産は史穂さんと凜ちゃんで半分に割るんでしょうか。それとも家督を継ぐほうが――」

「そんなことはそっちで決めてくれ。私は少々疲れた。先に失礼するよ」

昌房は席を立った。黙って部屋を出ていった。

昌房が去ったあと、誰も発言しなかった。

「後日、昌房さんともう一度、話してみます」

陣内がそう言って、具体的なことは保留したまま、散会となった。

今日は全員、この屋敷に泊まることになっている。景子と俊彦は、二階にある俊彦の部屋に戻った。部屋は十畳以上ある。

デスクの椅子に腰かけた。うまく息を吸えない。

俊彦が演説をはじめたとき、無理やりでも口をふさいで黙らせるべきだった。でも、あまりに突然だったし、何を言うつもりなのかも分からなかった。まさか相続放棄を考えていたなんて想像もしていなかった。

今まで俊彦に怒ったことがない。俊彦のすることはつねに悪意がない。ただ、育った環境ないし文化がちがうだけだ。そういう相手に怒っても仕方ないので、習慣として感情をぐっと抑えるようにしてきた。

だが、今は怒りを抑えることができなかった。

あたかも夫婦で話しあって決めたような言い方をしていたが、事前にまったく相談はなかった。まずはそのことに対する怒りだ。

俊彦のことだから、夫が決めたことに妻が従うのは当然という考え方ではない。むしろ景子とは完璧《かんぺき》に理解しあっているから、相談する必要さえないという感覚なのだと思う。半世紀連れ添って、空気みたいに溶けあっている老夫婦が「愛している」などと言葉にして愛を確かめる必要がないように。だから景子に対して後ろめたい感情などないし、景子が怒っていることにさえ気づいていない。

むしろ、これまでの景子の態度がよくなかったのかもしれない。俊彦がどれだけ勝手なことをしても黙ってきたから、言わなくても分かってもらえていると勘違いさせてきてしまったともいえる。

あのツッコミどころ満載の大演説。この七年間の貧乏暮らしが、本当の人間の暮らしとか言っていた。

まったく笑えない。

同じ屋根の下で暮らしていても、これほどまでに認識がちがうのだ。

演説中、恥ずかしくて顔をあげられなかった。隣で凜が笑っていた。口はつぐんでいたが、目が笑っていた。世間知らずの兄を笑っていたのか、その隣で茫然《ぼうぜん》とする景子がおかしくて笑っていたのかは分からない。

言葉が出なかった。発言を求められなかったので、ずっと黙っていた。この榊原家においては、嫁は付属品でしかない。基本的によそ者扱いである。俊彦の母が家を出ていった理由がよく分かる。

混乱したまま、会が終わってしまった。

俊彦は部屋に戻るなり、さっそくケン玉の練習をしている。

「ねえ、景子。見て」

ケン玉をヨーヨーみたいに操る技を披露した。動きが複雑すぎてよく見えなかったが、高等テクニックなのは分かる。

「すごいでしょ。これ、僕のオリジナルなんだよ」

「へぇ……」

「これになんて名前をつけようか考えているんだ。景子、いいネーミングない？」

「……さあ、思いつかない」

「もう一回やるから、見てて」

同じ技をもう一度、披露した。見て、パッと思いついたことを言った。

「なんだろ……、ナイアガラの滝？」

「その名前の技はもうあるよ」

「じゃあ、華厳《けごん》の滝」

「それはあるか分からない。今度調べてみるよ」

ケン玉の技は、全部で何万種もあるらしい。

俊彦は無邪気に笑っていた。たぶんこの屋敷に住んでいたときは抑圧されていて、のびのびと笑うことはなかったのだろう。景子と結婚して、人間らしい暮らしを取り戻して、笑顔を取り戻したのだ。

まったく笑えないけれど。

嫌いな顔ではない。優しい目元、まっすぐ伸びた鼻筋、女性的な小さい唇。そして姿勢がいい。どこか二次元的で、漫画チックなのだ。外見だけは名家の御曹司であり、うわっつらだけは王子様である。

最初はこの顔に惚《ほ》れたのだ。憎めない顔をしている。だからこそ、いろんなことを許せてきた。夫婦というより、ペットを飼うような感覚で。

「あ、そうだ。陣内さんに見せてこよう」

さっきの陣内との約束を思い出したのだろう。まるで初めて逆上がりできた子供みたいに、ケン玉を持って部屋を出ていった。

「すげえわ、あの男」景子はつぶやいた。

あの男はたった今、五億円をドブに捨てたのだ。それなのに、これっぽっちも意に介さず、ケン玉に夢中になっている。

もし景子が五億円の宝くじに当たったら、現金化するまで誰にも言わず、肌身離さず持ち歩くだろう。腹巻のようにお腹にサランラップを巻いて、そこに入れておく。俊彦は、五億円の札束を暖炉の火にくべるのも平気な男だ。

世間知らずなんてものではない。もはや煩悩を捨てきって解脱した仏様である。さもなければ、天真爛漫《らんまん》のバカ殿だ。

「そういえば、ユーチューブやってるって言っていたな」

景子はスマホを取って、「ケン玉」で検索してその動画を探した。ケン玉動画がこんなにもたくさんあることに驚いた。

しばらく探して、やっと見つけた。

俊彦と数人の仲間が、楽しそうにケン玉をやっているだけの動画だった。景子が知っている人もいたし、知らない人もいた。チャンネル登録者数は三百人ほど。いつからやっているのだろう。けっこうな数の動画があがっている。

見ていたら、頭が痛くなってきた。

スマホをポケットにしまった。ともかく俊彦を説得しないといけない。

頭を冷やして考える。

怒ってはいけない。榊原家の王子様は、怒られることに慣れていない。金持ちの家に生まれて、なにひとつ不自由なく育った男である。金銭欲が皆無で、貧乏生活のなかにこそ本当の人間の暮らしがあるのだと宗教的に信じている。相手の信仰を否定してはいけない。

通常の説得の仕方ではダメだ。お金のありがたみを知らない男に、お金を粗末にするなと言っても仕方ない。水資源が豊かな日本人は、水を平気で無駄にできる。うがいして、ペッと吐き捨てられる。でも砂漠地帯の人からみれば、とんでもない振る舞いである。それと同じことだ。

同時に、俊彦は母を知らずに育った子供でもある。身のまわりの世話は、使用人がやってきた。生身の母を知らないだけに、母を理想的なものとして、すべてを無条件で受容してくれる存在としてイメージしがちである。その母のイメージを、景子に投影している。すべての女を、母に代替する存在として見ている。だからこそ景子は、聖母マリアのような広い心で温かく俊彦に接してきた。

もし景子の心の声を聞き、その本性を知ったら、俊彦は逃げていくだろう。同時に五億円も逃げていく。

怒ってはダメ。とすれば、その反対が正解。

ほめる。

しかし、そこからが問題である。榊原家の家督を継ぎ、五億円の遺産を相続する気持ちにさせるにはどうしたらいいか。

ある意味、世界一予測不能な男である。七年も一緒に暮らしてきて、多少なりとも理解していたつもりでいたが、今が一番分からない。

どうすれば説得できるか。

権謀術数に長《た》けた徳川家康なら、どうするだろう。家康は関ヶ《せきが》原《はら》の戦いにおいて、根回しで吉川広家《きっかわひろいえ》を、脅しで小早川秀秋を寝返らせている。利益でなびかせるか、恐怖を与えて屈服させるか。同じ寝返らせるにしても、相手によって手段を変えている。俊彦にはどんな手段が有効だろうか。

幸い、あの親族会議は、昌房が途中で席を立ったため、あいまいなまま終わった。つまり、まだ確定していない。相続放棄は撤回可能である。

五億円がかかった勝負である。頭をぽこぽこ叩《たた》いて、脳を刺激した。

知恵を絞れ。

一時間ほどして、俊彦が戻ってきた。にこにこ笑っている。陣内にたっぷりケン玉自慢をしてきたのだろう。

そしてさっそくケン玉の練習をしている。

一日サボると、取り戻すのに三日かかる。どこかのピアニストのセリフをパクって、俊彦がよく言う言葉である。だが、毎日練習しているのに、全国大会で中位でしかない俊彦のケン玉が、そんな繊細なものには見えない。

本人は本気でプロをめざしている。実際、ケン玉にもプロはいるらしい。それで食べていけるのかはよく知らないけど。

この際、ケン玉はどうでもいい。俊彦がケン玉に夢中になること自体はかまわない。榊原家の家督を継いで、五億円を相続してくれれば、あとは何をしてくれたっていい。そのためには、ほめて、ほめて、ほめちぎって、榊原家の長男としての自覚と責任を取り戻させることだ。

「ねえ、俊彦」

「ん？」俊彦はケン玉を続けながら、顔だけ向けた。

「さっきの話だけど」

「さっきの話？　あ、デンマーク一周のこと？　見たいの？」

俊彦はにこにこ顔で、デンマーク一周という技を披露した。連続して失敗したが、三回目に成功した。すごいと思った。デンマーク一周という技にではなく、五億円のことをすっかり忘れていることに。

「すごいね。でも、それじゃなくて、さっきの相続の話」

「ん、ああ」俊彦はケン玉をやめた。「なに？」

その瞬間、ブチ切れそうになった。「なに？」じゃないのだ。妻に相談もなく、勝手に五億円の相続を放棄しておいて、「なに？」とはなんだ。脳の血管が破裂しそうになるのを、必死でこらえた。

「僕の言ったこと、なにか問題だった？」と俊彦は言った。

「いや、問題というわけではないけど」まず、ほめる。「うん、感動した」

「えっ」

「同時に意外でもあった。俊彦がそんなこと考えていたんだって。まあ、確かに大変だったよね、この七年間。自分で生活費を稼がなければならなくなって、大人ってこんなに大変なんだって思った。でも充実感もあった。俊彦の言う通り、飼われているのではなく、誰の力も借りずに生きている。汗して働いて、つらいことにも耐えて、自分の力で生きているんだっていう実感があった」

演技ではなく、本当に涙が出そうになった。

「だから、俊彦が相続放棄して、自分たちの力だけで生きていこうと思うなら、そう決めたのなら、それでいいと思う。私たちはまだ若いし、健康だし、愛があればお金がなくてもやっていける。きっとどうにかなる」

「うん」

俊彦は目を潤ませていた。妻の愛と献身に心を打たれたのだろう。

「ただ一つ、気になったことがある」

「なに？」

「お義父《とう》様のこと。お義父様は、やっぱり長男である俊彦にこの家を継いでほしいんじゃないの？　歴史ある榊原家の温存が、最後の望みなのだと思うし。もう先が長くないともおっしゃっていたし」

「…………」

「それに婿養子が継ぐのって、実子がいない場合の非常手段でしょ。長男がいるのに、婿養子が継ぐんじゃ、世間体だって悪いし」

「世間体なんて知らないよ。他人にどう思われたってかまわないじゃないか」

「でも、おばあ様だって、血のつながった俊彦がこの家を継いでくれたほうが安心すると思うし」

「それは大丈夫だよ。史穂お姉様にまかせておけば。今だってそうしているんだし」

そう言われて、心にグサリときた。

四年前、史穂は結婚して、芳樹がこの屋敷に移り住んだ。当初は新居が見つかるまでという話だったが、そのまま居座っている。それは経済的な理由の他に、もう一つ、相続の際に有利に運ぶためだと思っていた。

史穂はこの屋敷にいても、家事手伝いなどしていない。性格的に無理なのだ。お嬢様育ちで、多額のおこづかいを与えられてきたので、金銭感覚もおかしくなっている。その点では俊彦と同じである。一方で、凜のような才能はない。気位が高いので、人の下について働くのも無理である。自立心も、自立する能力もない中年女にすぎない。昌房も、史穂をあまりよく思っていない雰囲気がある。

榊原家の家督は、男子が継ぐことが自明の理として決まっている。資格があるのは、俊彦と芳樹。普通に考えれば、実子の俊彦が継ぐ。だが、史穂が芳樹に継がせるべく、同じ屋根の下で暮らしている利を生かして、昌房になにか働きかけをしているかもしれないとは疑っていた。だから先の親族会議で、昌房がすんなり俊彦に継がせると宣言したときはホッとしたのだ。

「でも、お姉様にばかり負担をかけるのはよくないでしょ。やっぱり長男の俊彦が、お義父様やおばあ様の世話を――」

「その考え方が古いんだよ」俊彦は珍しく声を荒げた。「この家はトリカゴなんだ。僕はこの家を出て、トリカゴから出て、自分の翼で飛ぶことをおぼえたんだ。自分の翼で大空を舞ったら、最高に気持ちよかった。世界ってこんなに広かったんだ、これが生きるということなんだって。史穂お姉様には申し訳なく思うよ。僕や凜は家を出て自由を得たのに、お姉様だけ残ることになって、トリカゴのなかで老人たちの面倒を押しつけるかたちになってしまって。だからこそ、僕は遺産相続を放棄したんだ。それでお姉様は助かるし、僕たちはお金なんかいらないからね」

いるのよ、お金が！　そう叫びたかった。老人たちの面倒は、この私が全身全霊で見てあげるから、五億円をちょうだい！

「で、でも、お姉様にだって、自由に生きる権利が……」

「いや、それは大丈夫なんだ。このことは史穂お姉様も納得してくれているから。ずっと相談してきたからね」

「えっ、相談？　……ずっと？」

「うん、お姉様はこう言ってくれた。俊彦は自由に生きなさい。この家のことは私が全部引き受けるからって」

突然、俊彦は涙ぐんだ。

「そうなんだ。お姉様は、僕のために、自分を犠牲に……。お姉様は人を応援するのが好きなんだって。自分にはこれがしたいというものがないから、そのぶん僕や凜が頑張っているのを応援したいし、協力したいって言ってくれた。僕や凜は才能を持って生まれたんだから、精一杯、夢を追いかけてほしいって」

「夢？　俊彦の夢って、なに？」

「決まってるだろ。ケン玉を全世界に普及させて、オリンピック種目にする。そして僕が最初の日本代表選手として出場するんだ」

頭をハンマーで殴られたような衝撃があった。

やられた。史穂の策略にはめられた。

いつからだろう。まったく気づかなかった。

家族のことを相談するというかたちで、ひそかに俊彦に接触していたのだろう。そして洗脳してきた。俊彦に相続放棄をさせて、遺産をかっさらうために。景子にはなんの相談もなかった。それもおそらく史穂が、余計な心配をさせないためとか言って、内緒にするように指南していたのだろう。

景子は、基本的に史穂を頭の悪い女だと思ってきた。でも、その認識はあらためないといけない。権謀術数という点では、景子より上だ。そしてなにより史穂は、ある意味で景子以上に、俊彦という生き物の生態をよく知っている。姉として長い年数、一緒にいるのだから。どのように話を持っていけば、俊彦に相続放棄をさせられるか、長い時間をかけて計画を進めてきたのだ。

そして今、俊彦の心を完全掌握している。

まるで家康のように。家康は、豊臣家から天下を奪うために、石田《いしだ》三成《みつなり》を悪者にしてあげた。そして彼を憎む武将の心をまとめて、自分の天下取りの駒とした。史穂はおそらくこうやったのだ。まず、俊彦の父親に対する反抗心をあおる。次にこのトリカゴを飛びだして自由に飛翔《ひしょう》する俊彦をほめそやす。そしてケン玉の夢に浮かれている俊彦の才能を賛美して、かっこいいと持ちあげる。

ほめるのがもっとも効果的というアプローチの仕方は、景子と同じである。俊彦のような幼稚な脳にはこれが一番効く。そして釈迦《しゃか》の手の平のごとく転がして、相続放棄に導いた。しかも景子に気づかれないように、こっそりと。

事前に知っていたら、対処のしようもあったのに。

史穂が昌房に働きかける可能性は疑っていた。だが因循姑息《いんじゅんこそく》な昌房が、榊原家の仕来りに逆らってまで、長男より婿養子を優先することはありえない。景子もそう思っていたからこそ、それほど脅威に感じていなかった。

だが、そんなことは史穂のほうがよく分かっていたのだ。だから攻略のターゲットを俊彦に絞った。昌房を説得して芳樹に家督を譲らせるより、俊彦を洗脳して相続放棄させるほうがはるかに容易だ。

俊彦はまだ熱弁をふるっていた。

「ケン玉は、誰でもできる、もっともシンプルで美しい競技なんだ。老若男女も、健常者も障害者もなく、誰でも公平に楽しむことができる。そのすばらしさを全世界に広めることが、僕の使命なんだ」

5

深夜、景子は眠れずにいた。

俊彦はベッドに、景子は床に布団をしいて寝ている。

静かだった。ここが東京のど真ん中とは思えない。敷地が広いので、道路まで遠い。外の音はまったく聞こえない。

自宅のボロアパートは壁が薄いので、外の音がうるさい。車のエンジン音やクラクション、酔っ払いの奇声、若者の笑い声、爆竹の音などがひっきりなしに聞こえてくる。パラリラパラリラと暴走族がラッパを吹き、それをパトカーが追いかけていって、夜中でもお祭りかというくらい騒々しい。

俊彦は熟睡している。

寝相がいい。鉛筆みたいにまっすぐ寝ている。育ちがいいと、寝相までまっすぐになるのだろうか。

とんでもない男と結婚してしまった。五億円をドブに捨て、ケン玉のオリンピック競技化をめざす男。もし本当に実現したら、歴史に名前を残すかもしれない。それを語ったときのまっすぐな目を見て、本気なのは伝わった。

景子はケン玉が嫌いだ。景子の目には、ケン玉は男性器と女性器にしか見えない。猿がいろんな体位で交尾しているように見えてくる。入れたり出したり、アクロバティックにパコパコパコパコ、何度も何度も。そういうふうにしか見えない景子が、ハレンチな女なのかもしれないが。

今日一日で、俊彦がまるで別人に見える。ちがった一面が見えたどころではなく、自分の認識とはまるで別の生き物だった。

ケン玉にしても、趣味にしてはやけに熱中しているな、くらいの認識だった。でも本人はオリンピック競技化をめざしていたのだ。すぐに仕事をやめるのは、ケン玉に集中したいからかもしれない。過去を思い返してみても、仕事をやめるタイミングは、大会が近づいたときだったような気がする。

まあ、ケン玉のことはどうでもいい。

問題は史穂である。

正直、見くびっていた。これほどの策謀をめぐらせられる女とは思っていなかった。俊彦のことも誤算だらけだ。家督は長男が継ぐ。何百年と続いてきた榊原家の仕来りなので、俊彦も当然、そのつもりでいると思っていた。

どうするか？

今の俊彦を翻意させるのは難しい気がする。史穂による洗脳は、かなり深いところまで浸透している。景子があまり言うと、基本的に甘ったれなので、へそを曲げてしまう恐れもある。俊彦は子供だと思って接しなければならない。宿題をしろと言えば言うほど、ふてくされてやらなくなる。家督を継げと言えば言うほど、意固地になってかえって拒絶反応が強く出てくる。

考えろ。どうしたらいい？

景子から直接、昌房に相談してみようか。昌房は長男の俊彦に家督を継いでほしいようだった。昌房はお家断絶をもっとも恐れているはず。血のつながった長男に継がせたいと思うのが人情である。

昌房は継がせたいのに、俊彦はいやだと言う。

そこが問題だ。昌房が言えば言うほど、俊彦は反抗する。二十九歳にして、俊彦は今がまさに反抗期なのかもしれない。

父に対する反抗心をあおったのは、まぎれもなく史穂だ。

俊彦に、昌房の悪口を吹き込んでいる可能性もある。たとえば俊彦のケン玉をやめさせたあるいは両舌をもちいて、昌房にも俊彦の悪口を吹き込み、仲たがいさせようとしている可能性もある。

であれば、まずは誤解を解くことだ。そのうえで昌房に対する反抗心をなだめさせ、父子を和解させる必要がある。

その橋渡しをするのに、もっとも適格な人間は……。

陣内弁護士。

陣内と榊原家の関係は古い。公私ともに関わりが深く、榊原家の歴史もふくめて、なんでも知っている人物である。俊彦とも親しく、昌房からも信頼されている。双方にうまく立ちまわれるという意味では、彼以上にふさわしい人間はいない。俊彦も陣内の話なら感情的にならずに聞くだろうし、長く弁護士をやってきた人だから、この手の調整役は得意なはずだ。

問題は、どうしたら陣内が動いてくれるか。

情に訴えるか。陣内としても、俊彦が家督を継いだほうがいいと考えているのか。しかし、陣内は榊原家の親族ではない。この相続に関するかぎり、誰が継ごうがただの業務にすぎず、損得はない。

もし金で転ぶ人間なら、俊彦が家督を継いだあかつきには、成功報酬として三パーセントくらいあげてもいい。五億の三パーセントは、千五百万。悪くない報酬である。だが、陣内がもし清廉潔白な人間だったら、景子が裏でそんな働きかけをしていることを昌房や俊彦に告げ口されてしまう。結果、景子は双方から信頼を失い、発言力を失う。遺産も手に入らない。

陣内の人柄まで、景子はよく知らない。印象でいえば、温厚篤実。だが、それは弁護士の職業仮面だろう。いかにも悪そうな弁護士などいない。しかし善良に見える弁護士のなかにも悪人はいる。多額の報酬とひきかえに、金持ちが貧乏人を踏みつぶすのを法的に擁護している弁護士はいくらでもいる。

陣内が金で転ぶ人間かどうか。一つ間違うと、天国シナリオも地獄シナリオも、どっちもありうる。

ともかく明日《あした》、陣内に相談してみよう。

最初は情に訴える。それで陣内の内心を探る。もし金で転びそうなら、報酬の話を持ちだすということでいい。

そのうえで、①昌房は俊彦のケン玉を応援していること、②家督を継いでもケン玉を続けていいこと、③昌房とトキの面倒は景子が見るから、俊彦は何もしなくていいこと。この三点だけ、陣内から俊彦に伝えてもらう。俊彦のためなら、景子はいくらでも自分を犠牲にできるといえば、俊彦は感動するだろう。

陣内の経済状態は知らない。今は六十八歳で、弁護士業は引退しているから、収入は限られている。金に困っているなら、ありがたい。だが、どちらにしても金がいらない人間はいないのだ。俊彦をのぞいて。

作戦は固まった。

考えがまとまって、胸にすっと落ちたら、自然に眠気がきた。

朝、景子は七時に目がさめた。俊彦はまだ眠っていた。

七時半に芳樹がスーツを着て、家を出ていった。今日から仕事だという。

八時、俊彦も目がさめた。一階に下りていった。

ダイニングの長テーブルに、佐久間が朝食を用意していた。昌房、トキ、史穂は部屋から出てこなかった。その他の七人で、朝食を取った。陣内が凜や孝之に近況を聞いたりしていただけで、特に会話はなかった。なんとなく昨日の話の続きは、みな避けている気配があった。

朝食を終えて、部屋に戻った。

俊彦はさっそくケン玉の練習をしている。景子は聞いた。

「ねえ、俊彦。陣内さんって、川崎《かわさき》に住んでいるって言ってたよね」

「そうだよ」

「家族は？」

「十年前に奥さんに先立たれて、今は一人暮らしだよ。子供が三人いるけど、みんな自立しているからね。あ、でも、交際している女性がいるんだ。その人との再婚を考えているんだけど、子供たちが反対しているんだよ」

「なんで？」

「その女性に借金があって、陣内さんは助けてあげたいみたいなんだけど、金目的の結婚じゃないかって子供たちは怒ってる」

「どんな女性？」

「二十歳下って言ってた。昔、コンパニオンをやってたって」

「借金っていくらなの？」

「それは知らないけど」

俊彦の話だけではよく分からないが、実際、金目的だろう。元コンパニオンなら、容姿はいいはずだ。妻に先立たれて、女恋しくなっている老境の男である。まあ、そこはどうでもいい。これはいい情報である。

陣内は金を必要としている。金で転ぶ可能性は高い。

「じゃあ、僕、散歩してくる。景子も行く？」

「ううん、遠慮しとく。なんか疲れたし」

天気のいい日は、朝食後に散歩に出かけるのが俊彦の日課である。もちろんケン玉も持っていく。たいてい一時間は帰ってこない。

俊彦が屋敷から出ていったのを確認して、景子は部屋を出た。

陣内を探した。

陣内は庭にいた。デッキチェアに座って、一人で煙草を吸っていた。

景子は近づいて、頭を下げた。

「ああ、景子さん。なにか？」

「ちょっと相談があるんですが、いいですか？」

「相談？　ええ、どうぞ」

景子は、対面のチェアに腰かけた。

陣内は言った。「俊彦くんはどうしましたか？」

「散歩に出かけました」

「近所の公園にでも行ったのかな。もちろんケン玉を持って」

「ええ」

陣内はおかしそうに笑った。「愉快な青年ですね、彼は」

陣内は残りわずかになった煙草を灰皿でつぶした。

「彼にケン玉を与えたのは道山様なんですよ。山形に行ったときにお土産で買ってきたんです。マホガニー材の最高級品をね。才能があったんですかね。俊彦くんはすぐに技をおぼえて、ひょいひょいとケン玉を操っていましたよ」

だとしたら、よけいなことをしてくれたものである。悲劇の種をまいたのは、道山だったことになる。

陣内は腕時計を見た。「で、相談というのは？」

「あ、はい。ええと」

「やっぱり相続放棄のこと、俊彦くんは景子さんに相談していなかったんですね。そうじゃないかと思っていました。様子がおかしかったから」

「あのあと、お義父《とう》様とは――」

「まだ話していません。あれから具合が悪くて、ずっと寝込んでいるんです」

「あの、お義父様は、やっぱり俊彦に跡を継がせたいんですよね」

「そりゃそうでしょう。榊原家の血を絶やすな、ということだね。なんせ室町時代からだからね。先祖の男系の血をもっとも濃く受け継いでいるのは俊彦くんだから、彼が継ぐのが当然で、能力とかは関係ないんだ。昌房さんからすれば、榊原家をもう一度、再興させたいっていう気持ちがあるんだよ。一縷《いちる》の望みだとしても、俊彦くんに、というか、俊彦くんのなかに流れる榊原家の血に託したい。何代先になるか分からないけど、血がつながって家督が継承されていくかぎり、再興の望みもつながっている。まあ、私にはよく分からないところだけどね」

陣内は空をあおいで、遠くを見た。

「逆に俊彦くん以外となると、まず婿養子の芳樹くんだけど、そもそもよそ者だから、彼に家督を継がせるのは気が進まないんだろう。芳樹くんじゃなければ、弟の孝之さんになるけど、昌房さんは評価していないし、なにより息子の勝也。あれが逮捕されたときは、昌房さんも落胆してね。先祖に申し訳ないって。昌房さんにしたら、孝之さんのあとで勝也が家督を継ぐなんて可能性は、一パーセントでも残したくない。本音をいえば、俊彦くんが継いで、景子さんが男の子を産んでくれたら……、と。これは失敬。よけいなことを言いましたな」

あらためて思う。景子が俊彦の子供を、特に男の子を産んでいれば、相続上は絶対的なアドバンテージになっていたはずだ。だが、今の経済状態で子供を産む気にはならなかったし、そもそも俊彦が相続放棄するとも思っていないから、子供がいなくても問題ないと思っていた。

陣内は言った。「いや、蛇足だったね。で、相談というのは？」

「はい、私は俊彦の、つまり長男の嫁として、やはり俊彦に家督を継いでほしいと思っています。それが歴史ある榊原家にとって自然なおさまり方なので」

「それはそうだけど、本人が放棄すると言っているわけだからね」

「でも、そこには誤解があると思うんです。お義父様が自分をこの家に縛りつけて、自由を奪おうとしていると。もっといえば、ケン玉を取りあげられると思っているみたいなんです。もしかしたら、今が反抗期なのかもしれません」

「俊彦くんが？　ほう」

「ですから、そんなことはないのだと、陣内さんから話してもらえないでしょうか？」

「だったら景子さんが話せばいいんじゃないの？」

「いえ、私が言っても、たぶん聞いてもらえません。陣内さんなら、俊彦も感情的にならずに話を聞けると思います」

「そう言われてもね」

「お義父様も、もう先が短いのなら、俊彦と反目しあったままでいるのは、おつらいでしょうし。二人が和解できるように、力を貸していただけないでしょうか。それができるのは、陣内さんしかいないんです」

「…………」

陣内は、景子の問いかけに反応を示さなかった。

要はあんた、金が欲しいんだろ。そう言いたげな顔をしている。事実その通りなのだから、底意が見透かされるのは仕方ない。だが、こっちも大金がかかっている。これは取引であり、謀略なのだ。

さっそく勝負手を放とう、と思った。

景子は言った。「これは知人として頼んでいるのではなく、弁護士である陣内さんに依頼していることなので、報酬はお支払いします。首尾よくいったら、その……三パーセントはお支払いします」

「ほう、三パーセント」

陣内はぽつりと言った。だが、表情は変わらない。

いや、むしろ突然、興味を失ったように、表情の緊張を解いた。

それを見て、ハッと気づいた。

もしかして、すでに史穂に買収されている？

史穂と陣内のあいだに密約があったと仮定して、あらためて昨日からの出来事を思い返してみる。

陣内は、道山や昌房の遺言の内容を事前に史穂に教えていただろう。そして二人で作戦を練った。まず史穂が俊彦を洗脳して、相続放棄の意思を固めさせる。昌房は、法的なことは陣内に相談する。陣内は、その相談に乗るふりをして昌房に働きかけ、芳樹に家督を継がせるようにうながすつもりなのだろう。

史穂は俊彦に、陣内は昌房に働きかけて、家督はじめからそういうシナリオだった。

を簒奪《さんだつ》するべく共同戦線を張っていたのだ。

当然、史穂から陣内に報酬が支払われる。その額は、少なくとも景子が提示した三パーセントを上回るものであるはずだ。

だから陣内は、景子の申し出に興味を示さなかった。

そう考えてみると、昨日の親族会議も、陣内がうまくコントロールしていたように思えてきた。陣内は、史穂と裏工作していたので、あの場で俊彦が相続放棄を宣言することを知っていたのだ。

証拠はないけれど……。いや、たぶんこれが真実だ。

匂うのだ、ぷんぷんと。榊原家の内輪もめに便乗して、漁夫の利を得ようとする悪徳弁護士の匂いである。老境にさしかかって二十歳年下の女に目がくらみ、その心と体を得ようともくろむ、欲情した生臭い男の匂い。

問題は、史穂がいくら提示したのか、だ。

「あ、いや……、三パーセントで足りなければ、もっと……」

しどろもどろな言い方になってしまった。まずいと思った。こんな言い方をしたら、足元を見られてしまう。

そのとき、人影が近づいてくるのが見えた。

昌房だった。杖《つえ》をつきながら、ゆっくり歩いてくる。陣内が気づいて、少し後ろめたそうにしながら、席を立って頭を下げた。

「昌房さん、大丈夫ですか？」

「ああ、少し気分がいいんで、日に当たりに庭に出てきたんだ」

陣内が、自分が空けた席を勧めると、昌房はそこに座った。

「こんなところで、二人でなんの相談かね？」

「あ、いや」陣内は口ごもる。

「まあ、想像はつくがね」

昌房は、景子に笑いかけた。やけにゆっくりと話した。

「バカな子だろ、あの子は。どういうわけか、つねに私が望むことの逆をする。私があげると言えば、いらないと答える。あげないと言えば、くれと言う。あのケン玉にしてもそうだ。父がお土産で買ってきたものなんだが、俊彦がずっとカチカチやっていて、私には耳ざわりだった。それで『うるさい、そんなもの捨ててしまえ』と怒鳴ったんだ。俊彦はやめるどころか、ますます執拗《しつよう》にのめりこんでいった。今でもまだやっている。もしあのとき怒鳴っていなかったら、すぐに飽きていたかもしれない。今でも続けているのは、『捨てろ』と怒鳴った私への当てつけのように感じられる」

昌房は苦笑いを浮かべて、頭をかいた。

「だから家督を継げと言ったら、拒否するのは分かっていた。いや、そうはいっても私も余命わずかとなれば、少しは親の気持ちを汲《く》んで、家督を継ぐと言ってくれるんじゃないかという期待もあったが、結果はあの通り。俊彦は俊彦というわけだ。まあ、榊原家といっても、もはや風前の灯火《ともしび》だがね。子供たちは、この没落していく榊原家をどのような目で見ていたのだろうと思うよ。

史穂は、榊原家の子女というプライドが高くて、見栄《みえ》を張る子だった。学校に行くのでも、安い服は恥ずかしいから着ないという。高い美容院に行きたがるし、ピアノとかバイオリンとか、そんなものをやりたがった。どうせ長くは続かないんだがね。金にがめつくて、一度手にしたものは手放そうとしない。なにより榊原家を没落させた父や私のことを蔑《さげす》んでいた。なぜ私がこんなにみじめで、貧しい生活をしなければならないのかと。ひと昔前のように、この屋敷で豪華絢爛《けんらん》なパーティーを開いて、芸能人や財界人を招いて、派手なことをやりたがっていた。

俊彦はむしろ、その逆だった。榊原家のお坊ちゃま、という呼ばれ方をするのを、ひどくいやがった。父や私がこだわっていた家名や仕来りを無価値とみなして、そういうものに囚《とら》われている人生を虚《むな》しいものと考えていた。あの子にとって榊原家は、自分を閉じ込めておく檻《おり》にすぎないし、自分を縛る足かせにすぎない。父や私のことも、時代の流れに逆らって民主化を阻もうとする王様くらいの認識なのだろう。そんな王様は滅びたほうがいいと。

凜はどうだったろうな。私には、あの子のことはよく分からない。子供のころから不思議な子だった。ずば抜けて頭がいいのに、何をやらせても本気ではやらないんだ。百点を取れるのに、手を抜いて及第点を取る。しかもちゃんと狙って、ぎりぎり及第点を取るんだ。こんなことは私が一生懸命やるほどのことでもないっていう感じでね。けっして本領を見せない。本をよく読んでいて、いつも空想にふけっていた。でも父や私のことを、史穂とはちがった意味で、軽蔑《けいべつ》していたかもしれない。景子さんは、凜が描いた『炎城』という絵を見たかな？」

「あ、はい、見ました」と景子は言った。

「私は芸術のことはよく分からないが、あの絵のことは分かる気がするんだ」

確かに印象に残る絵ではある。

凜が有名になるまえの、美大生のころの作品だと言われている。ボールペンで描いたイラストで、虫眼鏡を使ったのではないかと思えるくらい、異様に細かい筆致で描かれている。作品として描かれたというより、独自の技法を実験的に試しているという感じで、習作に近い。

そこに描かれているのは、燃える城である。

火は一階で激しく燃えている。だが、二階にいる人々はその火事に気づいていない。そこでは盛大なパーティーが開かれていて、真っ赤なドレスを着た醜い顔の女が社交ダンスを踊っている。顔は浮かれていて陽気だが、踊り方は原始人っぽくて野蛮である。

招待客は誰も彼女を見ていない。

他に、四角いテーブルを囲んで麻雀《マージャン》をしている年老いた男が四人いる。男たちはワインで酔っ払っていて、服装が乱れ、まぬけな顔をしている。麻雀牌《パイ》はてんでんバラバラで、役をなしていない。

彼らは火事に気づかず、パーティーに興じている。いずれ二階まで火が回れば、焼死することが予定されている。

一人だけ、火事に気づいて逃げようとしている青年がいる。一階はすでに火が回っているので、三階からロープを垂らして下りている。だが、この青年は風呂《ふろ》にでも入っていたのだろうか、裸である。そしておしりが真っ赤。猿のような滑稽《こっけい》な姿で、でも必死に逃げようとしている。

昌房は言った。

「あの絵を見て、ああ、これは榊原家のことを描いているんだな、と思った。あの赤いドレスを着て踊っている高慢ちきな女が史穂だ。社交ダンスの相手をしている平べったい顔の男が芳樹くん。麻雀をしている四人の男は、父と私と陣内さんと佐久間。麻雀牌がまるで役をなしていないのは、私たちの無能を表している。まさに榊原家は炎上しようとしているが、誰も気づいていない。一人だけ火事に気づいて逃げようとしている男がいる。それが俊彦だ。だが、俊彦はすっぽんぽんで、何も持っていない。金も武器も持たず、知恵も知識もない、おしりの真っ赤な猿だ。ああ、凜の目には、榊原家はこういうふうに見えていたんだなと思った」

景子はそんなふうに見ていなかった。景子の知らない西洋の童話の一シーンを劇画化したカリカチュアだと思っていた。

あの絵は、構図とかモチーフより、色の描き方に特徴がある。たとえば炎は、通常、炎を描くときに使われる赤や黄色をまったく使っていない。寒色系の色を使って、でもちゃんと炎だと分かるように描いている。色彩理論を無視しているという意味で、実験的な印象を受けたのだ。

だが、昌房に言われて、ああ、そうかもと思った。

しかしあの絵が榊原家を表しているとすれば、そこに景子はいないことになる。凜があの絵を描いたときには、すでに俊彦と結婚していたはずだ。芳樹や陣内、佐久間はいるのに、景子はいない。さらに言えば、トキもいない。

まあ、本当に榊原家がモチーフなのかは分からないのだが。

昌房は続けた。

「私も母も先が短い。私たちはこの屋敷で、残りわずかの人生を終える。そのあとはここを売って、先祖の墓を守ってくれるだけでいい。それだけなら、芳樹くんでいい。一緒に暮らしてみれば分かるが、まあ、彼は律儀な男だよ。俊彦は好きにすればいい。そういうことだから、景子さん、すまないね」

昌房は、心底くたびれたように席を立った。杖をついて屋敷に戻っていった。立ったまま話を聞いていた陣内も、黙ってそのあとを追った。

景子だけ、その場に残された。

6

景子は俊彦の部屋に戻り、デスクの椅子に腰かけた。

昌房の言葉が耳に残っている。

「そういうことだから、景子さん、すまないね」

いかにもがっかりしたような声だった。

同情はする。だが、そう言われても引き下がれるものではない。

この際、ゲームとして考える。十億円争奪ゲームである。ルールにのっとって、より多くの金を奪った者が勝ち。

さっきの陣内と昌房との会話で、分かったことが二つある。

一つは、陣内が史穂に買収されている可能性があること。その報酬は、おそらく三パーセント以上。

この読み筋は当たっていると思う。そして史穂は、景子が考えているよりはるかに策士である。この十億円争奪ゲームは、凜は参加していないので、実質的に史穂との戦いになる。敵は狡猾《こうかつ》だ。

もう一つは、昌房はああ言ったが、やはり俊彦に家督を継がせたいのだと思う。この家において、血の信仰は絶対なのだ。そもそも俊彦が一方的に昌房に反抗心を抱いているだけで、昌房が俊彦を嫌っているわけではない。だから俊彦が態度を変えて、僕が継ぎますと言えば、昌房は喜んでそうするだろう。

つまり父子の和解。これが遺産獲得のための条件となる。

その力添えを陣内に頼んだわけだが、陣内はすでに史穂に買収されている。味方につけるには、史穂より高い報酬を提示する必要がある。

しかしたとえ陣内を味方に引き込んだところで、俊彦の気持ちを変えさせることができるかどうか。俊彦は陣内と親しいだけで、尊敬も崇拝もしていない。陣内のひとことで俊彦がころりと変節するとは思えない。

結局、俊彦次第なのだ。

この十億円争奪ゲームは、どうやって俊彦の気持ちを変えさせて、家督を継ぐ気持ちにさせるかにかかっている。

そして、それがもっとも難しい。

五億円をぽんと捨てられる男だから、金では転ばない。変節させるのは、天草四郎《あまくさしろう》に踏み絵をさせるくらい難しい。俊彦なら、ためらわず殉死を選ぶだろう。少なくとも昨夜のような説得の仕方ではダメだ。

脅してもダメ、すかしてもダメ。

理屈責めもダメ、情に訴えてもダメ。

どうしたら俊彦の考えを変えさせられるか、いい方法がちょっと思い浮かばない。俊彦は、ああ言えば、こう言うタイプである。理屈ではこじ開けられない。正論を無理に押し通そうとすると、今度はすねて意固地になり、ますます気持ちを固くしてしまう。感情がピュアすぎるのだ。

相続放棄を宣言したときの、あの表情がすべてを物語っている。まるで関ヶ原の折、家康に楯突《たてつ》いた直江兼続《なおえかねつぐ》のごとき、すがすがしさだった。利でも転ばず、命さえ惜しまず、おのれの信念を貫き通そうとする男の顔をしていた。

俊彦を改宗させることが難しいなら、もう一つ方法がある。それは芳樹の相続資格を失わせることだ。

先ほどの昌房の口ぶりでも、血のつながりがない芳樹に榊原家の家督を譲るのは本意ではない様子だった。それにくわえて、家督を継ぐのにふさわしくない事由があれば、そういうことにはやたらこだわる家風である。昌房は芳樹を家督相続の対象から外すだろう。

たとえば芳樹や、その親に前科があるとか。

芳樹が外れれば、残るのは俊彦と孝之。だが、陣内も言った通り、昌房は孝之には家督を譲らないだろう。

実質、俊彦以外にいなくなる。

今は芳樹という代わりになる者がいるから、昌房も芳樹でいいという気持ちになっている。俊彦も、榊原家のことは史穂と芳樹にまかせておけばいいという頭があるから、自分が継ぐ必要はないと考えている。

でも、いよいよ俊彦以外に継ぐ者がいなくなったら。

俊彦が継がなければ、お家断絶となる。

それをもっとも恐れているのは昌房である。昌房にも意地があるだろうから、簡単には俊彦に頭を下げられない。でも、そこまで追い込まれたら、俊彦に歩みよる気持ちになってくれるのではないか。

「頼む。おまえしかいないんだ。ここは父を立てて、榊原家を継いでくれ」

昌房のほうから頭を下げて、俊彦にそう言ってくれるだけでいい。俊彦だって鬼ではない。心を動かされるはずだ。

俊彦が昌房に頭を下げるのは無理だとしても、昌房のほうから頭を下げてくれたら、俊彦の気持ちだって少しは変わる。基本的に昌房も俊彦も善良な人間である。話の分からない人間ではない。

いいアイデアのように思えてきた。

というか、この硬直した状態を軟化させるには、これしかない。説得ではダメだ。そういう状況をまず作るのだ。

だが、芳樹に相続資格を失うほどの汚点があるだろうか。

景子は、芳樹のことをさほど知らない。ただ、悪い噂は聞かない男である。今も収入は少ないとはいえ、ちゃんとサラリーマンをやっている。

しかし、もちろん裏のない人間はいない。婿養子に入って、支配的な史穂のもとで、肩身の狭い思いをしているはずだ。どこかでハメを外している可能性はある。浮気でも充分な欠格事由になる。名家にとっては風俗通いさえ汚点になる。探偵を雇って調査するか。何も出てこなければ、いっそハニートラップをしかけて、おとしいれるか。

なにかうまい方法はないか。

考えろ。一生分、脳を使え。

人生の大勝負である。ここで知恵が出るかどうかで、生死が決まる。

突然、部屋のドアが開いて、俊彦が帰ってきた。

「ただいま」

妻の苦悩も知らず、笑顔を浮かべている。その笑みがあまりに無垢《むく》すぎて、悪だくみを考えていた自分に罪悪感をおぼえた。

「おかえり」

「これ、プレゼント」俊彦は紫の花を渡してきた。

「なに？」

「リンドウの花だよ。公園にきれいに咲いてたんだ」

「……あ、そう」

「景子にプレゼントしようと思って摘んできた。根っこは漢方薬にもなるよ。根っこをよく洗ってから天日干しにするんだ」

俊彦はなぜか植物の知識をたくさん持っている。

リンドウは根っこまでついていた。正確には摘んだのではなく、根っこごと引き抜いてきたのだ。問題は、公園に野花として自生していたものなのか、それとも花壇に咲いていたものなのか。

後者だとしたら、これは窃盗になる。もちろん俊彦には悪意はないし、犯罪とも思っていない。公園の花壇は公共団体が税金を使って管理しているということを知らないだけだ。所有権という概念を持たない子供なのだ。

怖かったので、あえて聞かなかった。

帰ってくるなり、俊彦は手帳を開いて、なにか書き込んでいる。

「なに書いてるの？」

「俳句だよ。リンドウの、紫香る、秋深し。いいでしょ」

「そうね、上手」

不思議である。これほど自由奔放で個性的な人間もいないのに、常識がないから固定観念に縛られているわけでもないのに、なぜか文章を書かせても絵を描かせても、つまらないものしかできない。

そしてまた、ケン玉の練習をはじめる。

心のなかで舌打ちした。朝食のあと散歩に出かけ、見つけたリンドウの花に心を打たれて一句詠《うた》い、愛する妻にも感動を分けようと思って、根こそぎ引っこ抜いてくる。そしてケン玉の練習。

これほど幸福な男も他にいないだろう。

まあ、いい。今はそれどころではない。考えなければならないことが山ほどある。

とりあえずリンドウを持って外に出た。このままだと枯れてしまうので、落ちていた木の枝を使って穴を掘り、庭の適当な場所に植えた。よけいな手間をかけさせられる。なにが漢方薬だ。だったら自分で洗って天日干しにすればいい。それを景子にやらせようとする神経が分からない。

部屋に戻ると、俊彦は変わらずケン玉をしている。

今日は昼すぎに帰る予定である。景子は明日《あした》から仕事がある。でも、そのまえにもう一度、陣内と話したいと思っていた。

だが、どうやって話を持っていったらいい？

陣内は史穂と通じている。下手に話すと、そのまま史穂に伝わってしまう。

俊彦のスマホが鳴り、電話に出た。

「あ、凜。なに？　……卓球？　いいよ、分かった」

俊彦は電話を切った。

「景子、凜が卓球でもやらないかって」

「卓球？　どこで？」

「三階の部屋に、卓球台があるんだ」

「へえ、知らなかった」

一階にはリビングやダイニング、昌房やトキの部屋がある。二階には俊彦をはじめ、家族の部屋があり、客間がある。三階はほとんど使われていない。昔は使用人の部屋だったと聞いたことがある。

景子は言った。「いや、ちょっと疲れたから、休んでる」

「そう。じゃあ、僕は行ってくるね」

俊彦はケン玉をデスクに置いて、部屋を出ていった。

俊彦と凜は仲がいい。海外在住の妹としょっちゅう電話している。これが費用的に高くつくので、頭が痛いのだが。

俊彦は誰とでも仲よくなる。悪意がなく、裏表がないからだ。史穂や陣内や佐久間、勝也とさえ仲がいい。近所の人や大家とも親しい。俊彦のすっとんきょうなところが人気を呼ぶらしく、交友関係がやたら広い。

ただ、史穂と凜は仲が悪い。おたがい避けている気配がある。理由は、史穂のやっかみだろう。才色兼備で、富と名声を築いている凜に、史穂は明らかに嫉妬《しっと》している。凜は凜で、面倒くさがって相手にしていない。

俊彦が去ったあと、景子は俊彦のベッドに寝っ転がった。俊彦の匂いは女っぽい。ボディーソープもシャンプーも、なぜかすべて女物を使うからだ。平気でピンク色の持ち物を使っていたりもする。

あらためてさっきの続きを考えるけれど、一度思考が途切れたので、うまく接続できない。なんだか頭がうまく働かない。

十分ほど経って、うとうとしかけたところで、部屋をノックする音がした。ゴン、ゴンと拳《こぶし》で叩《たた》いたような音だった。

景子は起きあがり、ドアまで歩いていった。

「はい、どなたですか?」

「勝也です」間違いなく、勝也の声だった。

おそるおそるドアを開けた。勝也が笑顔で立っていた。

「あ、姉さん。こんちは。話があるんだけど、いい?」

「話って、なに?」

「まあ、こんなところで立ち話もなんだからさ」

男の力に負けて、ドアを押し開けられた。勝也が強引に部屋に入ってくる。

「ちょっと、なんですか」

「そんなにびびらないでよ。何もしないからさ。俊くんが凜と卓球やってたから、こっそり来たんだ。ほら、ドアを閉めて。誰かに聞かれたらまずいでしょ。姉さんにとっても悪い話じゃないんだから」

勝也は部屋に入るなり、デスクの椅子に腰かけた。

悪い噂しかない男だ。凜と同じ二十五歳だが、高校卒業後も定職に就いていない。風俗嬢のヒモで、ナイトクラブでバイトしているという話は聞いたが、事実かどうかは知らない。ともかく素性は知れない。

俊彦や凜とは年齢が近いので、小学生のころはよく遊んだそうだ。中学以降、勝也が非行に走ってからは、それほど関わりはない。

景子はドアを閉めた。いつでも逃げられるように、勝也から距離を取った。なるべく出口に近い位置に立った。

勝也は言った。「姉さん、芳樹さんのこと、おとしいれたいんでしょ」

「えっ」

「分かるよ、顔を見ればさ。昨日の親族会議のときも、顔が真っ青だったし」

勝也は高笑いをする。

「さっき庭で昌房おじさんと話してたでしょ。陣内もいた。俺の部屋の窓から見えてたんだ。声は聞こえなかったけど、まあ、表情や身振りを見ればさ、会話の内容はだいたい分かるよ。チャップリンのサイレント映画だって、なんとなくこんなこと言ってるんだろうなって分かるでしょ」

見抜かれている。勝也は、景子の邪悪な面に気づいている。チャップリンなんて古い映画を見ているのも意外だった。

勝也は椅子の背もたれに寄りかかり、足を組んだ。

「姉さんが今、何を考えているのかも分かるよ。姉さんも大変だね。俊くんは、ほら、ああいう人だからさ。さしずめ『レ・ミゼラブル』に出てくるマリウスだ。裕福な家庭に生まれながら、その恵まれた地位を捨てて、革命に身を投じる純真なマリウス。ということは、姉さんはコゼットということになるな」

「『レ・ミゼラブル』なんて読んでるんだ」

「読んでないよ、あんなクソ長い小説。ドラマで観ただけ」

でも、『レ・ミゼラブル』が長大な小説であることは知っているのだ。学校の成績はともかく、無教養というわけではないのかもしれない。

「で、話ってなに？」

「だから芳樹さんをおとしいれようって話さ」

勝也は、デスクの上のケン玉を手に取った。器用に遊びながら言った。

「芳樹さんなんかに家督を継がれちゃ困るっていう点では、俺と姉さんの利害は一致していると思うんだよ。で、俺はそんな姉さんのお役に立てるってわけ。芳樹さんは凡人だからね。毎日九時に出社して、五時に退社する。そんな生活を四十年続けても、なんの疑問も持たない人さ。酒も飲まないし、浮気もしない。躾《しつ》けられた犬みたいにまっすぐ帰宅して、ブタみたいな有閑マダムのためにマッサージまでしてあげてるって話だ。だから探偵に調べさせたところで、何も出てきやしないよ。

でもさ、だったら引きずり込んじゃえばいいのさ。男なんて単純だからね。若くて美人でおっぱいの大きい女が好きなのさ。女の裸を見て、ちゃんと勃起《ぼっき》する男なら、百パーセント引っかかる。芳樹さんは品行方正なんじゃなくて、自分から口説きに行く勇気がないだけ。でも女のほうから声をかけられれば、ひょいひょいとついていくのが男ってもんさ。そんで乱交パーティーに引きずり込んで、その動画を撮っちゃえば、今の時代、これはすごい脅しになる。俺たちの仲間には、そういうことをする専門のやつがいるわけ。まじめでお堅い紳士様が、何人も引っかかって破滅していくのを俺は見てきたからね。芳樹さんなんかイチコロさ」

勝也はケン玉を持って、玉を大皿と小皿に交互に載せる動きをくりかえしている。ある程度、練習しないとできない技だ。

「なあ、姉さん。どうだい、俺と組まない？」

「…………」

「どうせ、ラチあかないんでしょ。俊くんはああいう人だし、ほら、姉さんだって俊くんの前では淑女でいたいでしょ。汚れ役は俺が引き受けるからさ。どのみち芳樹さんはつぶさなきゃならねえんだ。そうだろ？」

「そのまえに、ケン玉、やめてくれる。俊彦の大切なものだから」

なぜだか分からないが、勝也が汚い手で俊彦のケン玉を触り、乱暴に扱っているのが無性に腹立たしかった。

「ああ、すんません」

　勝也は大人しく、ケン玉をデスクに置いた。

「で、どうだい。芳樹さんをつぶして、相続の資格を失わせちゃえば、あとは俊くんしかいないんだから、それが一番の近道だと思わない？　それに、そんなに時間はないんだ。昌房おじさんがいつ死ぬか、分かんねえから」

　即座にノーと言えない自分に驚いていた。

　本来なら、どんな事情があっても、勝也とは組まない。だが、袋小路に入り込んでいるのは事実だった。

　まるで景子の心中を読みきったように、さっきまで景子が考えていたことを勝也がしゃべっている。つまり、勝也と景子の考えは、ほぼ完璧《かんぺき》に一致している。悪人同士、考えることは一緒ということかもしれない。

「でも」と景子は言った。「タダじゃないんでしょ、当然」

　勝也は口笛を吹いた。「よし、決まったね。同盟締結だ」

「まだ、何も言ってないわ」

「言ったようなもんだよ。まあ、確かにタダじゃない。こっちも危ない橋を渡るわけだから。昌房おじさんが死ねば、俺の親には二億五千万が入るらしいが、俺のふところには一円も入らねえ。あいつらが俺に金を残すとも思えねえし、死ぬころには使いきっちまってるよ。でも、今の姉さんじゃいくらも出せないでしょ。だから成功報酬でいい。首尾よくうまくいって、姉さんに遺産が入ったら、そのうちの一割をもらう。五億なら五千万。まあ、それくらいが相場でしょ」

勝也は指を一本立てた。

手にした遺産の一割。この額が正当なのかはよく分からない。

でも、このまま何もしなければゼロである。むしろ陣内に提示した三パーセントという数字が少なすぎた気もする。

心臓が激しく高鳴っていた。

史穂・陣内同盟に対抗するために、景子も勝也と同盟を結ぶ。呉越《ごえつ》同舟だが、これは十億円をめぐる戦いである。無傷できれいに勝とうとするのは虫がよすぎる。家康だって、信長《のぶなが》と好き好んで同盟を結んでいたわけではない。長男を自害させられても、お家を守るために組むしかなかった。そして秀吉が死んだあとは、天下を取るために卑怯《ひきょう》なことを山ほどやっている。悪魔にだって心を売る覚悟があったから、家康は天下を取れたのだ。

「……分かったわ」と景子は言った。

7

勝也は部屋を出ていった。

芳樹をおとしいれる、と勝也は言った。具体的なことは何も言わなかった。景子はそれに承諾してしまった。相続した金の一割を渡すことで。

急に迷いが出てくる。

本当に勝也を信用していいものか。いや、信用できる人間のわけがない。平気で嘘をつき、約束を反故《ほご》にする人間である。だが、不思議なくらい考えが一致していた。同じ思考回路の持ち主なのかもしれない。まさに自分が考えていた通りのことを提案されたので、思わずうなずいてしまった。

やっぱりなかったことに……。いや、いまさら……。

どのみち芳樹を排除しなければ、遺産は入らない。毒を食らわば皿まで、か。

突然、部屋のドアが開き、俊彦が戻ってきた。

かわいい妹と一時間ばかり卓球してきて、ニコニコ顔である。

海外在住の妹と会うことはあまりないが、凜の芸術家としての成功をもっとも喜んでいるのは俊彦である。

だが凜は、昌房の言った通りなら、兄のことを素っ裸で尻《しり》の赤い猿だと思っていることになる。炎上する榊原家から、何も持たず、家族を助けようともせず、一人だけ逃げようとしている俊彦。まさに今の状態がそれである。凜は、あの絵を描いた時点で、未来のこの状態を予見していたことになる。

俊彦は言った。「景子、もうすぐお昼ごはんだよ」

「いや、遠慮しとく。頭が痛いから、ここで寝てる」

「お昼ごはん、佐久間に言って、こっちに持って来させようか？」

「いや、いい」

「薬は？　佐久間に頼んで——」

「薬は持ってるから大丈夫」

　俊彦は、この屋敷にいるときは、何をするにも佐久間である。家に帰ったら、その佐久間が景子に代わる。結局、他人まかせなのは変わらない。

「午後には帰る予定だったけど、具合悪いなら、もう一泊しようか？」

「いや、それは大丈夫。明日《あした》から仕事あるし」

「休めばいいじゃん。具合悪いんだから」

「…………」

　社会人たるもの、ちょっと具合が悪いくらいでは仕事を休めないのだということを俊彦に理解させるのは無理である。

「じゃあ、僕もこっちにお昼ごはんを持ってきて」

「いいって、私は寝てるから。家族みんなで食事する機会もめったにないんだから、一緒に食べてくればいいよ」

「……そう、じゃあ僕一人で行ってくるよ」

「どうぞ」

「佐久間に頼めば、おかゆを作ってもらうこともできるよ」

「私のことはいいから、行ってらっしゃい」

景子はベッドに横になり、顔をそむけた。

俊彦にはこういうしつこさがある。優しさより、面倒くささが勝つ。結局、本人がかまってほしいだけだ。その優しさ自体、ズレている。

俊彦はなんだか寂しげに、部屋を出ていった。

仮病をやめて、景子は体を起こした。

まだ迷いが残っていた。勝也と組んでよかったのか。

しかし他に方法がない。俊彦を説得して翻意させる自信はない。でも、なんとしても遺産をあきらめられない。

なんとなくスマホを手に取った。バッテリー残量がかなり減っていた。電源コードを接続して、コンセントに差し込もうとしたが、本棚の横のコンセントは俊彦のスマホが充電中でふさがっていた。広い部屋なので、他にもあるはずだと思い、探してみると、デスクとベッドのわずかな隙間にあった。

手を伸ばせば、なんとか届く。コンセントの穴は二つあり、上に三個口の電源タップが差し込まれていた。

空いているほうを使おうと思って、ぴんときた。

なぜここに電源タップが差し込まれているのか。

通常、電源タップは、一つのコンセントに差し込むことで、複数のコンセントを使えるようにするためのものである。それがあるなら、もっと使いやすい位置にあるコンセントに差しておけばいい。なぜわざわざ手を伸ばさなければ届かないコンセントに差しておくのか。

思いあたる理由は一つ。

以前、テレビで見たことがある。この手の電源タップには、盗聴器がしかけられているものがある。コンセントに差しておけばそこから電源が取れるので、永久に盗聴できて都合がいいからだ。

その電源タップを引き抜いた。振ってみるが、特に音はしない。

ペーパーナイフを取って、その先端をプラスチックの接合部分にねじこんで力まかせに破壊してみた。

なかに、小さな精密機器が入っていた。

盗聴器だ。間違いない。

なぜ盗聴器が俊彦の部屋にしかけられているのか。理由は明白である。

犯人は史穂だ。もちろん相続にからんでのことだろう。

史穂は、芳樹に家督を継がせるべく動いていた。まず陣内と手を組み、道山や昌房側の意向をつかむ。さらに俊彦を洗脳して、相続放棄に導く。それらが実を結んで、今は芳樹が継ぐという流れになっている。

だが、史穂がもっとも警戒していたのは景子だった。

だからこの部屋に盗聴器をしかけた。昨日の親族会議のあと、部屋に戻った俊彦と景子がどんな会話をしたのか、知りたかったからだ。

想像以上の策士である。用意周到に手を回している。

そしてつねに一歩、先を行かれている。

この部屋は、ずっと史穂に盗聴されていた。昨日、この部屋に戻ってきて、俊彦と何を話したかは覚えている。だが、いつも通り、俊彦の前では猫をかぶって本音では話していないので、そこは問題ない。

問題は、勝也との会話である。あれを録音されていたら、景子は終わりだ。

軽率だった。

盗聴されている可能性くらい、考えておくべきだった。ここは史穂のホームである。究極だが、飲食物に毒を入れられることさえ警戒しておかなければならない。遺産相続で殺人事件だって起こりうるのだから。

実際、陣内は景子と話していたとき、うかつなことは言っていなかった。景子が録音していることを警戒していたのだ。おそらく職業病だろう。政治家と同じように、言質を取られないように安易なことは言わず、態度を不鮮明にして、あとで言いつくろえる範囲でしか発言しないことが癖になっているのだ。

ともかく録音データを破棄しなければいけない。あの録音を聞かれたら、以後、発言権を失う。俊彦にも猫をかぶっていたことがバレてしまう。

このタイプの盗聴器は、テレビで見た知識によれば、数百メートルの範囲で電波を飛ばして、その範囲内にある受信機でキャッチする。それをICレコーダーなどに録音するのが一般的である。

おそらくその受信機は、同じ階の史穂の部屋にある。

今は昼食中。

俊彦が部屋を出ていって、十分以上が過ぎている。

史穂はまだ、景子が盗聴器を発見したことに気づいていないはず。

すぐに行動を開始した。

部屋を出て、忍び足で一階に下りた。こっそりのぞいて、ダイニングを確認する。あの長テーブルに、俊彦、史穂、凜、孝之、美乃里、勝也、陣内が座っている。朝食には出てこなかった史穂もいるのを確認した。佐久間が給仕している。昌房とトキは、自室で休んでいるのだろう。

つまり今、二階には誰もいない。

この家の昼食はデザートつきなので、ゆうに一時間はかかる。

二階に戻って、史穂の部屋のドアの前に立った。ドアノブを回す。だが、開かない。内側から鍵《かぎ》がかかっている。

この屋敷の部屋には、基本的に鍵はついていない。史穂は自分の部屋にだけ、自分で鍵をつけたのだろう。

三階にあがって、史穂の部屋の真上の部屋に入った。ベランダに出る。すぐ真下に、史穂の部屋のベランダがある。

下りられそうか、確認した。ロープを垂らせば行けそうだ。

いったん俊彦の部屋に戻り、布団のシーツをはがした。それをくるくる巻いて、ロープ状にする。景子の布団のシーツもはがして、同様にした。その二つを固く結んだら、四メートルほどのロープができあがった。

三階にあがって、先ほどのベランダに出た。

ロープを柵《さく》に結びつけて、下に垂らした。景子の体重は軽い。貧乏のせいで自然に食事制限されているからだ。しかし生まれつき運動神経はいい。

行けるはず。というか、迷っている暇はない。

ロープをつたって、二階に下りた。転落しないように、ロープをしっかり握り、両足で挟みながら下りた。

自分でも信じがたいほどの力が出た。

なんとか史穂の部屋のベランダに下りた。ベランダの窓の鍵が閉まっていたら、ガラスを割ってでも入るつもりだったが、開いていた。

史穂の部屋に侵入した。罪悪感などない。先に盗聴器をしかけてきたのは史穂だ。目には目を、歯には歯を。

部屋をかたっぱしから捜索するつもりだったが、その必要はなかった。受信機とＩＣ

レコーダーは、史穂のデスクに置いてあった。

ＩＣレコーダーについていたイヤホンを耳につけて、直近に録音されたものを再生してみる。勝也の声が聞こえてきた。

「あ、姉さん。こんちは。話があるんだけど、いい？」

「話って、なに？」

「まあ、こんなところで立ち話もなんだからさ」

これ以上、聞く必要はなかった。再生を止めた。データを消去しようかと思ったが、やめた。このタイプのＩＣレコーダーは、たとえデータを消去しても、あとで復元させる方法があると聞いたことがある。ＩＣレコーダーごと持ち去るまでだ。

ドアの鍵を開けて、堂々とドアから部屋を出た。

三階のベランダに戻り、柵に結んだロープをはずして、俊彦の部屋に戻った。

ここまでで三十分もかかっていない。まだ昼食中だろう。

まずはロープをほどいて、シーツに戻した。それを布団に敷きなおした。それから部屋にあったガラス瓶で、ＩＣレコーダーを叩《たた》き壊した。とりわけ記録ディスクらしきものを念入りにつぶした。

これでよし。ぎりぎり助かった。運はまだ残っている。

景子はベッドに横になり、疲れきって目を閉じた。

「じゃあ、先に下に行ってるよ」

午後三時に近づき、家に帰る時刻になった。先に支度をすませた俊彦が、バッグを持って部屋を出ていった。

今日、帰るのは俊彦と景子だけである。凛、孝之、美乃里、勝也、陣内は明日《あした》、帰る予定だと聞いている。

史穂はICレコーダーが盗まれたことに気づいただろう。だが、騒ぎたてることはないはず。こちらは郷に入っては郷に従ったまで。文句を言ってきても、すました顔をしていればいい。証拠はすべて破壊したのだから。

あのあと、ずっと部屋を出ていない。トイレにも行っていない。もうこの屋敷では何も食べたくないし、何も飲みたくない。

昼食後、俊彦が部屋に戻ってきて、少し昼寝してからケン玉の練習をしていた。

まだ頭がうまく整理できない。勝也にはあとで連絡するとして、あらためて作戦を立てなおそうと思った。

ともかく疲れた。

はやく家に帰りたい。あんなボロアパートでも、この屋敷よりましだ。少し休んでリフレッシュしてから、作戦を練りなおす。

バッグを持って部屋を出ようとしたところで、突然、ドアが開いた。

驚いて、声が出なかった。

史穂だった。悪鬼のような顔をしている。

ずかずか入ってきて、ドアを閉めた。いきなり詰め寄られた。

顔面が真っ赤にふくれあがっていた。目玉がむき出しで、額の青筋がはちきれんばかりに盛りあがっている。思わず、ナマハゲを連想した。陰険で、奸悪《かんあく》なあばずれ女が、ついに尻尾《しっぽ》を出した。

史穂は言った。「あなた、盗んだでしょ。ICレコーダー」

「なんのことですか？」

「しらばっくれても無駄。昼食のとき、いなかったのはあなただけだから」

「なんの話でしょうか。私は具合が悪くて、寝ていましたけど」

史穂は鼻で笑った。「ふっ、最初から気づいていたわ。初めて会ったとき、その顔を見た瞬間にね、あなたがごうつくばりの浅ましい女だってことに。この家の財産を奪うことが目的で、俊彦に近づいたことも」

「どうしたんですか。なにかあったんですか？」

いけしゃあしゃあと白を切った。

史穂は挑発するように、にらんでくる。その目から敵意があふれている。景子はあえて反発せず、その視線をかわした。

史穂は言った。「なんて厚かましい。まあ、血は争えないってことか。あなたの家、ひどい貧乏だったそうね。死んだ母は、郊外のみすぼらしいラブホテルで働いていたっていうし。いや、そこで体を売っていたのかしら」

景子はハッと息を呑《の》んだ。

やはり調べられている。確かに母は一時期、ラブホテルで働いていた。時給がよかったので、仕事をかけもちして深夜バイトしていたのだ。だが、体を売っていたなどという事実はない。

「そんな汚らわしい女の娘だから、高校生なのに、バイト先の店長といかがわしい関係になるのも平気だったんでしょうね」

高校生のころ、バイト先の店長と付き合っていたのは事実である。でも、不純な気持ちはなかった。景子にとっては初めての恋愛だった。時給は少し上がったけど、こっちが要求したわけではなく、向こうが勝手にそうしたのだ。半年後、相手に妻子がいることが分かって別れた。

しかし、なぜそんなことまで知っているのだろう。興信所に調査を依頼したとしか思えない。どこまで調べてあるのか。

史穂は、唇をねじ曲げて言った。

「ずっと待ってたんでしょ。祖父母が死に、父が死に、長男の俊彦のところに財産が転がり込んでくるのを」

「……………」

「でも、残念でした」

史穂はスマホを取りだして、操作した。音声が流れてくる。

勝也の声だった。

「で、どうだい。芳樹さんをつぶして、相続の資格を失わせちゃえば、あとは俊くんしかいないんだから、それが一番の近道だと思わない？　それに、そんなに時間はないんだ。昌房おじさんがいつ死ぬか、分かんねえから」

史穂はにやりと笑った。

「ICレコーダーに録音されたデータは、すぐにスマホに転送しているのよ。世の中、何があるか分からないからね。たとえば売春婦の娘が、ベランダから侵入して盗みに来ないともかぎらないから」

「……分かったわ」

景子が勝也と同盟を結んだところまで聞いて、史穂は再生を止めた。

「さて、どうしましょうか」史穂は高笑いした。「俊彦にこの録音データを聞かせてもいいけど、とはいえ、私にとってもかわいい弟だからね。あなたの母が売春婦で、その娘もバイト先の店長のセックスフレンドだったことなんかは、できれば教えたくない。だから大人しくしてなさい。あなたが何もしなければ、私もしない。でも、もし芳樹になにかしたら、許さないわよ。どんな手を使っても叩きのめしてやる」

史穂が怒りをむきだしにした。芳樹を守るような言い方をしたのが意外だった。女主人と召使いくらいの関係だと思っていたが。

「勝也にも、私から釘《くぎ》を刺しておくわ。しかし、あなたもバカね。よりによって勝也と組もうとするなんて。いや、同じ穴のムジナか」

急に体から力が抜けた。

母と自分に対する侮辱の言葉だけ、しつこく頭に鳴り響いていた。

金持ちの家に生まれた史穂には、私たちの気持ちは分からない。

分かりっこない。

母は深夜にラブホテルで清掃の仕事をしていた。汚れたシーツを替えて洗い、バスルームをきれいに洗い流す。ゴミ箱に捨てられたティッシュやコンドームを捨てる。気持ちのいい仕事ではない。でも、それで時給千五百円もらえる。母にしては割りのいい仕事だった。

景子にしても、高校生のころ、バイトをして家計の足しにしなければならなかった。

本音をいえば、吹奏楽部に入りたかった。でもそんな時間もお金もなかった。お金がいつも不足していた。今だって不足している。

お金が欲しくて、何が悪い。

史穂は、自分で働いてお金を稼いだ経験がない。結婚してからもずっとこの屋敷にいて、家賃も食費も光熱費も払わず、かといって専業主婦でもなく、夫が稼いだ給料を自由に使って、高価な化粧品や洋服を買いあさっている。そんな女に、私や母を侮辱する資格などない。

「あなたにこの家の財産は渡さない。すべて私のもの」

史穂は捨て台詞《ぜりふ》を言って、部屋を出て行こうとする。

その手に、スマホが握られていた。そのスマホに、景子の運命を握る録音データが入っている。

取り返せ。

この言葉が、天から下りてきた。あるいは悪魔の声だったのかもしれないが。

その言葉が、衝動をかりたてた。

すでに体が動いていた。

史穂に体当たりして、突き飛ばした。転がった史穂の上にのしかかり、髪をつかんで頭を床に叩《たた》きつけた。もう一度、さらにもう一度、力まかせにやった。史穂は手に持っていたスマホを落とした。

景子はそのスマホを拾い、デスクに置いて、ガラスの瓶で叩きつけた。スマホの画面が割れて、破片が飛び散った。景子は夢中で叩きつけた。スマホは完全に破壊された。これでデータは消えた。

はぁ、はぁ、と自分の息だけ聞こえた。

ふいに気づく。

史穂があおむけで倒れたまま、動かない。

目は開いていた。だが、瞳孔《どうこう》が動いていない。凍ったように静止している。口は半開きで、よだれが垂れている。呼吸はしていないように見える。

「ひっ」景子は思わず悲鳴をあげた。

史穂の、床についている後頭部から血が流れてきた。コップ一杯分、いや、もっと多いかもしれない。

床にどんどん血が広がっていく。

史穂の後頭部が、その血だまりのなかに沈んでいる。

「ちょ、ちょっと……、ねえ」

史穂の頰を叩くが、ぴくりともしない。体を揺すっても反応がない。

「……嘘でしょ。ねえ、起きて……」

史穂の手首をつかみ、指をあてた。脈がなかった。首の頸動脈《けいどうみゃく》に指をあてても、壊れた時計のように反応がない。

「死んでる……」自分の声がかすれていた。

8

史穂はあおむけで倒れている。

後頭部から流れる血は、止まったようだ。粘り気のある血だまりに、髪の毛がべっとり浸っている。血の匂いが鼻についた。

自分の心臓が激しく動いている。体全体にその振動が伝わるほどに。口の中に唾液《だえき》があふれ出して、何度もつばを飲み込んでいた。

だが、脳はこの状況を冷静に分析しようとしている。

瞬間的に二択を考えていた。
①救急車を呼ぶか。
だが、救急車を呼んでも、助かる見込みはないと思う。じっと死体を見下ろし、完全に生活反応がないことを確認した。呼吸、脈拍、心音、瞳孔反射、すべてない。今ここで人工呼吸などする気はなかった。
②事故死に見せかけられないか。
これも無理だと思う。飛びかかったとき、史穂はかなり抵抗してきた。史穂の体には争った跡が残っているはずだ。史穂のスマホを破壊しているし、この状況で足をすべら

せて頭を打って死んだように見せかけられるわけがない。

死因はたぶん脳出血。史穂の髪をつかんで、頭を床に叩きつけた。あの一撃で頭蓋骨《ずがいこつ》が割れて、出血した。この屋敷の床は、とても硬い。洋館だからか、普通の床とはちがう。石に叩きつけたのと同じだ。

この二択はどちらも選べない。

確実に自分が逮捕されることになる。自分の意志ははっきりしている。刑務所に行きたくない。なんとか逃れる方法はないか。

死体の目が開いていた。景子は指でまぶたを下げて、目を閉じさせた。

そのとき、ガチャという音がして、ドアが開いた。

俊彦が顔を出した。「どうしたの、景子。もうタクシーを呼んだよ」

「あ、ああ、はい。今、行くわ」

俊彦はドアを半分開け、顔だけ出した。その位置だと、景子の足元に倒れている死体は死角になって見えない。死体に気づいていない。

俊彦はそれだけ言って、ドアを閉じた。

あらためて考える。

史穂の死体は重すぎて、自分では動かせない。そんな時間もない。

俊彦に話して、死体の隠蔽《いんぺい》に協力してもらおうか。ちょっと考えたけど、すぐにやめた。俊彦にとっては大好きな姉である。死体を見たら、絶対にパニックになる。俊彦はあてにならない。

　頭が火照ってきた。冷静に考えているつもりだが、ちゃんと論理的な思考になってい
るのか、自分でも分からなくなってきた。

　破壊したスマホの破片を集めて、バッグに入れた。死体をそのままにして、バッグを
持って部屋を出た。

　なるようになれ、という気持ちだった。

　階段を下りて、一階のリビングに行くと、みなが集まっていた。俊彦は陣内と話して
いて、その周辺に、凜、孝之、美乃里、勝也、佐久間がいる。昌房とトキ以外、帰宅す
る俊彦を見送りに来ていた。

　俊彦に誘われて、昌房の寝室に向かった。昌房はベッドに横になっていた。

「お父様、僕たちは帰ります。お大事に」

「ああ、気をつけてな」

　昌房はちらりと景子の顔を見たが、何も言わなかった。形だけのあいさつをして、リビングに戻った。

「史穂お姉様は？」と俊彦が言った。

「さあ」と凜が首をかしげる。

「ちょっとお姉様の部屋に行って、あいさつしてくる」

　俊彦は二階にあがっていった。

俊彦がいなくなると、なんとなく無言になった。

突然、美乃里が話しかけてきた。「景子さんは明日《あした》から、お仕事？」

「え、ええ」

「大変ねえ。お葬式のあとで、休む暇もなくて」

「でも、働かないと食べていけませんから」

「景子さんは、なんのお仕事をしているの？」

「えっと、オペレーターの仕事を」

動揺をひた隠しにして、どうでもいい世間話に徹した。

美乃里と話したことはほとんどない。家具販売店に勤めていることくらいしか知らない。容姿も性格も普通で、おしなべて存在感のない女性である。愛想笑いをしないので、陰気な印象を受ける。

ただ、問題児の勝也のことでは苦労したと聞いている。

勝也はそっぽを向いていた。先ほど、悪の同盟を結んだばかりである。景子もなるべく勝也のほうを見ないようにした。

しばらくして、俊彦が戻ってきた。

「お姉様、どこに行ったんだろう。部屋をノックしたけど、いないみたいだった。どこかに行くって言ってた？」

俊彦が聞いたが、誰も分からなかった。

「タクシーが来たみたいです」と佐久間が言った。

「まあ、いいや。お姉様によろしく言っておいて」俊彦は凜に言ってから、全員に顔を向けた。「では、みなさん、お世話になりました」

景子も頭を下げて、屋敷を出た。荒れはてた庭を横切って、出口の門に向かって歩いていった。佐久間は俊彦のバッグを持って先に屋敷を出て、タクシーを待たせているところに立っていた。

門を出たところで、俊彦が佐久間からバッグを受け取った。景子が先にタクシーに乗り込み、そのあとで俊彦が乗った。

俊彦は言った。「佐久間、お父様とおばあ様のこと、よろしく頼むよ」

まるで若殿のような物言いだった。

「はい」佐久間がうなずいた。

景子が「麴町駅まで」と言うと、タクシーのドアが閉まって走りだした。俊彦が子供みたいに手を振ると、佐久間は少し微笑んだ。

自宅アパートに帰り着いた。

あの屋敷とは雲泥の差である。榊原家にいるうちに、体がひとまわり大きくなったと錯覚するくらい、部屋が狭く感じられる。

いろいろありすぎた。

道山の死、昌房の余命告白、俊彦の相続放棄、勝也との同盟、史穂の殺害。嘘みたいな出来事が、脳内を早送りで駆けめぐった。

もう夕方の四時半。

あの屋敷にいたときはやはり冷静ではなかった。今は冷静になっていて、これから起こるであろうこともしっかり想像できる。

史穂の死体は、そのまま放置してきた。いずれ発見されるだろう。そのあと、どうなるかは運次第である。理想は事故として処理されることだが、日本の警察のレベルから考えて、まずありえない。事件性が疑われて、ほどなく景子の犯行だと発覚する。傷害致死罪で、実刑はほぼ間違いない。

普通に考えれば、自首するという選択が一番正しい。でも、そうする気はなかった。しばらくはなりゆきにまかせて、無気力に漂っていたい。

もういいや、とさえ思った。逮捕されたら、真実を素直に話すまでだ。

俊彦は自宅に帰るなり、筋トレをはじめた。ケン玉にも筋力が必要なのだそうだ。俊彦のスクワットを見ていたら、うんざりしてきた。

景子は立ちあがった。「ちょっと出かけてくる」

「どこへ行くの？」

「どこ……」どこに行くあてもなかった。「買い物」とだけ答えた。

「夕飯はどうするの？」

俊彦に言われて、ハッとする。夕飯のことなどまったく考えていなかった。

「夕飯……。どうしようか?」

「お弁当にしようよ。僕はカラアゲ弁当、特盛りね」

近所に弁当屋がある。そこのカラアゲ弁当が俊彦のお気に入りである。特盛りだと、カラアゲ三個プラスで、千円もする。

この男はどういうつもりなのだろう。家に一円も入れずに、なぜ「○○を食べたい」などと言えるのだろう。今月は葬式もあって、出費が多かった。次の給料日まで、あと二万円で過ごさなければならないのに。

いや、次の給料日には、もう留置場にいるのかもしれないけど。

「分かったわ」

言い争う気にもならず、景子は靴を履いて外に出た。

少し歩いて、公園のベンチに腰を下ろした。日が暮れるまでそこにいた。

また立ちあがり、歩いて弁当を買いに行った。カラアゲ弁当特盛りと、それよりも高いウナギ弁当を自分用に買った。

家に帰って、一緒に弁当を食べた。俊彦が、ウナギひときれとカラアゲ一個を交換しようと言ってきた。好きなようにさせてやった。

その日は何もなかった。

事が起きたのは、翌朝だった。

時刻は七時。目覚まし時計より先に、俊彦のスマホが鳴った。

俊彦は目をさまし、スマホを取った。「あ、凜からだ」

景子は起きていた。

二時間ほど眠ったが、途中で目がさめて、そのまま寝つけなかった。睡眠が取れていないので、体が重く、脳の働きも鈍っている。

俊彦はスマホを持って、ベランダに出た。俊彦は電話をするとき、なぜか必ずベランダに出る。たぶん電波を気にしているのだと思う。確かに昔の携帯電話は、室内だと電波の状態が悪くて、聞き取りづらいことがあった。今はそんなこともないと思うが、習慣なのだろう。一度習慣が身につくと、それに合理性があろうとなかろうと、疑いもせず続けるところが俊彦らしい。

「お姉様が？　なんで？」俊彦の声が聞こえてきた。

十分ほどして、俊彦が戻ってきた。

「どうしたの？」と景子は聞いた。

「うん、なんか史穂お姉様が、行方不明らしいんだ」

「行方不明？」

意外だった。史穂お姉様が死んだ、と言うと思っていた。行方不明ということは、まだ死体は発見されていないのだ。

昨日の午後六時に芳樹が帰宅して、史穂がいないことが分かったという。屋敷内を探したが見つからず、携帯に電話してもつながらない。朝まで待っても帰ってこなかったので、今から芳樹と陣内で警察署に相談に行くということだった。

屋敷内を探したというが、あの屋敷は広く、部屋数だけでも二十を超える。たぶん史穂がいそうな場所を探しただけで、俊彦の部屋には入っていないのだと思う。つまり史穂の死体はまだ俊彦の部屋に転がっている。

「何があったのか分からないけど、とにかく家に戻ろう。景子も行くだろ」

「え、ええ……。あ、でも、仕事が……」

「もう一日、休みをもらえばいいじゃないか。お姉様が行方不明なんだ。みんなで探してあげないと」

まるで子供が迷子になったような言い方だった。

俊彦は、会社に休みますと言えば、簡単に休めると思っている。社会人としての経験がほとんどないから、学校と同じ感覚なのだ。

とはいえ、いまさら会社に行く気はしなかった。どうせ捕まるのだから。

このままずる休みしたっていいのだ。

「分かった。じゃあ、会社に電話してみる」

電車で麴町まで来て、駅からタクシーに乗って、榊原邸まで来た。

本音をいうと、このタクシー代が痛い。駅から歩いても、たいした距離ではない。なのに俊彦は駅を出るなり、まっすぐタクシー乗り場に向かう。これも子供のころからの習慣なのだろう。もちろん支払いは景子である。一時間働いたぶんくらいのお金が、簡単に出ていってしまう。

屋敷に入ると、リビングに凜、孝之、美乃里、勝也がいた。昌房も顔色を悪くして、籐椅子《とういす》に座っていた。

俊彦は言った。「佐久間は？」

凜が答える。「おばあ様のところ。具合が悪いみたいで、昨日の夜から付きっきり。芳樹さんと陣内さんは警察署に行った」

「何があったの？」

「うーん」

凜が答えに迷っていると、横にいた孝之が言った。

「俺たちもよく分からないんだが、昨日、芳樹くんが帰ってきたあと――」

孝之は、すでに電話で聞いていた話をもう一度した。

「史穂お姉様を最後に見たのは？」

「今、それをみんなで話していたんだよ。昼食のときにいたのは確かなんだけど、そのあとは分からないんだ。ほら、昨日、俊彦が帰るとき、史穂はここにいなかったし、部屋にもいなかったんだろ？」

「はい。ドアをノックして声をかけたけど、出てきませんでした」

「だから、昼食後は誰も見ていない。ただ、佐久間が唯一、史穂が自分の部屋のベランダにいたのを庭から見たっていうんだ。でも、佐久間は何度も家を出たり入ったりするだろ。だから、それが午前だったか、午後だったかも思い出せないっていうんだ。日中だったのは間違いないっていうんだが」

佐久間はこの家の家事を一人でやっている。郵便物や新聞の受け取り、ゴミ出し、トキの車椅子での散歩、洗濯物を干したり取り込んだり、一日中屋敷を出入りしているので、記憶がはっきりしないのも無理はない。

「でも、芳樹くんの話では、史穂が家を出たのは確からしい。財布も携帯もないし、靴箱に入っていたお気に入りのプラダの靴がないって。だから、それを履いて出かけたんじゃないかって」

スマホは景子が破壊した。財布は、死体の史穂が身につけているのかもしれない。靴のことはよく分からない。

話しているうちに、芳樹と陣内が帰ってきた。

陣内が言った。「行方不明者届は出してきた。家出する理由がないので、事件に巻き込まれた可能性もあるってことで。まあ、警察がどれほどのことをしてくれるかは分からないけど。なにせ行方不明者なんて、年間何万人もいるわけだから。スマホの発信記録は調べてくれるって言ってた」

俊彦は言った。「芳樹さん。昨日の朝、芳樹さんが会社に行くまえ、史穂お姉様はどんな様子でしたか？」

芳樹が答える。「いつも通りだったと思うけど」

ふいに勝也の視線に気づいた。

勝也は、景子のななめ後ろにいる。背後からじっと景子を観察している。勝也の表情は見えないが、刺すような視線だけ強く感じる。

俊彦は言った。「荷物、部屋に置いてくる」

バッグを持って、階段のほうに歩いていった。

景子は息を呑《の》んだ。史穂の死体は、まだ俊彦の部屋に転がっている。そう思うと、体の震えが止まらなかった。

体中の血が駆けめぐって、血管が波を打っている。

俊彦は階段をのぼっていく。そのあとを景子もついていった。

俊彦は先に二階にあがり、自分の部屋の前に立った。ドアノブを握って、部屋に入っていった。

景子はドアの手前で立ち止まった。足が硬直して、前に出なかった。

俊彦は死体を発見しただろう。だが、反応はない。

しばらくして俊彦の声がした。「景子？」

景子は声が出なかった。

「景子？　どうしたの？　そんなところに突っ立って」

「あ、いや……」

景子もあとに続いて、部屋に入った。俊彦はベッドに腰かけていた。

死体がなかった。

死体から流れていたはずの血だまりもない。

いや、床をよく見ると、そこだけピカピカしている。おそらく薬剤を使って、雑巾《ぞうきん》がけしたのだろう。血はきれいに拭《ふ》きとられていた。

でも、なぜ？

俊彦は言った。「僕のせいだ……」

「えっ」

「お姉様は、この家の家督を継ぐのがいやで、家を出ていったんだ。僕がいろんなことをお姉様に押しつけたから。お姉様は、僕のためなら犠牲になってもいいって、そう言っていたけど……、でもやっぱりこの家に、お父様に、嫌気がさして……。それで自由を求めて、このトリカゴから逃げていったんだ」

俊彦は自分を責めるように、拳《こぶし》で自分の頭を叩《たた》いた。

「きっと……、きっとそうだ……。僕のせいだ」

俊彦は涙をぽろぽろ流して、嗚咽《おえつ》していた。

第二章

1

「ただいま」

景子は仕事から帰って、部屋にあがった。

「おかえり」

俊彦はこたつに入って、彫刻刀で野球の硬式ボールに穴を開けていた。

最近、ユーチューブのチャンネル登録者数が、四百人台で伸び悩んでいる。俊彦とその仲間たちも焦りだしたようだ。ケン玉を楽しそうにやっているだけでは限界があると思ったのだろう。少しは工夫するようになった。

最初は「ケン玉＋〇〇シリーズ」。ケン玉をやりながら、ラーメンを食べるとか、シャワーを浴びるとか。次に「衣装シリーズ」。海水パンツ、全身タイツ、ちょんまげなど、レンタル衣装を借りてきて、それっぽいケン玉をする。たとえば侍のいでたちで、ケン玉を使って切腹するとか。

そして今は「特殊ケン玉シリーズ」。リンゴなどに穴を開けてケン玉にする。次回は硬式ボールを使うつもりなのだろう。

こんな内容で、むしろよく四百人も見ているなと思う。

俊彦の仲間で、ケン玉専業の人はいない。他に仕事を持ちながら、休日にケン玉をやっている。それならまったく問題ない。専業でやっているのは俊彦だけだ。ユーチューバーとしての収入はゼロなので、事実上、無職である。

働きもせず、家事もせず、そのくせ「疲れた」とよく言う。実際、ケン玉の練習とユーチューブの制作で、疲れているのだろう。仲間は仕事があるため、動画編集や道具の製作はすべて俊彦がやっている。忙しいのだとは思う。砂漠に花を咲かそうとするような、涙ぐましい努力である。

景子は、ボールに穴を開けている俊彦を、一分ほど、なるべくいやな目つきでにらんでみた。だが、異様に集中力があるのか、それとも異常に鈍感なのか、俊彦はその視線にまるで気づかない。削ったボールの破片が床にぽろぽろ落ちている。俊彦はあとで掃除するつもりがあるのだろうか。

この男のことが本当に分からない。

「夕飯、作るね」と景子は言った。

「うん」俊彦はそっけなく答えた。

夕飯、なに食べたい？　とかは聞かない。どうせカレーか、ハンバーグか、揚げ物と答えるだけだ。できれば夕飯代は、二人で四百円以下に抑えたい。かといって手間はかけたくないので、一番安い肉を焼いて、焼肉のタレをかけただけのものにする。これが一番安上がりで、俊彦も大満足である。

俊彦と結婚してから、ずっとこの調子だ。

世界一、我慢強い女になった。山内一豊《やまのうちかずとよ》の妻は超えたと思う。

ただ、山内一豊の妻は、内助の功で夫を大名に出世させたが、景子の献身は今のところ何にも結びついていない。

景子はいつも通り、夕飯の準備にとりかかる。

平和だと思った。あれから四ヵ月が経つ。

だが、何もない。嘘みたいに。この世から史穂が消えただけで、それまでと変わらない日常が続いている。

史穂は行方不明のままである。警察は史穂のスマホの記録を調べたが、あの日、麹町の基地局でキャッチされたのを最後に、途絶えている。

ただ、史穂が事件に巻き込まれた可能性は否定されている。

理由は三つ。

第一に、史穂のお気に入りだったプラダの靴がなくなっていること。それと、旅行カバンも一つ消えていた。

第二に、これは佐久間の証言だが、榊原家は名家なので、骨董《こっとう》品的価値を持つ品物を多く所有している。昔、屋敷ではよく社交パーティーが開かれていた。そのときに使われていたバカラのグラス、マイセンの皿などが、実はかなり紛失しているのだ。おそらく史穂が勝手に持ちだして売っていたと考えられる。

それにくわえて、史穂が隠し口座を持っていた形跡もあった。芳樹の給料が振り込まれる口座から、史穂が不自然に引きだしていた記録が残っていたのだ。おそらく自分の隠し口座に金を移したのだろう。警察はこれらの行動が、史穂が家出するための準備だったとみなした。

第三に、俊彦の証言である。史穂は父を嫌っていた。今までは弟と妹のために、自分を犠牲にしてこの屋敷に残っていたけど、この縛られた環境に嫌気がさして、家を出ていったのだと俊彦は熱弁をふるった。俊彦以外、誰もそんなふうには思っていないのだが、警察はこの弟の証言を真に受けたようだ。

これらの状況から、警察は史穂が自分の意志で家出したと判断した。

そして四ヵ月が過ぎた。

不思議なのだが、俊彦は史穂の心配をまったくしていない。今はトリカゴから飛びだして、自由に生活していると信じている。

昌房も凜も、心配している様子はない。

謎なのは芳樹である。夫婦仲は冷めていたのだろうか。史穂を探そうともせず、今の状況を受け入れている。

結果、史穂が蒸発しただけで、それ以外は何も変わらない。

だがもちろん、景子は史穂が家出したのではないことを知っている。史穂は確実に死んでいた。殺したのは景子である。

その死体を、誰かが隠した。

死体を隠した可能性があるのは、あの日、屋敷にいた誰かである。

トキは除外するとして、容疑者は九人いる。昌房、俊彦、凜、孝之、美乃里、勝也、陣内、佐久間、そして芳樹。

疑問は三つある。
①WHO。誰が隠したのか。
②WHERE。どこに隠したのか。
③WHY。なぜ隠したのか。
まず②から考えてみる。あの屋敷は大きく、部屋数だけでも二十を超える。そのうち半分以上、使っていない。庭も広いし、池もある。死体を隠す場所はいくらでもある。

ともかく犯人Xは、俊彦の部屋で死体を見つけて隠した。屋敷内のどこかに隠したのか、庭に埋めたのか、それとも外に運びだしたのかは知らない。コンクリート詰めにして庭の池に沈めた可能性もある。

いずれにせよ、四ヵ月経って、いまだに発見されていないのだから、うまいことやったのだろう。そのうえで俊彦の部屋の血を拭《ふ》きとり、靴や旅行カバンを盗んで、史穂が自分の意志で出ていったように見せかけた。

どこに隠したのかは分からない。敷地内を調べてみようかと思ったが、下手に動くと怪しまれると思って、何もしていない。

②はともかく、問題は③である。なぜそんなことをしたのか。

普通に考えれば、Xにとって得になるからだ。

あのまま死体が放置されていたら、いずれ発見されて景子が逮捕されていただろう。そう考えると、史穂が死んで景子が逮捕されるより、史穂が生きて家出したとみなされたほうが、Xにとって得だったことになる。

この状況である。遺産相続が関係していると考えるのが普通だ。

そう考えると、もっとも怪しいのは芳樹である。

芳樹がXだと仮定してみる。あの日、芳樹は午後六時に帰宅した。だが、史穂が見当たらない。俊彦の部屋に行ってみたら、死体があった。芳樹は死体を引きずって、自分の部屋に隠した。そして床の血を拭きとり、靴や旅行カバンを隠して、史穂が家出したように見せかけた。

なぜそんなことをしたのか。

史穂が死ねば、姻戚《いんせき》関係はなくなり、芳樹は榊原家とは無関係になる。だから死体を隠した。そして史穂がいないと騒ぐ。死体はあとでこっそり処分する。あと一年で昌房は死ぬから、その時点で史穂が生きているとみなされれば遺産相続の対象となる。史穂がいなくなったあとでも、婿養子の芳樹に家督が相続されるとは思えないが、少なくとも遺留分は夫婦の共有財産に入る。

つまり動機は、遺産相続の資格を失わないため。

正直、芳樹にそこまでの行動力があるとは思えない。だが、人間は欲望によって変質する生き物である。そもそも史穂と結婚して婿養子になったのは、この家の財産が目的だったかもしれない。可能性としては除外できない。

逆にいうと、孝之・美乃里夫妻はXとは考えにくい。史穂が死んで、景子が逮捕されれば、芳樹に家督を譲るという話は白紙になる。俊彦の相続放棄する意思に変わりがなければ、残る榊原家の男子は孝之だけ。孝之に家督相続のチャンスが回ってくる。死体を隠すメリットはない。

実をいうと、芳樹の次に疑わしく思っているのは俊彦である。

俊彦がXだと仮定してみる。

あの日、景子は史穂を殺したあと、死体を部屋に残して、一階に下りていった。帰るまえに昌房にあいさつしてから、俊彦は史穂の部屋に行った。戻ってきたのは、たぶん数分後だったと思う。

俊彦は史穂の部屋に行き、不在を確認した。そのあと、なぜかは知らないが、自分の部屋に戻って史穂の死体を発見した。あるいは、そのまえに部屋に景子を呼びに来たとき、その位置からは床に倒れている史穂の死体が見えないと思っていたが、実は気づいていたのかもしれない。もしそうなら、俊彦は史穂の部屋に行くといって、まっすぐ自分の部屋に向かった。

いずれにしても、俊彦は史穂の死体を発見した。状況から考えて、景子が殺したのだと思った。問題はそのあと。わずか数分のあいだに、死体を移動させたり、血を拭きとったりすることはできなかったと思う。

俊彦は一階に下りてきて、史穂はいなかったと言った。そのまま俊彦と景子は自宅に戻った。翌朝、凜から電話がかかってきて、史穂が行方不明だと聞かされた。そしてふたたび麹町の屋敷に戻り、俊彦の部屋に入ったときには、もう死体は移動されていて、床の血も拭かれていた。

もし俊彦がXだとしたら、誰かに頼んだのだ。たぶん佐久間だと思う。自宅に帰ったあと、景子は弁当を買いに部屋を出た。そのとき俊彦は佐久間に電話した。俊彦の部屋に史穂の死体があるから、始末してくれと。

佐久間のことはよく知らない。だが、昔の武家における家来、いわば主君につかえる忠実なしもべなら、榊原家の長男の命令には従うかもしれない。佐久間はその言いつけに従って、死体をどこかに隠し、靴や旅行カバンも隠して失踪《しっそう》に見せかけた。佐久間なら死体を庭に埋めるのも容易だろう。

俊彦の動機は、愛する妻を守るため。

だとしたら、ものすごい演技力の持ち主である。警察相手に、姉は榊原家に嫌気がさして家出したのだと力説したのも、妻を守るための演技だったことになる。日ごろの俊彦を見ている者として、さすがにこの可能性はちょっと考えにくいのだけど、いちおう理屈としては成り立つ。

もう一人、疑わしいのは昌房である。

たとえばだが、俊彦と景子が帰ったあと、佐久間が掃除をしに俊彦の部屋に入り、死体を発見したとする。状況的に、俊彦か景子の犯行だと思った。それを当主の昌房に報告する。昌房は、長男の俊彦をかばうために、あるいは誰かをかばうというよりは、身内でこんな事件が起きたことが分かったら、榊原家の恥になると思って、佐久間に死体を隠すように命じた。

ありえない話ではないと思う。この家において女の価値は低い。昌房にとって、娘より長男のほうが大事だし、もっといえば榊原家の家名のほうが大事というのは、日ごろの言動を見ても充分にありえる話である。

さらにいうと、勝也も疑わしい。

たとえばだが、あのとき勝也は二階にいて、たまたま景子と史穂が言い争っている声を聞いたとする。俊彦と景子が帰ったあとで、俊彦の部屋に入ったら、史穂の死体があった。すかさず勝也は死体を隠した。

動機は、景子に恩を売るためである。あとで俊彦が家督を継いだら、このことで景子を脅迫して金をせしめるつもりかもしれない。あの男は罪を犯すのも平気だし、金のためならなんでもやりかねない。

あるいは、凜はどうだろう。

世間ズレした人間が多い榊原家において、もっとも奇想天外な人間である。遺産相続に興味を持っている様子はないが、一方で天才芸術家の考えることなど、景子に測れるわけがないとも思う。たとえばレオナルド・ダ・ヴィンチのように死体を解剖してスケッチしてみたかったというような理由で死体を持ち去ったのだとしたら、もう推理のしようがない。死とか悪といったものに独自の見解を持っている人間なので、想像を超えるような動機の可能性もある。

気になるのは、凜があれからずっと東京にいることだ。本拠地であるニューヨークに戻らず、港区《みなと》にマンスリーマンションを借りている。東京で仕事があるという話は聞いたが、それが本当の理由なのかはよく分からない。

結局、疑いだしたらきりがない。今のところ、当てずっぽうに近い。真相はまったく別のところにあるのかもしれない。

いずれにせよ、あれから四ヵ月、何もない。

芳樹が家督を継ぐという話はいったん白紙になったが、それから進展はない。景子は気になって仕方ないけど、俊彦はまるで興味がない様子なので、こちらから聞くのもはばかられる。Xが誰か分かっていない状態で、景子が不用意に動くのは危険な気がして、ずっと息をひそめている。

Xは誰か。遺産相続はどうなるのか。

考える時々で、楽観的になったり、悲観的になったりする。ただ、妻がこれほど悩んでいるのに、まるで気づきもせずにケン玉に夢中になっている様子を見ると、やはり俊彦とは考えにくい。

しかし、あのなかにXがいるのは確かである。

昌房の病状は確実に悪化している。余命宣告通りなら、あと八ヵ月ほど。遺産相続に関しては、近いうちに答えが出るはず。目標は変わらない。できるだけ多くの遺産を手にすること。一億あれば、もう御の字である。

運は、景子に味方していると思う。

本来であれば、史穂を殺した罪で逮捕されているのが普通なのだ。しかし事件化されることもなく、芳樹が家督を継ぐ話もいったん立ち消えになった。結果だけみると、景子が望む方向に進んでいる。

あとのことは、あとで考えるしかない。誰がXなのか分からないので、次に起こることは予想しづらい。

だが、戦う気持ちは変わらない。

万が一、Xを殺すことになる状況さえ、覚悟している。

2

翌日、仕事を終えて、電車に乗って帰った。

地元の駅を出たところに、陣内が立っていた。陣内は景子の顔を見て、頭を下げた。それからバツが悪そうに顔をあげる。まるで浮気がバレた夫が、妻のごきげんをうかがうような表情だった。

「どうしたんですか？」と景子は言った。

「ちょっと話がありまして。お時間はありますか？」

「ええ」

「できたら、どこかで話したいのですが」

駅前にカラオケボックスがある。その個室を一時間借りた。残業があって帰宅が遅れるので、夕飯は一人で食べておいて、と俊彦にメールした。陣内はビールとフライドポテトを、景子はコーラを頼んだ。

用件の想像はついた。だが、興味のないふうをよそおった。

「それで、なんですか？」

「実は一昨日《おととい》、昌房さんに呼ばれたんです。例の家督相続の件で。もうあれから四ヵ月です。それにしても史穂さんはどこに行ってしまったんですかね。俊彦くんは、トリカゴから脱出して自由に暮らしているなんて言っていますけど、私にはどうしてもそんなふうには思えないんですがね」

あたりまえの感想で、俊彦以外、全員そう思っている。

史穂は芳樹に家督を継がせることに成功したのだ。その直後に家出する動機なんてあるわけがない。逆にいえば、史穂にいなくなってほしい人間なら、親族内にたくさんいる。内実を知らない警察は、俊彦の言うことを信じたようだが、ごく普通に考えて、誰かが殺したのではないかと疑うのが当然である。

陣内は、景子が史穂の失踪に関わっていると疑っているのかもしれない。いや、もっと積極的に、景子が殺したことを知っていて、陣内が死体を隠したという可能性も残っている。動機はちょっと分からないが。

ともかく油断してはいけない。

そもそも景子がこんな状況に追い込まれたのは、史穂をあなどっていたからだ。今川《いまがわ》義元《よしもと》も、まさか信長が奇襲をしかけてくるとは思わなかったから死んだ。その信長も、まさか光秀《みつひで》が裏切るとは思わなかったから死んだ。そして光秀も、まさか秀吉がそんな短期間で大軍を率いて引き返してくるとは思わなかったから死んだ。史穂にしても、まさか景子が反撃してくるとは思わなかったから死んだのだ。

人間が死ぬときはそんなものだ。

油断は、警戒心と想像力の欠如から生まれる。千丈の堤も蟻の一穴。最大級の警戒心をもって、あらゆることを想像しておく。

「それで、お義父《とう》様はなんて？」

「ええ、実は病状が思わしくないんですよ。それでホスピスに入ることを検討しているのですが、トキ様のことがありますでしょう。史穂さんがいれば、孫なのでまかせられますけど、今はいない。かといって介護施設に入れるのは無理。昼間はいいんだけど、夜になるとダメなんだよね。自分の家じゃないって暴れるんです。この状況で昌房さんがホスピスに入ったら、あの屋敷に残るのはトキ様、佐久間さん、芳樹くんの三人で、これはみんな他人だからねえ。だから芳樹くんには出ていってもらって、孝之さんに家督を譲る。孝之さん夫妻が屋敷に移って、トキ様の面倒を見る、というのが一番自然なんだけど、昌房さんはこれだけはしたくないんだよね。以前にも言った通り、勝也に家督が相続される可能性はひとかけらも残したくないんだ」

景子は黙っていた。愛想笑いもせず、あいづちも打たない。そういう相手とは話しづらい。あえてそういう状況を作って、陣内にプレッシャーをかけている。陣内も、景子の反応をちらちらうかがって、腹を探ってくる。

陣内は、景子に用があるから来たのだ。話しづらい状況を作れば、陣内に焦りが生まれる。焦れば、本音が見えやすくなる。

陣内は言った。

「昌房さんは、やっぱり俊彦くんに家督を継いでほしいんだよ。それが先祖代々のやり方だからね。問題は俊彦くんで、ほら、以前は史穂さんがいたから、姉夫婦にまかせるってことでもよかったけど、今はいないわけでしょ。俊彦くんも少しは心変わりしたんじゃないかと思って。そこのところはどうですか？」

景子は、陣内の質問に答えなかった。

俊彦にかぎって心変わりなどするわけない。榊原家がつぶれようと、自分を囲っていたトリカゴが壊れただけ。

「あの、景子さん」陣内はこびるような口調になっていた。「その……、あの話はまだ生きていますか？」

「あの話とは？」

「だから、例の……。景子さんから持ちかけられた話です」

景子は黙っていた。

やはり陣内は金に困っている。今回は、最後のひと稼ぎのチャンスなのだろう。芳樹が家督を継いだら、本来はもらえるはずだった金が、史穂の失踪《しっそう》で消えた。そして新しい金づるとして景子を選んだ。

「景子さんも大変でしょう、あの俊彦くんを説得するのは。私がうまく昌房さんと俊彦くんの双方に働きかけて、橋渡ししますから」

陣内がXである可能性もある。

むしろそうであってくれたほうが、景子にとって都合がいい。

陣内がXだとすれば、狙いは景子に恩を売り、俊彦に家督を継がせて、相続財産の一部をもらうことである。

どうするか？

八方ふさがりなのは事実だ。あの俊彦には、説得も懐柔も通用しない。俊彦の意思を変えさせる自信は、景子にはない。だからこそ、あのとき陣内に話を持ちかけたのだ。ともかく何もしなければ相続放棄のままである。

「分かりました」と景子は言った。

陣内は、にわかに表情を明るくする。

「よかった、よかった。いや、何も悪いことをしようというのではないんですよ。だって昌房さんは俊彦くんに継いでほしいわけだし、榊原家にとってもそれが一番いいんですから。俊彦くんは少し誤解しているんですよ。昌房さんは俊彦くんをトリカゴに閉じ込めているつもりはないんです。ただちょっと、榊原家の当主として、いろいろな仕来りがあるから、それだけはやってくれということなんです。その誤解を解いて、親子の仲を取り持とうということなんですから、ねえ」

陣内の口元は笑っているが、目は笑っていなかった。少し声を低くして言った。

「ただ一つ、これはご相談なんですが」

「はい？」

「報酬なんですが、さすがに三パーセントというのは、これは……。なんというか、弁護士費用にも相場があるんです。本来であれば必要経費込みの着手金をもらって、そのあとで成功報酬をいただくというシステムなんです。もちろん景子さんのところの経済状況は分かっています。ですから、着手金はいただきません。そのかわり、一割でどうでしょうか。つまり今回の遺産相続で、景子さん側が受け取った金額の一割です。一円ももらわなければ、無償でいいわけです。損はありません。私としても、景子さんが少しでも多く受け取れるように、身を粉にして働くつもりです」

陣内は「一割」と、そこだけ語気を強めて言った。これ以上はまけられないという意志を感じた。着手金がないことを考慮すれば、法外という感じはしない。数パーセントの話でもめたくなかった。

景子は言った。「分かりました。一割ですね」

陣内は笑って、ひざを打った。

「では、なんとしても俊彦くんが家督を継ぐように尽力します。そのあとの金銭面は、俊彦くんには分からないようにうまくやりますから。あらためて言うことでもないですが、このことは内密にお願いします」

陣内が握手を求めてくる。陣内の手にじかに触れるのはいやだったが、断り方が分からなかったので、しぶしぶ応じた。

陣内は内線電話で、ビールをもう一杯頼んだ。

「では、具体的な話をしましょう。実はそんなに時間がないんです」

「じゃあ、一時間後に」

陣内を部屋に残して、景子はカラオケボックスを出た。

ひとまず景子一人で自宅に帰る。一時間後、陣内が俊彦に電話をかけて、話があるから今から家に行っていいかと尋ねる。

もちろん口裏を合わせていることは言わない。

そこで俊彦を説得する。景子は妻として、陣内は仲のいいおじさんとして、両面からアプローチする。問題は、どうやって説得するか。

要点は三つ。

①家督を継いでも、ケン玉を続けていい。昌房は俊彦のケン玉を応援している、というのは嘘だが、そういうことにしておく。②家督を継いだら、あの屋敷に引っ越すわけだが、昌房はホスピスに入るので同居することはない。俊彦が父との同居をいやがっている可能性もあるので、そこは念を押しておく。③トキの介護は、景子と佐久間で協力してやるので、俊彦はケン玉に専念していい。

この三点を伝えたうえで、俊彦の顔色をうかがってみる。そこから家督を継いでもいい気持ちになるように持っていく。

景子は自宅アパートに帰った。

部屋に入ると、俊彦はケン玉の練習をしていた。

夕飯に食べたカップラーメンの容器が、流しに置きっぱなしである。

食べ終わった皿は置いておけば、使用人が片づける。これは俊彦にとって至極当然の常識であり、体にすりこまれた習慣でもある。トリカゴを出ても、トリカゴのなかで培った常識はそのまま堅固に持ち続けている。

「ただいま」と景子は言った。

「おかえり。夕飯は？」

「食べてきた」と嘘をついた。

景子は、カップラーメンの容器を洗ってゴミ箱に捨て、それから浴槽を洗ってお湯を張った。パンにレタスとハムを挟んだサンドイッチを二つ作って、俊彦には見られないようにこっそり食べた。

ちょうどそこで俊彦の携帯が鳴った。

俊彦はベランダに出た。すぐに戻ってくる。

「景子。陣内さんが今からうちに来てもいいかって言ってるけど」

「陣内さん？　なんで？」

「話があるんだって。たぶん史穂お姉様のことじゃないかな」

「いいわよ、べつに」

景子が言うと、俊彦はベランダに出た。しばらくして戻ってくる。

「二十分くらいで着くって」

景子は軽く掃除をしておいた。湯をわかしておく。

二十分後、ドアがノックされた。俊彦がドアを開けると、陣内が立っていた。駅前のケーキ屋の箱を持っていた。

「やあ、俊彦くん。急にごめんね。景子さんも申し訳ない」

陣内は、先ほど口裏合わせしたことなど、おくびにも出さない。景子もなるべく陣内の顔を見ないようにした。

陣内がこのアパートに来るのは初めてである。

少し驚いた様子だった。曲がりなりにも榊原家の長男が、こんな薄汚れた部屋に住んでいるとは思わなかったのかもしれない。

景子はコーヒーを淹《い》れて、陣内が買ってきたケーキを卓袱台《ちゃぶだい》に出した。

俊彦が言った。「陣内さん、史穂お姉様になにかあった？」

「いや、依然として行方不明だけど」

「じゃあ、お父様になにか言われて来たの？」

「うん、いや、まあ……」

「最初に言っておくよ。僕は家督を継ぐ気はないから」

「ちょっと待ってくれよ。話だけでも聞いてよ。まず、昌房さんの病気だけど、あまりよくないんだ。それで、ホスピスに入ることを検討している。でも、そのまえに家のことを決めておきたいんだ。トキ様のこともあるし」

陣内は、俊彦の気をそらすためか、本題とは関係ないホスピスの説明をした。それから最近のトキの様子を話した。

「昌房さんは、トキ様が生きているかぎり、あの屋敷を残したいと思っている。それから家督を継いだ者は、先祖の墓を守り、家名を守ってほしいと。あの屋敷には、博物館に所蔵するほどの価値はないけど、室町時代から続いている家系図や、先祖が書き残した日記や書物、肖像画、かつて戦で使われた武具なんかもあって、そこには榊原家の歴史が刻まれている。それらを末代まで保存してほしいと思っているんだ。逆にいうと、義務的なことはそれくらいなんだよ」

俊彦はむっつりした顔で聞いている。だが、これは悪い反応ではない。大人しく話を聞いているだけでも、俊彦にしてはできたほうなのだ。

たぶん相手が陣内だからである。景子だったら、こうはいかない。景子が話すのをさえぎって、俊彦はどんどん自分でしゃべる。自分が正しいと思うことを一人でしゃべって、一人で納得し、勝手に合意の上での結論を出す。駅を出るなり、まっすぐタクシー乗り場に向かうように。

俊彦の根っこは、やはり殿様なのだ。

「昌房さんは、やはり長男の俊彦くんに継いでほしいと思っている。そしてこれは俊彦くんにとっても悪い話じゃない。第一に、榊原家の当主になっても、これまで通り、ケン玉を続けていい。誤解しているようだが、昌房さんは応援しているんだよ。どんな世界でもチャンピオンになるのは容易じゃない。それに挑戦している俊彦くんを誇りに思っているし、榊原家からチャンピオンが出たなら、これほどの名誉はない。それからトキ様の介護だけど、今のところ食事や排泄《はいせつ》などは補助があれば自分でできるし、佐久間さんもいる。景子さんの負担は増えるかもしれないけど、俊彦くんをわずらわせることはないと思う。要は、このアパートからあの屋敷に引っ越すだけなんだ。トキ様が亡くなったら、屋敷を処分してそのお金で――」

俊彦は突然、叫んだ。

「なんて愚かなんだ、お父様は。わざわざそんなことを言わせるために、陣内さんを寄《よ》越《こ》すなんて、本当にあきれるよ」

俊彦はショートケーキのイチゴだけを指でつまんで、もぐもぐ食べた。口のまわりにクリームがついたが、本人は気づいていない。

「僕がケン玉をやっているのは、榊原家のためじゃない。僕に生き甲斐《がい》を与えてくれたケン玉の神様に恩返しするためだ。あんな家はつぶれたほうがいいんだ。僕を、凜を、そして史穂お姉様を苦しめて――」

陣内は慌てて声をかけた。

「ちょ、ちょっと待って、俊彦くん。少し落ち着こう。あ、そうだ。景子さんの意見も聞かないと。景子さんにも関係あることなんだから。な、そうだろ。景子さんは今の話を聞いて、どう思った？」

陣内が助けを求める表情をしている。景子も覚悟して言った。

「私は……、俊彦は長男だし、そうすることが榊原家にとってもいいことなら、応援したいかな。トキおばあ様のことも、史穂お姉様がいなくなって大変だろうから、私にできることがあれば協力したいと——」

「景子」俊彦はさえぎって言った。「僕に気を使うことはないんだよ。あの家のために自分を犠牲にする必要はないんだ」

「べつに犠牲にしているつもりは」

「えっ」

「だって景子は今の仕事、やめたくないだろ？」

「景子は今の仕事に誇りを持っているんだ。あの屋敷に引っ越したら、今の仕事はやめなきゃいけなくなる。榊原家のためにそんなことをする必要はない」

「…………」

あまりの認識の相違に、反論するより、言葉を失ってしまった。

今の仕事に誇りを持っている？

景子の仕事はオペレーターである。電話で注文を受けたり、商品の説明をしたり、あるいは苦情を聞いたりする。

特に面倒なのは、一日に必ず数本はあるクレーマー対応である。クレーマーからの罵《ば》声《せい》や悪態を延々と聞き流さなければならない。

いくつかルールがある。

こっちから電話を切ってはいけない。ひたすら低姿勢で謝り続けるが、かといって責任を認めてはいけない。論理的な反論もいけない。感情的に怒っている人間に対して理屈で対抗すれば、火に油を注ぐ。こちらは攻撃せず、パンチをかわし続ける。相手が疲れはてて、自主的にやめるまで。

相手のクレームは、最終的にこっちの人格攻撃におよぶ。毎日のように自分を蔑《さげす》む言葉を聞き続けると、いやでも心は黒ずんでいく。この仕事を長く続けてきたことが、自分のなかの悪意を膨張させた側面もあると思っている。

『おまえ、友だちいないだろ』

これくらいは序の口である。

『君ねえ、マニュアル読んでるだけじゃなくて、もう少し自分の頭で考えたら？』

お説教タイプもいる。

『おまえじゃ話にならないから、社長出せよ』

総理大臣から電話が来たら、社長が出ると思いますが、あなたごときだから私が対応しているんです、と心のなかでつぶやく。

『バカ、ブス、死ね』

日常茶飯事なので、たいして気にならない。

『あなたって人間？　それともＳｉｒｉ？』

客から言われた言葉で、もっともショックだったのはこれだ。こっちがあまりにも機械的な対応をするので、電話の相手が人間ではなく、Siriなのではないかと本当に疑ったのだと思う。

ある意味、人間じゃなくなっていく仕事だ。

そんな仕事に誇りなどあるわけがない。だが、この仕事をやめても、自分のキャリアでこれよりいい仕事に就ける保証があるわけでもない。遺産が転がり込んでくるまでの辛抱だと思って続けていただけである。

今の仕事を誇りに思っているだなんて、俊彦に向かって言ったことはない。俊彦が日ごろの景子を見ていて、勝手に思っていることだ。

ここまで認識がズレていることが、今さらながら信じられなかった。

俊彦は一人でしゃべっていた。

「僕は榊原家を捨てたんだ。僕がチャンピオンになっても、榊原家とは関係ない。榊原家の名誉だなんて言ってほしくない」

俊彦が珍しく興奮していた。さっきの陣内の言葉が地雷だったのだ。『榊原家からチャンピオンが出たなら、これほどの名誉はない』。そんな言い方をしたら、俊彦の父に対する反抗心を逆なでするに決まっている。父が榊原家の名誉のために自分を利用しようとしていると、俊彦は解釈する。

「で、でも」陣内は立てなおそうとする。「君は長男だろ。昌房さんが亡くなったら、トキ様のことはどうするんだ？」

「孝之おじ様がやればいい。実の息子なんだし、孝之おじ様が家督を継いだってべつに問題はないでしょ」

「いや、それは無理なんだ。だって孝之さんが継いだら、次は勝也に――」

「いいじゃないか、それで。それの何が悪いの？　みんな、勝也くんを見た目だけで判断して悪く言うけど、そんなことはないよ。彼は優しい心を持った人だって、僕はちゃんと知っている」

「…………」

さすがに陣内も言葉を失ってしまった。

みんな、勝也を見た目だけで判断しているわけではない。中身をよく見たうえで、悪い人間だと判断している。

だが、俊彦は勝也に好意を持っている。理由は単純で、勝也は俊彦のユーチューブをチャンネル登録して、動画をすべてチェックし、つねに「いいね」を押して、好意的なコメントを書き込んでくれる人だからだ。

ここまでズレていると、もう反論の言葉も出てこない。

俊彦はもう一度、言った。

「勝也くんが家督を継いだら、なにか悪いの？　陣内さん」

「いや……」

「それに、トキおばあ様は罰が当たったんだ。おばあ様は、僕たちのお母様をあの家から追い出したも同然なんだ。お母様は、あのトリカゴの支配から逃れたくて、家を出ていったんだ。おばあ様も、お父様も、そんなお母様を探すことさえしなかった。榊原家が滅びるのは、お母様に対してした仕打ちの結果なんだ」

俊彦は泣きだした。

「僕は榊原家なんか継がない。あの家が、お母様を、そして僕たちを苦しめたんだ。あんな家はなくなるべきなんだ！」

口のまわりにクリームをつけたまま、俊彦は大声をあげて泣いていた。

3

陣内が言った。「あの俊彦くんを心変わりさせるのは、洗脳された信者を新興宗教から抜けださせるより難しいよ」

スマホのスピーカー越しに、陣内のため息が聞こえる。大金を取り損ねた無念さがにじみ出ていた。

俊彦が号泣したので、それ以上の説得は不可能になった。

「もう一度、昌房さんと話してみるよ。俊彦くんに家督を継がせるいい方法がないか、探ってみる。でも、なにせ俊彦くんがあの状態だからね。何を言っても馬耳東風だし、そのうえ泣かれちゃおしまいだよ。しかし、よく億を超える金をぽんと手放せるよな。俺たちとは育ちがちがうっていうか」

陣内の口調はすっかり砕けていた。

「あの」と景子は言った。「俊彦のお母さんって」

「ああ、真紀子さんね」

「昔、家を出ていったと聞きましたけど」

「そう、もう二十年以上前のことだけどね。まあ、出ていったというより、追いだされたといったほうが正しいかもしれない。もともとトキ様は、昌房さんと真紀子さんの結婚に反対だったんだ。理由はよく分からない。とにかく榊原家の嫁にふさわしくないと思ったんだろうね。昌房さんがひと目惚《めぼ》れして、実際、きれいな女性だったよ。でも、トキ様は最初から気に入っていなかった。トキ様は、祖父が明治憲法下の貴族院議員だった人で、華族出身なんだ。有名な女学院を出て、道山様とは見合い結婚だって聞いた。今はボケちゃったから、景子さんは知らないだろうけど、きつい性格をしてたよ。笑顔を見せることはなくて、いつも怒っているような顔でさ。重箱の隅を楊枝《ようじ》でほじくるっていう、まさにそういう性格だった。子供のしつけも厳しかった」

「なんか、時代ですね」

「時代錯誤もいいところだけどね。だいたいあの家は、つねに五十年くらい時代に遅れているんだよ。まあ、それでもトキ様の反対を押しきって二人は結婚した。子宝に恵まれて、三人の子供が生まれた。でも七星重工が傾きだして、やがて倒産した。道山様も昌房さんもそのころは忙しくて、家庭に目を向けていられなかった。あの屋敷に、トキ様、真紀子さん、三人の子供、当時は使用人も多くいた。屋敷はいわば大奥で、トキ様は絶対的な権力者として振る舞っていた。使用人はみんなトキ派で、真紀子さんは孤立していた。ひどいいじめがあったのは確からしい。

それである日、真紀子さんが離婚届を置いて家を出ていった。昌房さんは黙ってその離婚届を役所に提出した。俊彦くんが言った通り、探すこともしなかった。その後、真紀子さんのことはタブーになったから、私もどこで何をしているのか知らない。でも、俊彦くんは当時六歳だったから、ある程度は分かっていたのだろうね。母が祖母にいじめられていたってことは」

実際、俊彦の口からトキの話題が出たことはない。たまに実家に帰っても、俊彦のほうから進んでトキに接触することはなかった。

陣内は言った。「じゃあ、今度の日曜日に。ただ、屋敷に行くまえに、俊彦くんとどこかで待ちあわせて会えないかな」

「分かりました。俊彦にそう伝えておきます」

景子は電話を切った。

次の日曜日、親族が麴町の屋敷に集まることになっていた。昌房から遺産相続についての話があるという。

日曜日。

親族は午後に集まる予定だが、俊彦と景子、そして陣内は、申し合わせて午前中に屋敷に来ていた。

俊彦の部屋にいた。親族会議のまえに、三人で最後の話し合いを持った。

陣内と俊彦が話しはじめて、もう一時間になる。

「言葉を返すようだがね、俊彦くん」と陣内は言った。「生活にお金はいるだろ。家督を継ぐといっても、形式だけのことだ。お金だけもらっておけばいいんだ。そうすれば景子さんだって――」

「陣内さんは分かっていない。僕たちは今、お金のない生活を楽しんでいるんだ。僕はこの屋敷にいたときの自分が恥ずかしいよ。なんでも用意されていて、すべて満たされていて、でもなんにも楽しくなかった」

「そんなことといって、収入は景子さんに頼りきりじゃないか。ユーチューブだって、あの視聴者数じゃお金にはならないだろ」

「今はね。でも、秘策があるんだ。今度、ケン玉教室を開こうと思っているんだよ。ケン玉の普及にもなるから一石二鳥だ」

ふたたび俊彦は、景子がまったく聞いていない話を語りだす。

ケン玉教室にたくさんの生徒が集まるイメージがどうしてもわかなかった。ケン玉をやる子供がそれほど多いとは思えないし、月謝を払ってまで子供をケン玉教室に通わせる親がいるとも思えない。

「そんなの、うまくいかんよ」陣内は投げやりに言った。

「これ以上、話しあっても無駄だよ、陣内さん。僕は遺産なんていらない。親からもらったお金じゃ幸せになれない。景子も同じ気持ちだ」

俊彦は、景子の気持ちを勝手に代弁して言った。

景子はため息をついた。俊彦は、陣内イコール昌房だと思っている。昌房の差し金だと思っているから、初めから聞く耳を持たない。

俊彦は言った。「陣内さん、お父様にこう言いなよ。陣内さんに言わせるんじゃなく、直接、僕に言いに来いって」

「べつに昌房さんに頼まれたわけじゃないよ。俊彦くんと景子さんのことを思って、自分の判断でここに来ているんだ」

「それなら僕たちのことは放っておいて。僕たちの好きなようにさせて」

「あとで後悔することになるよ」

「しないよ。僕たちは、後悔なんて」

陣内は深いため息をついた。「分かった。じゃあ、話はここまでだな」

陣内は白旗をあげて、景子には目もくれず、部屋を出ていった。

今度は俊彦がため息をついた。

「ホント、困った人だよ、陣内さんは。昔からそうなんだ。お父様に言われたことを鵜《う》呑《の》みにして、その通りにするんだ。オウムみたいにその意味も考えずに復唱しているだけなんだ。まるで操り人形だよ。自分の考えってものがないんだから。そして裏でいつもお父様が糸を引いているんだ。でもお父様は勇気がないから、すべて陣内さんにやらせて、自分では表に出てこないんだ」

俊彦が珍しく、人の悪口を言った。

景子はふと、子供のころに聞いた話を思い出した。

ある聖人の話だ。日本の話なのか、西洋の話なのかは知らない。戦時中、残り一つしかパンがなくなった。その男は、戦争で親を失った孤児にそのパンを与えて、自分は餓死したという。その話を聞いたとき、それは聖人ではなく、変人だろうと思った。目の前にパンがあり、自分も腹が減っているのに、それを孤児にあげてしまうなんて、その男は頭がおかしいのだ。

景子なら、絶対に自分で食べる。逆に自分は食べ物を持っておらず、孤児がパンを持っていたら、奪いさえするだろう。道徳的に正しいかどうかは知らない。ただ、空腹に耐えられる人間ではないというだけだ。

今、目の前に聖人だか変人だか分からない男がいる。

つまらない父への反抗心のために、億を超える金を手放して、幸せそうな顔をしていられる人間である。

俊彦なら、最後のパンを孤児にあげるかもしれない。

この男と長い年月、暮らしている。

不思議なのだが、嫌いになれない。たぶん好きな顔なのだ。空気が読めず、すべてを自分勝手に解釈するので、辟易《へきえき》はする。でも、悪意がないことだけは確かなので、憎しみはわいてこない。

特殊な環境で育ったため、特殊なメンタリティーを身につけた、いわばガラパゴス人間である。まるでマリ・アントワネットのように。国民の暴動が起きたとき、彼女はこう言った。「パンがなければ、ケーキを食べればいい」と。

もしオイルショックが起きたら、俊彦はこう言うだろう。「トイレットペーパーがなければ、一万円札で拭《ふ》けばいい」

俊彦の部屋の窓から、外を見た。

佐久間がトキの車椅子を押して、庭を散歩していた。

もはや老老介護にしか見えない。

榊原家はどうなるのだろう。

俊彦は、佐久間が用意してくれた昼食のサンドイッチを左手で食べながら、ケン玉の練習をしている。

思わず忘れそうになるが、史穂はこの部屋で死んだのだ。ちょうど今、景子の足が置かれている位置に、史穂の血だまりがあった。誰が、どこに、なぜ死体を隠したのか、いずれも不明のままである。

午後二時に、孝之と美乃里が来た。その三十分後、凜が来た。勝也は直接的な相続人ではないため、呼んでいないと陣内が言っていた。

これで全員そろったことになる。

午後三時、予定通り、ダイニングの長テーブルに全員集まった。佐久間が輪切りのレモンがついた紅茶を配った。

昌房が上座に着席した。四ヵ月ぶりに、昌房の顔を見る。げっそりやせていた。病状が進行しているのは間違いない。

「では、さっそくはじめましょう」

陣内が言ったとき、奥からずかずかと足音が聞こえてきた。

勝也が現れた。

孝之が驚いて席を立った。「勝也。どうしてここに？」

「べつにいいだろ、俺がいたって。俺だって親族だぞ」

「なんで今日、集まりがあることを知ってるんだ？」

「そんなことどうでもいいだろ」

俊彦が言った。「僕が呼んだんです、孝之おじ様」

「えっ……、ああ、そうなの」と孝之。

勝也がにやっと笑った。「そう、俊くんから聞いたんだよ。俺の席はここでいいや」

勝也は、空いていた末席に座った。

景子も驚いていた。俊彦と勝也が連絡を取りあっていたなんて、毎度のことながら、まったく聞いていない。

景子は、一時は勝也と同盟を結んだ。史穂が失踪《しっそう》し、はからずも芳樹の家督相続が白紙になって、同盟も自然消滅したかたちになっていた。勝也は景子に視線を向けなかった。意識的にそうしている気配があった。

昌房も陣内も、そろって不快そうな顔をしている。

陣内は言った。「では、はじめます。前回、芳樹くんが家督を継ぐことに決まったのですが、そのあと史穂さんがいなくなり、白紙になりました。そこであらためて昌房さんと協議して、次のように決まりました。まず、芳樹くん。史穂さんが失踪した理由は不明ですが、事実上の離婚とみなします。そうしますと赤の他人なので、近日中にこの屋敷を出ていってもらいます。こちら側の誠意として、百万円の支度金を出します。この点はすでに芳樹くんと合意ずみです」

芳樹はしゅんとしている。気の弱い芳樹を、百万円をエサにして陣内が強談し、この家から追いだしたように映る。

「続いて、昌房さんは近日中にホスピスに移る予定です。ということで、遺産相続についてはここで決着したい意向です。そこでまず確認します。俊彦くん、前回同様に、相続放棄する意思に変わりありませんか？」

「ありません」と俊彦は答えた。

「では、次に――」

陣内が続けたところで、俊彦がさえぎった。

「あ、ちょっといい？　陣内さん」

「えっ。ああ、なに？　俊彦くん」

「僕は家督を継ぐ気はありません。でも僕だって榊原家の長男として、十九代続いた家を存続させたいというお父様の気持ちも分からないではないんです。そこで僕は一生懸命考えて、いい方法を思いついたんです」

「いい方法？」

「はい、僕は二十代当主に、勝也くんを推薦します」

みなが口をぽかんと開けた。

「勝也くんなら直系の血だし、榊原家の復興を考えても申し分ありません。勝也くんにはビジネスの才能もあるし、人脈も豊富です。それで僕が相談したら、勝也くんも前向きに考えてくれて――」

俊彦が熱弁をふるっていた。

もはやどんな感情もわいてこなかった。勝也のビジネスの才能とはなんだろう。人脈が豊富というのは、単に悪い友だちが多いだけだ。俊彦の目に、勝也はどう見えているのだろうか。

勝也は涼しげな顔をしている。遺産相続にからみたくて、俊彦のユーチューブに「いいね」を押すことで取り入ったのだろう。

最初は景子に接触して、次に俊彦に接触した。二人でどんな相談をしていたのか。なぜそれを妻に隠すのか。いや、聞かれなかったから答えなかっただけで、隠しているという認識はないのかもしれない。

本当にこの夫のことが分からない。

「俊彦、もういい」昌房がさえぎった。「陣内さん、話を進めてくれ」

俊彦が言った。「待ってください、お父様。まだ話は終わっていません」

「もうたくさんだ、おまえの話は」

「お父様はいつもそうだ。僕の話に耳を傾けてくれたことがない」

「聞くに値しない内容ばかりだからだ。それに、もういいんだ。もう終わったことだ。

陣内さん、先に進めてくれ」

勝也が口を出す。「ちょっと待てよ。俺にもひとこと言わせろよ」

「おまえは引っ込んでろ！」孝之が息子に言った。

昌房と俊彦、孝之と勝也という二組の親子がにらみあっていた。

陣内が咳払《せきばら》いをする。

「ええと、いいですか。話を進めます。では、遺産相続の最終的な結論を言います。この榊原家は、昌房さんの代をもって廃家とします」

「廃家？」と孝之は言った。「廃家というのは？」

「旧民法では、相続人がいなくて、家が絶えることを指すのですが、もっとおおまかな意味で、家督を終わらせるということです。つまり昌房さんとトキ様の死をもって、榊原家は消滅します。遺産の配分は、基本的に前回と同様です。孝之さんは二億五千万、史穂さんと凜ちゃんはそれぞれ一億二千五百万。残りの五億、つまり財産の半分は、榊原家の先祖をまつっている菩提寺《ぼだいじ》にお布施として遺贈して、永代供養をお願いすることになります。榊原家の家宝や書物なども寄贈して、半永久的に管理を頼むことになります。これに関しては、すでにお寺から了解をもらっています」

「お布施？　お寺に？」

「トキ様の死後、屋敷を売却して、この割合で親族に配分します。トキ様が亡くなるまでは、屋敷の管理は凜ちゃんにまかせます。それから史穂さんの相続財産も、史穂さんが見つからないまま七年が経過したら、失踪宣告をして、その時点で凜ちゃんのものになります。この屋敷に残るのはトキ様と佐久間さんの二人。当面はトキ様の介護をふくめて、すべてを佐久間さんにお願いすることになります。今後のことは凜ちゃんと佐久間さんで話しあって決めていく。この点は、凜ちゃん、佐久間さんの双方が了承しています。以上です。なにか質問はありますか？」

孝之が言った。「ちょ、ちょっと待ってくれ」

「はい、どうぞ。孝之さん」

「なんだよ、お布施って。これはあんまりだ。俺は、榊原家の伝統として、家は長男が継ぐという決まりだから、それを尊重してきた。俊彦が辞退するなら、婿養子である芳樹くんが継ぐというのも、榊原家の歴史のなかではあったことだから、あえて口出ししなかった。しかし、これはないだろ。俊彦が辞退して、史穂が行方不明になり、凜にもその気がないなら、俺がこの家を継ぐよ。過去に次男が継いだ例はないけど、廃家にするくらいなら例外があったっていい。史穂が戻ってきたら、そのときは家督を譲るよ。俊彦の気が変わった場合でもそうする。凜が結婚して、旦那《だんな》が婿養子になった場合でもだ。つまり、俺はつなぎとして考えてくれればいい」

「私は結婚する気、ないけど」と凜が言った。

凜が発言して、ふいに間ができた。

孝之が言う。「と、ともかくだ。廃家にして、財産を半分お布施にするなんて、そんな横暴があるか。なぜ俺じゃダメなんだよ。お母様の面倒だって、俺と美乃里がここに引っ越して手伝ったっていい」

昌房が返す。「バカ言うな。おまえに預けて、この家に汚名を着せるより、いっそここで死なせたほうがマシだと思うから、そうしたんだ」

「なんだと!」

「親のコネで入った会社で、万年平社員のおまえに何ができる?」

「よくそんなことが言えるな。この家を没落させたのは、あんただろ。どれだけの事業に失敗した？　あれだけあった財産はどこに行った？」

「自分が長男だったら、結果は変わっていたというのか。そこのバカ息子を見ろ。まさにおまえが作った最高傑作だよ」

「なんだと、コラ！」

勝也が叫んで、昌房につかみかかっていった。陣内と俊彦と芳樹が止めに入った。孝之と佐久間もくわわって、ごちゃごちゃになった。

男性陣がもみあいになるなか、三人の女性は座っていた。美乃里は恥ずかしそうに、顔を下に向けている。凜は、まるで闘鶏でも観覧するように、口元で笑っていた。景子は紅茶をひとくち飲んで、天井をぼんやり見上げた。

4

親族会議は、昌房と孝之の兄弟喧嘩《げんか》で幕を閉じた。

「暴力はやめるんだ、勝也くん」

俊彦が言い、暴れる勝也を男性陣で取り押さえて、ぐだぐだのまま終わった。

「てめえら、覚えてろよ」

勝也は悪態をつき、テーブルを蹴《け》り飛ばして、部屋を出ていった。

昌房は、病気で弱りきった体を佐久間と陣内に支えてもらっていた。逃げるように自分の部屋に戻っていった。

俊彦と勝也は、どんな口裏合わせをして、どんな展開になると思っていたのだろう。信じられないくらい、空気が読めていない。

孝之は、結局、兄に勝てなかった。昌房には、史穂や俊彦はともかく、凜という世間的に認められている才色兼備の娘がいる。それに対して、孝之は勝也一人。子供を比較されると、孝之は立つ瀬がない。

結論として、廃家が決定した。どのみち俊彦と景子には一円も入らない。

昌房が下した最終的な結論は、陣内から事前に聞いていたので驚きはなかった。景子は会議中、ひとことも発せず、席についている全員の顔をうかがっていた。このなかに死体を隠した人間がいるはずなのだ。

誰がXなのか。死体を隠すことで、どんな得があったのだろう。

結果論でいうと、もっとも損をしたのは芳樹である。史穂の失踪《しっそう》によって、百万円で榊原家を追いだされることになった。陣内も損をしている。史穂と組んでいたら得られたはずの報酬を取り損ねている。

凜はいちおう得をしている。失踪宣告後に、史穂の相続財産をもらえることになったからだ。だが、これは無視していいだろう。

変わらなかったのは、孝之、勝也、そして俊彦。

しかし結果的にそうなっただけで、昌房の判断次第では異なる結果になっていた可能性もあった。死体を隠したXには、なにか狙いがあったが、それが成功しなかっただけかもしれない。だが、その狙いも分からない。

全員の表情を見ていたら、なにか分かるかもしれないと思って、息をひそめて観察していた。だが、何も分からなかった。

そもそもだが、突然、目の前に死体が現れて、この死体を隠したほうが得だという状況があったとしても、即座に行動に移せるだろうか。パニックになって頭が真っ白になり、警察に通報するとか、誰かを呼ぶとか、何も見なかったことにして逃げるとか、そんなことしかできないのが普通だ。

景子自身がそうだった。思いもよらず史穂を殺してしまったあと、罪をまぬがれるための工作をする余裕もなく、ただ死体を放置して立ち去っただけである。自宅に帰ったあとも、こうなった以上は自首するしかないと思いつつも、傷害致死の刑期はどれくらいだろうとか、どう供述したら情状酌量を勝ち取れるだろうかとか、そんなことを悶々《もんもん》と考えていただけで何もしなかった。

死体を見て、即座に行動できること自体が普通じゃない。そんな行動力があるのは、景子が見るかぎり三人だけである。

第一に昌房。榊原家の当主であり、それなりに威厳もある。榊原家を守るという強固な意志もあるし、事件が明るみに出て醜聞にさらされるのを避けるために、佐久間に死体を処理させたということはありうる。

第二に勝也。悪知恵はありそうだし、なにより利があれば犯罪も平気でできるという意味での行動力がある。

たとえば、こういう可能性もある。勝也は史穂の死体を発見した。この死体を隠して失踪に見せかければ、前回の親族会議の結論はいったんご破算になる。そう思って実行に移した。そのうえで景子が史穂を殺したという証拠を突きつけて、俊彦を脅迫する。二十代当主として自分を推薦するように。

ちょっと考えにくいけど、理屈としては成り立っている。

第三に凜。二十歳でニューヨークに渡り、世界のアートシーンで活躍すること自体、並の行動力じゃない。死体を隠した動機は、常人には予想できないファンタスティックなものかもしれない。一番読めない相手である。あくまでも景子の実感だが、凜ならやりかねないと思っている。

この際だが、自分に不利益がなければ、誰がXであってもかまわない。

Xとは現在、共犯関係にある。

景子が捕まれば、Xも捕まる可能性が高まる。Xの立場からすれば、景子が逮捕されるような状況は好ましくないはずだ。

景子は、もちろん遺産は欲しいけれど、それ以上に刑務所に行きたくない。Xは、景子が史穂を殺した証拠を握っている。下手をすると、景子の立場が危うくなる。だから

Xの正体と目的が分かるまで、黙っていようと決めていた。だが、ずっと観察していた

けど、何も分からなかった。

死体遺棄はけっして軽い罪ではない。それだけのリスクを冒しても、死体を隠す理由があったはずなのだ。

誰が、なんのために。その疑問だけが宙に浮いている。

景子は一人、ダイニングの長テーブルに座っている。他のメンバーがどこに行ったのかは知らない。

冷めた紅茶を口にした。

ともかく自分たちには一円も入らない。ならば、この屋敷に用はない。

離婚を考えていた。

これまでは遺産相続だけを心の支えにして、かりそめの夫婦を続けてきた。でも、もう心がぽっきり折れた。

俊彦の顔なんて見たくもない。

「あれ、お兄様は、どこへ？」

振り向くと、凛が立っていた。

ピカソのキュビスムを連想させるような、赤青黄色の三原色がちりばめられた左右非対称の服を着ている。凛が着るから上品なファッションとして成立するが、景子が着たら変人にしか見えないだろう。眼窩《がんか》に宝石をはめこんだような、強い眼光を放つ瞳《ひとみ》が悪魔的に美しい。

凛の持つすべてが、私は特別、と主張している。

景子は適当に答えた。「さあ、陣内さんのところじゃないかしら」

凛はじっと景子を見下ろしていた。

くすっと笑う。「残念でしたね」

「えっ」

「私、応援していたんですけどね、景子さんのこと」

「私の、応援？」

「ええ、実はファンなんです、景子さんの」

「……なんのこと？」

「お兄様と離婚してほしくないですし。妹として」

顔はかわいらしいのに、その目には邪悪なものが宿っている。

その目が、あのときの史穂にかぶった。

同じ姉妹でも、史穂と凛は似ていない。凛のほうが美しい。

だが、その目の奥に宿っている邪悪なものの色は同じだ。それは榊原家の、特に女系に流れる血なのかもしれない。

ただ、凛はその邪悪なものを自己解体して、芸術的な表現に移し替える創作力を持っているのに対して、史穂はその邪悪なものに心身を飲み込まれているという差はある。

あるいは、凛はその邪悪なものを客体化して、芸術的な世界を探求するためのマテリアルにする知性があるのに対して、史穂は知的な制御がなされないまま、邪悪なものを活力源にして、欲望をたれ流し続けるという差はある。

だから凜は美しく、史穂は醜いのだ。

本質は同じでも、表面に現出してくるものが決定的に異なっている。

とはいえ、景子も人のことは言えない。

史穂と同じように、心は邪悪なもので満ちている。

仮面をかぶり、俊彦の前では無欲な女を演じてきた。だが、本心では、他の誰よりも遺産欲しさによだれを垂らしている。

金が欲しい。

努力して得た金ではなく、タダで転がり込んでくる金が欲しい。

欲しい、欲しいという欲望が、口の中によだれとともにあふれだして、心が邪悪なもので満たされていく。

そういう景子の本質に、凜は当然、気づいているだろう。これだけ感性の鋭い子なのだから。そして観察している。

まるで動物園の猿みたいな気分だった。

榊原家という檻《おり》のなかに投げ込まれた十億円の遺産。その分け前にあずかろうと、凜と俊彦以外の猿どもが群がっていく。

猿がエサに群がるのは、エサに飢えているからで、いわば本能である。すぐにエサに飛びつかないと、他の猿に獲《と》られてしまう。エサを獲れなければ、あとで空腹に苦しむことを知っているから、我先にと飛びつく。争ってでも、相手を傷つけてでも、そのエサを奪おうとする。

史穂を殺したときの景子は、まさにそんな猿だった。

そんな猿を見て人間が笑えるのは、人間がエサに飢えていないからだ。

景子は動物園の猿で、凜はそれを見物している人間。

同じ一億円でも、凜と景子ではまったく価値がちがう。凜はさらさらっと描いた絵に何千万円の価値がつき、個展を開けば何万人もの人々が訪れる。自分の好きなことをしているだけで、と言ったら凜は怒るかもしれないが、勝手にお金が振り込まれてくる。結婚する必要もないし、遺産をもらう必要もない。

それに対して、景子はやりたくもない仕事をやって、年収で三百万円に届かない。一万円の重みがまったくちがう。

持って生まれた人間と、何も持たずに生まれた人間の差がそこにはある。選ばれた人間が、選ばれなかった人間を見て笑っている。

檻の中の猿を見て、人間が笑っている。

俊彦と凜だけが、檻の外にいる。

凜は言った。「この家の人間って、おもしろいですよね。珍獣ぞろいで」

「あなたもね。私から見れば、あなたも珍獣よ」

「景子さんこそ」

凛はくすくす笑って、その場を離れていった。

傍観者の高笑いのような気がして、腹が立った。だが同時に、恐れも感じた。凛の目に景子はどう見えているのか。なにせ観察力や洞察力が半端じゃない。心理学者や刑事とは異なるアプローチで、つまり論理よりは直感で、史穂は殺されたと勘づいている可能性もある。その犯人が景子だということも。

知っていて、泳がせている？

そのほうが見世物としておもしろいから。

この家は、珍獣動物園。今どき家督などといった古い制度に執着するのは、過去の栄光にしがみつきたい気持ちがあるからだ。そしてかつての栄華にくらべれば、なけなしといっていい最後の財産に群がる珍獣たち。景子もその一人である。欲も野心もないフリをして、一攫《いっかく》千金を狙っていた。

凛がXである可能性もある。

その場合、損得ではなく、好奇心かもしれない。史穂の死体を発見した凛は、このまま景子が逮捕されたら見世物としておもしろくないと思い、死体を隠した。姉の死体さえ、天才芸術家にとってはおもちゃなのかもしれない。

考えすぎだろうか。

疑心暗鬼になって、すべてが怪しく思えてくる。

凜が去り、誰もいなくなった。

体がだるくて、寝そべりたくなった。席を立ち、俊彦の部屋に向かった。階段をのぼったところで、ふいに声をかけられた。

「景子さん」

振り向くと、芳樹だった。

二階の、自分の部屋のドアから半身だけ出している。

「あ、あの、俊彦くんは？」と芳樹は言った。

「知りません。なにか用ですか？」

「いや、俊彦くんではなく、景子さんに話があるんです」

「私に？」

「ちょっといいですか」

芳樹はふいに景子の腕をつかんだ。元バレーボール選手の腕力は、抵抗できないくらい強かった。芳樹の部屋に引きずり込まれた。

「ちょっと、なにするんですか？」

大声で助けを呼ぼうとした。芳樹はとっさに手を放した。

「すみません。乱暴はしません。ただ、話を聞いてほしいんです。二人きりじゃないと話せないことなんです。あの、ここだけの話なんですが、史穂は……、家出したんじゃないんです。殺されたんです」

芳樹は血走った目で、景子を見つめてくる。

背中に戦慄《せんりつ》が走った。これまでは遠慮がちな婿養子という印象しかなかった。だが、いま初めて、この男だって牙《きば》を持っている。芳樹に強い男性性を感じた。油断してはならない。

「こ、殺されたって、どういうこと？」

平静をよそおったつもりだったが、声が裏返ってしまった。

「だって家出するあの日の朝まで、史穂はルンルンだったんですよ。僕が家督を相続することに決まったからです。思いつめた様子なんてまったくありませんでした。俊彦くんは警察にああ言ったけど、僕には信じられない」

「でも、そういうものじゃないですか。自殺する人だって、直前までなんの前触れもないことが多いって聞くし」

「ええ。でも、これを見てください」

芳樹は、部屋のキャビネットを動かして、裏側を見せた。そこにはめ込まれているベニヤ板を一枚はがすと、ぴかぴかの金のインゴットが、まるでタイルのようにまんべんなく一枚ずつ貼られていた。

「一枚百グラムの金のインゴットです。全部で十二枚あります。一グラム七千円としても八百四十万円分あります」

「どうしてこんなものが？」

「僕も最近、見つけたんです。佐久間さんが言うように、史穂はこの家の金目の物を売っていたんでしょうね。隠し口座を持っていたという話もありましたけど、そうではなく、金のインゴットに換えてここに隠しておいたんです」

金のインゴットは、史穂が暇さえあればワックスで磨いていたかのように、ぴかぴかに光っていた。

「もし史穂が自分の意志で家を出たのだとしたら、このインゴットは持っていくんじゃないでしょうか。夫にも内緒にして隠していたんですから。旅行カバンに入れて持っていけないほどの重さではないし。これがここに残っていることが、史穂が自分の意志で家出したのではないことの証明です」

「このことは警察に話しましたか？」

「いえ。本当に最近、知ったので。でも、警察に話しても無駄ですよ。警察は事件性がないほうがありがたいんです。捜査しなくてすむから」

芳樹は籐椅子《とういす》に腰かけた。景子にもソファーに座るようにうながした。

芳樹は、まっすぐ景子の顔を見つめた。

「正直に言います。これは警察にも話していないので、ここだけの話にしてください。史穂は、僕が家督《とう》を継げるように、裏で工作していました。陣内さんも一枚嚙《か》んでいます。だからお義父様と陣内さんが遺産相続に関してどんな話をしていたかは、すべて史穂に伝わっていたんです。お義父様は順当に俊彦くんに継いでほしかったんです。逆にさっきの喧嘩《けんか》でも分かる通り、孝之さんにだけは継がせたくなかった。とすれば、俊彦くんが相続放棄すれば、僕にお鉢が回ってくる。史穂はそうなるように俊彦くんに、洗脳といったらあれですけど、働きかけていました。まあ、そこは僕はよく知らないんです。具体的に史穂から相談されていたわけではないので。陣内さんと一緒にこそこそやっているというのは分かっていましたけど」

やはりそうだった。景子の見立ては正しかった。

「ちなみに、景子さんは知っていましたか？　史穂が俊彦くんにそういう働きかけをしていたことを」

一瞬、返答に困った。どう答えたら正解なのか。事実としては、俊彦が相続放棄を宣言した時点までは知らなかったわけだが。

景子は答えた。「いえ、知りませんでした。ただ、俊彦が相続放棄する意思があることは知っていました」

「景子さんはそれに対して、なんて？」

「俊彦の好きにすればいいと思っていました。お金に困っているわけでもないし」

「でも、お金はあって困るものでもないでしょ」

「俊彦が言っていた通り、お金では得られない幸せもありますから」

いけしゃあしゃあと嘘をついた。

「すごいですね。尊敬しますよ。景子さんも、俊彦くんも、それから凜さんも。それにくらべて僕や史穂なんて、心が卑しいというか。俊彦くんが相続放棄して、僕が家督を継ぐことになったとき、僕は心の中で小躍りしていましたよ。だって、とんでもない額の遺産がこの手に転がり込んできたんですから」

逆に景子は、一度は手にしたと思った遺産が、この手からすべり落ちて、真っ暗闇に突き落とされていた。

「こんなことを言うのは情けないんですけど、史穂は望んだ結果が得られて、万々歳だったんです。なのに、なぜその直後に家出するんですか？」

「でも、じゃあ、どこに行ったっていうんですか？」

「だから殺されたんです。この屋敷で、あのとき、ここにいた誰かに。そいつは史穂の靴や旅行カバンまで隠して、自分の意志で家出したように見せかけています。身内としか思えません。そして実は、犯人の目星はついているんです」

「えっ」

芳樹は自分の推理を話しはじめた。

「あの日、僕は午後二時ごろに史穂に電話をかけているんです。僕はいつも朝にベランダの花壇に水をやるのですが、お葬式があって久しぶりに出社したので忘れていたんです。それで史穂に電話しました。これは警察が調べたスマホの記録にも残っていて、そのとき史穂は屋敷にいたことが分かっています。そして午後三時ごろに、俊彦くんと景子さんが帰宅したと聞きました」

「ええ、そうでした」

タクシーに乗ったとき、車内時計で時刻を確認した。三時八分だった。史穂を殺したのは、その十五分前くらいだと思う。

「俊彦くんは帰るまえ、史穂の部屋を訪ねたけど、いなかったと言っています。結局、史穂と顔を合わせることなく、タクシーで帰った」

「はい」

「僕が帰宅したのは午後六時です。史穂がどこにもいなくて、電話をかけてもつながらない。とにかく朝まで待とうということになった。でも、僕はその夜に、屋敷内のすべての部屋を調べたんです。なにせ遺産相続の話のあとですから、なにかあった可能性もよぎったんです」

「史穂さんが殺された可能性もあると思ったんですか？」

「そうです。ただ、そのとき調べたのは無人の部屋だけです。お義父様、おばあ様、凛さん、孝之さん夫妻、勝也くん、陣内さん、佐久間さんが寝ていた部屋は調べていません。俊彦くんの部屋は調べました。もちろん机の引き出しとかは開けていませんよ。死体を隠せそうな場所だけです。でも何も見つかりませんでした」

だとすれば、その時点ですでに死体は移動されていて、床の血だまりも拭《ふ》き取られていたことになる。

「朝の七時になって、一階のリビングにみんなが集まりました。結局、史穂が帰らないので、僕と陣内さんで警察署に行くことになりました。そのとき、凜さんが俊彦くんに電話をかけたはずです」

「ええ、朝の七時ごろでした」

「ただ、警察署に行くまえに、佐久間さんが朝食を作っている隙に、佐久間さんの部屋を調べました。それから陣内さんがお義父様の部屋に行っていたので、陣内さんの部屋も調べました。トキおばあ様の部屋にも入りました。寝ていたので、こっそりと。ですが、死体は見つかりませんでした。そのあと僕と陣内さんはタクシーで警察署に行きました。そのあいだ、お義父様とおばあ様以外は、朝食を食べながらダイニングにいたと聞いています。屋敷に戻ったのは午前九時ごろ。そのときには景子さんたちも来ていました。そのあとのことは景子さんも覚えていますよね」

「ええ、みんな、なんとなくリビングに集まっていましたね。佐久間さんがちょこちょこ動いていたくらいで」

「佐久間さんが昼食を作って、みんなで食べました。ここに集まっていても仕方ないということで、予定通り、孝之さん夫妻は車で帰った。午後二時ごろです。そして三時ごろに俊彦くんと景子さん、凜さん、陣内さんが同じタクシーに乗って帰りました。同時に、バイクで来ていた勝也くんも帰った」

「私と俊彦、陣内さんは駅で降りて、電車で帰りました。凜さんはそのタクシーに乗ってマンションに帰ったはずです」

「みんなが帰ったあと、まだ調べていなかった凜さん、孝之さん夫妻、勝也くんの部屋を調べました。それから夕方ごろ、お義父様が庭に出ていたとき、お義父様の部屋にも入りました。やはり何も見つかりませんでした。翌日、僕は会社を休みました。それでもう一度、屋敷内のすべての部屋と、庭を細かく見て回りました。土を掘って死体を埋めた跡がないかも確認しました」

「あの池は？」

「それも調べました。池の水をこっそり半分だけ抜いたんです。池に入って調べましたけど、何もありませんでした。僕の結論をいうと、史穂は殺されています。問題は、犯人がどこに死体を隠したのか」

はからずも、芳樹は景子とほぼ同じことを考えていたことになる。

「死体は屋敷内にも隠されていないし、庭にも埋められていない。つまり、すでに敷地から運びだされていることになります。それが可能なのは、孝之さんだけです。なぜなら唯一、車で来ていたからです」

あの日のことを思いだす。

道山の訃報《ふほう》を聞いて、親族が麴町の屋敷に集まった。それぞれの交通手段は、俊彦と景子は電車、陣内も電車、凜は自宅マンションからタクシーで来た。孝之夫妻はマイカー、勝也はバイクだった。

「この家に車はありません。お義父様は免許を持っていないし、陣内さんは高齢で返納しています。僕と佐久間さんは免許を持っていますが、マイカーは持っていません。使うときはレンタカーを借りますが、利用頻度は多くない。俊彦くん、景子さん、凜さんは免許を持っていません」

榊原家には大名意識があるのだろう。自分で車を運転するという感覚がなく、誰も免許を持っていない。史穂も持っていなかった。昔は専属の運転手がいたと聞く。殿様は輿《こし》に担がれて移動するもので、運転は家来がするものという意識が残っているのだと思う。俊彦がすぐにタクシーに乗るのもそのためだ。

「孝之さん夫妻はマイカーで来ました。その車は敷地内の駐車スペースに停まっていました。車の出入りには裏門を開ける必要があり、その鍵《かぎ》は佐久間さんが持っています。佐久間さんによれば、あのとき門を開けたのは二度だけです。孝之さんの車を入れたときと、出したとき。つまり、あのとき敷地内にあったのは、孝之さんの車一台だけということになります。

おそらく殺人は午後二時から六時のあいだに行われました。そして死体は孝之さんの車のトランクに入れられた。この可能性が一番高い。怪しいのは孝之さん夫妻です。二人で協力すれば、死体を運ぶのも容易だったはずです。僕が帰宅する午後六時までに、死体はトランクに移されていたと考えられます。ただし、これは消去法で、断定はできません。他にも方法があったかもしれませんから。

ただ、逆に、あのなかで絶対に犯人でないと断言できるのは、俊彦くんと景子さんだけなんです。もし二人が犯人なら、午後二時から三時のあいだに殺して、三時までに死体を外に運びだしたことになります。時間的に難しいうえに、車もないので外に運びだす手段がない。なにより二人には史穂を殺す動機がありません。だって、みずから遺産を放棄したのですから」

5

芳樹の推理には、明白な瑕疵《かし》があった。史穂を殺した犯人と、その死体を隠した犯人は別人という可能性を考えていない点である。

ただ、芳樹の真剣な表情を見るかぎり、その言葉に嘘はないように思えた。彼なりに史穂を愛していたのだろうとも思った。

史穂は景子を警戒して、景子の過去を調べたり、盗聴器をしかけたりしていたが、そのことは芳樹には話していないようだ。愛する夫には、自分の醜い一面を隠していたということかもしれない。

「それで、だからなんだというの？」

「史穂を殺した動機は、やはり遺産がらみだと思います。史穂がいなくなれば、僕が家督を継ぐ話は白紙になる。それが狙いだった。殺して死体が発見されれば、警察の捜査がはじまる。だから死体を外に運びだして、家出に見せかけた。そう考えると、犯人は孝之さん夫妻しか考えられません。俊彦くんと景子さんは相続放棄しているから、動機がない。お義父様は自分で相続内容を決められる立場だから論外。陣内さんは史穂と組んでいたわけだから、あの相続内容に不満があるわけがない。あとは凜さん。彼女のことは僕には計り知れないのですが、彼女にとってこの家の遺産が、姉を殺してでも奪いたいというほどのものとは思えません。残るのは、孝之さん夫妻と勝也くんです。この親子は仲が悪そうに見せているだけで、裏で組んでいる可能性もあります。いずれにしても主犯は孝之さん夫妻です」

「…………」

「ただし、証拠がありません。警察に動いてもらうには、ある程度の証拠をこっちで見つけないといけない」

「そ、それで？」

「景子さんに協力してほしいんです」

「は？」

「僕のなかで確実に容疑者から外れるのは、俊彦くんと景子さんだけです。ただ、俊彦くんは純粋な人だから、身内を疑ったりするのは抵抗があると思います。そうすると、頼れるのは景子さんだけなんです」

「私は不純な人間だから、身内を疑うのも平気ってことですか？」

「いや、そういう意味じゃありません。すみません。言い方が悪かったです。景子さんは第三者的な立場で考えられる人だということです」

「まあ、べつにかまいませんけど」

「問題は、孝之さん夫妻が車で死体を運びだしたあと、どうしたかです。孝之さんの住まいは、埼玉県春日部市のマンションの五階です。死体をその部屋に運び入れたとは思えないので、どこかに遺棄したのだと思います。あの車で死体を運びだした証拠が、たとえばトランクから史穂の血痕《けっこん》や毛髪が発見されればいいのですが、それは警察が捜索しないと分からない。そこで、こういうのはどうでしょうか。孝之さん夫妻の自宅に、盗聴器をしかけるんです。そうすれば夫婦の会話から、なにか分かるかもしれない。おそらく夫婦でやったにちがいないので」

「盗聴器？　でも、どうやってしかけるんですか？」

「たとえばですが、俊彦くんと景子さんが話があるといって孝之さんの自宅に行き、隙を見て景子さんがしかける」

「なぜ私がそんなことしなきゃならないんですか」

「僕では警戒されるからです。史穂殺害の犯人が孝之さん夫妻なら、夫である僕が訪ねていけば絶対に警戒されます」

「でも……」

突然、芳樹は立ちあがり、景子の右手を両手で握った。

「景子さん、お願いします。頼れるのは景子さんだけなんです」

「ちょっと、手を放してください」

景子は、握られた手を振り払った。

芳樹とは、これまで特に関係があったわけではない。なのに、なぜこんなに信用されるのか分からない。芳樹の目に、景子はどう見えているのか。なにか魂胆があるのか。あるとしたら、どんな魂胆だろう。

だが、少し考えて、自分の態度は決まった。

「考えすぎですよ」と景子は言った。「史穂さんは殺されたんじゃありません。自分の意志で家を出ていったんです」

「でも、史穂は直前まで――」

「人間の心のうちなんて、誰にも分かりませんよ。身近にいる人ほど、相手に対する先入観や思い込みがあって、かえって本質が見えなくなるものです。真実はいつも単純です。孝之さんたちが死体を運びだしたのではなく、史穂さんが自分で靴を履いて、旅行カバンを持って出ていったんです」

「じゃあ、金のインゴットはどう説明するんですか？」

「分かりません。いずれにせよ、協力できません。私は第三者的な立場だとおっしゃいましたけど、そんなことはありません。ましてや人の家に盗聴器をしかけるなんて、完全に犯罪ですから。そんな卑怯《ひきょう》なことはせず、今の推理を堂々と孝之さんたちに聞かせたらどうですか。事実なら動揺するはずですよ」

「ちょっと待ってください」

「もし史穂さんを探すというなら、協力します。ただし、夫を通してください。夫に内緒で、私だけこそこそ動くなんてできません。今の話は、私の胸に秘めておきます。聞かなかったことにするので安心してください」

景子は席を立ち、黙って部屋を出た。

立ち止まり、大きく息をついた。いろいろあって度胸がついた気がする。汗一つかいていない。屁《へ》の河童《かっぱ》みたいな心境である。

トイレに行った。個室に入り、鍵をかけ、便座に腰かけた。

今の芳樹の行動を、どう考えるか。

可能性は四つあると思った。
①額面通り、芳樹は孝之夫妻を疑っていて、絶対に犯人ではないと考えられる景子に協力を求めてきた。
②逆に、むしろ景子を犯人だと疑っていて、カマをかけてきた。あえて景子は絶対に犯人ではないと言って安心させてから、ボロを出させる作戦だった。ただし、景子を疑う理由はよく分からない。
③芳樹が死体を隠したXという可能性もある。だとしたらその動機は、遺産をあきらめていないからだろう。だが、結果的に離婚とみなされ、芳樹はこの屋敷から追いだされることになった。まだ遺産をあきらめていないとしても、それが今の行動とどう結び

つくのかはよく分からない。
④これはうぬぼれかもしれないが、たとえば景子を女として見ていて、口説こうとした可能性もある。突然、腕を引っぱって部屋に連れ込んだり、手を握ってきたりして、その気配はあった。こっちが毅然《きぜん》とふるまったので、そうはならなかったが、あわよくばベッドに押し倒すつもりだった。
③と④は結びついている可能性もある。つまり史穂の死体を隠したのは、景子が犯人だと分かっていて、景子をかばうためだった。もともと景子に惚《ほ》れていて、手に入れたいと思っていた。
瞬間的にこの四つの可能性を考えた。

景子としては、オーソドックスに①の可能性が高いと思っている。②の可能性もなくはないが、だとしてもうまく立ち回ったと思う。③と④の可能性は低い。だが、可能性がゼロでないかぎり、念頭には置いておく。

いずれにせよ、あの対応でよかったはずだ。

芳樹の話では、孝之夫妻が怪しいという。その説に一定の説得力はあった。死体が敷地内に隠されたのではなく、外に運びだされたのだとすれば、車を持っていた孝之夫妻の可能性が高い。だが、景子が殺した死体を、孝之夫妻が外に運びだして隠す理由が分からない。なんのメリットがあるのだろう。

この際だが、死体を隠したXが誰であってもいいのだ。行方不明のまま、未来永劫《えいごう》、死体が発見されないことを願っている。Xが誰なのかは知りたいが、死体そのものは発見されないほうがいい。

芳樹と共同戦線をはって、孝之夫妻を探るなんて、景子にとってリスクしかない。だからどうあれ、あの対応でよかった。

芳樹が景子を女として見ていたとしても、不倫なんて論外である。景子は、芳樹に男としての魅力を感じていない。

性欲自体、そんなにない。欲しいのは男ではなく、お金だ。

トイレを出て、部屋に戻った。俊彦がいた。

「あ、景子、どこに行ってたの？」

「散歩してた」と嘘をついた。最近、反射的に嘘がつけるようになった。

「あのさ、今夜、誕生日会をやることになったから」

「誕生日会？　誰の？」

「佐久間。来週、六十一歳の誕生日なんだ。凜も来月にはニューヨークに戻るっていうから、そのまえに一緒に四人で」

いつものことだが、景子の予定も聞かずに、勝手に行くことが決まっている。

「どこでやるの？」

「神田《かんだ》にあるレストランを予約した。凜がよく行くんだって。誕生日会が終わったら、そのまま帰ろう。凜もそうするって言ってた」

「もう帰ったよ」

「孝之さんたちは？」

夕日がさしている。景子は疲れて、俊彦のベッドに横になった。

今から誕生日会なんて、かったるい。三人だけで行ってくれないだろうか。断る理由を探したが、思い浮かばなかった。

ふと佐久間のことを考える。まだ六十歳なのに、老いぼれ感が強い。毛はふさふさしているが、一本残らず白髪になっている。笑顔を見せないし、私語をほとんどしないため、生命力を感じさせない。ただ、よく見ると凛々《りり》しい顔立ちをしていて、どこか文学的な雰囲気のある人である。姿勢がよく、いつもお腹の下あたりで手を組んでいる。作る料理は薄味なのだが、品がいい。

景子は佐久間について何も知らない。

俊彦や凛は、佐久間とは子供のころからの付き合いである。二人は「佐久間」と普通に呼び捨てにする。俊彦は父と険悪なので、用事があるときは佐久間を通して伝える。よく電話をかけていて、友だち的なしゃべり方をしている。これまでも誕生日にはプレゼントを贈ったりしていた。

そんなことはどうでもいい。問題は、佐久間がXなのかどうかだ。

「ねえ、俊彦。佐久間さんって、いつからこの家の執事をやってるの？」

「いつからだっけ。ええと、僕が高校のときからかな」

「えっ、子供のころからじゃないの？」

「もともと七星重工の社員だったんだよ。おじい様の直属の部下で、この屋敷にもよく来ていたから、子供のころから知っているけどね。七星重工が倒産したあとも、ずっと事業を手伝っていた。でも、それらが全部失敗して、ちょうどそのころ屋敷で働いていた使用人が次々とやめていって、それでなんとなく佐久間が執事になったんだ。料理とか得意だったから」

「ずっと執事なのかと思ってた」

「僕の家庭教師でもあるよ。よく勉強を教えてもらった」

佐久間は、もともと道山の部下だった。だが、榊原家の家風がそうさせるのか、印象としては部下より家来に近い。

景子の主観として、佐久間がXである可能性は低くないと思っている。

佐久間が史穂の死体を隠して得をすることはない。そもそも親族ではないので、遺産相続の対象外である。

だが、忠実な家来なら、主人の命令があればやるだろう。

佐久間は、誰の命令なら聞くだろうか。

昌房の命令なら聞くだろう。俊彦や凜も主人筋なので、聞くかもしれない。孝之は微妙である。榊原家の人間ではあるが、この家では次男の地位は低い。すでに家を出ていることを考えると、佐久間が孝之に忠誠心を持っているとは考えにくい。芳樹や勝也にしても同様で、彼らの命令なら聞かないだろう。

佐久間が命令を聞く可能性があるのは、昌房、俊彦、凜の三人である。この三人が死体を隠せと命じたら、佐久間はやるかもしれない。

佐久間がXだとしたら、死体をどこに隠したか。

佐久間はこの屋敷を隅々まで知り尽くしている。芳樹はすべての部屋を調べたと言っていたが、屋根裏や軒下までは調べていないだろう。たとえばコンクリート詰めにして床下収納に隠すとか、屋敷の壁に埋め込んでしまうとか、ちょっと想像を超えるような方法なら、痕跡《こんせき》を残さずに隠せたかもしれない。

景子としては、死体が発見されないことを願っている。だから佐久間がXなら、それが一番ありがたい。

考えているうちに、睡魔が襲ってきた。

俊彦がケン玉の練習をはじめた。その音に妨害されながらも、少しだけ眠った。

部屋のドアが開く音で目がさめた。

ドアから凜が顔を出した。「お兄様、そろそろ行きましょう」

「うん。景子、起きて。時間だって」

景子は体を起こした。髪がボサボサだったので、ブラシでとかして後ろで束ねた。部屋を出て、三人で一階に下りた。

佐久間の部屋に向かうと、その隣の部屋のドアが開いていた。介護の必要上、佐久間の隣室はトキの部屋になっている。

　トキの部屋をのぞくと、ちょうど佐久間が介助していた。食事を終えたのだろう、薬を飲ませている。それから車椅子のトキをベッドに移した。手を貸しさえすれば、トキは短い時間なら立っていられる。佐久間には従順なので、介護の負担は今のところ少ない。ただ、もはや自分にもまわりにも関心がなくなっている。食事量が極端に減っていて、初めて会った七年前より体が小さくなっている。

　ベッドに腰かけると、トキはさっそくうつらうつらしていた。

　その様子を、俊彦、凜、景子の三人が部屋の外から見ていた。トキは三人が見ていることに気づいていない。

「佐久間、そろそろだけど」俊彦が声をかけた。

「あ、はい、すぐに参ります」

　俊彦の声に反応して、トキが顔を向けた。俊彦、凜、景子の順に視線が移って、そこで止まった。

　景子と目が合った瞬間、トキはまるで我に返ったように、目が点になった。じっと景子の顔を見ている。トキの唇がわなわなと震えだす。怒りとも恐怖とも取れるような表情の乱れ方をした。

「な！」とトキは叫んだ。「なぜ、あなたがそこにいるの？」

「えっ」

「出ていけ。この屋敷から出ていけ」

トキは、あたかも景子ののどに食いつこうとするかのように体を前傾にした。だが、筋力がなくて体を支えられず、そのまま前のめりで倒れた。ベッドから落ちそうになるのを、佐久間がとっさに抱きとめた。

「佐久間、あの女を追いだしなさい。佐久間、はやく」

「は、はい」佐久間は啞然《あぜん》として言った。

「この淫売《いんばい》。榊原家の財産を盗みに来た、薄汚いメス犬」

トキが景子に向かって半狂乱になって叫んでいる。

「佐久間、はやく追いだしなさい。はやく」

トキが両手を振って、平手で佐久間の頭を叩《たた》いた。佐久間は抵抗もせず、無防備で叩かれていた。俊彦が助けに行った。

凜が景子の腕をつかんで、引っぱった。リビングまで連れていかれた。

「ここで待っていてください」

凜は言って、トキの部屋に戻っていく。

十五分、待たされた。

さっぱり意味が分からない。

やがて俊彦と凜、そして外出着に着がえた佐久間が戻ってくる。

俊彦は言った。「大丈夫。落ち着いて眠ったから」

「えっと、私、なにかした？」

「あ、いえ」と佐久間が言う。「たまにある発作です。突然、急に意識が戻ることがあるんです。そうすると過去の記憶がよみがえって、混乱して、ああいう状態になります。景子様のせいではありません」

「そ、そう……」

四人で外に出て、門の前まで歩いた。しばらくしてタクシーが来た。

助手席に佐久間が乗り、後部座席に、景子、俊彦、凜の順で乗った。凜が行き先を伝えると、タクシーが走りだした。

6

初めて佐久間が笑ったのを見た。

いや、その顔が表情を作るのを初めて見た。笑うと、目元に深い皺《しわ》が寄る。それだけで印象が一変する。花咲じじいを連想させた。

景子は、プライベートの佐久間を知らない。「かしこまりました」と、つねに事務的な対応をする執事としての佐久間しか知らない。案外、テレビを見て笑ったりするのかもしれないと思った。

俊彦が言った。「佐久間、なに食べる？　主役なんだから、コースじゃなくて自分の好きなのを食べなよ。今日は僕のおごりだからさ」

僕のおごり？　その言葉を聞いて、心臓が飛びはねた。

二つ星レストランだという。店に入るなり、オーナーとシェフがあいさつに来て、VIPルームに案内された。凜の行きつけというから、凜が払うのかと思っていた。兄だから自分が払うということなのか。

さっきのタクシー代も、なりゆきで景子が払った。凜がカードで払おうとしたが、俊彦が「いいから、ここは僕が」と言った。そのくせ俊彦は財布を持っていない。結局、景子が現金で払った。ただそのときは「食事代は凜が払うから、タクシー代くらい僕が払う」という意味だと思っていた。

四人で食事したら、いくらになるのだろう。高級ワインでも飲んだら、貯金がすべて吹き飛ぶかもしれない。

そもそもこの男はうちの貯金額を知っているのか。俊彦はいっちょまえにクレジットカードを持っていて、勝手に使ったりする。その支払いは景子のところに来る。俊彦のことだから駄菓子とかジュースとかしか買わないので、たいした金額にはならない。だが、安い居酒屋などでは、ケン玉仲間にパーッとおごってしまうことがあって、そのときは真剣に腹が立つ。

ウエイターが注文を取りに来た。ごきげんな俊彦が、好きなものを頼んでいく。その口から「キャビア」とか「子羊の」といったワードが出てくるたびに、胃袋が締めつけられるような思いがする。ウエイターがお勧めするワインを、値段も確かめずに「じゃあそれで」と、社長のような注文の仕方をする。

次に、佐久間、凜の順番で注文した。佐久間には遠慮があり、高いメニューは避けている気配があった。凜は慣れたもので、さらさらっと注文した。景子の順番になるが、なぜか景子のメニューには値段が書かれていない。料理名だけでは、どれが安いのか分からない。とりあえず白身の魚料理にした。

「景子。お肉は？　松阪《まつさか》牛があるよ」と俊彦が言う。

「いい、ダイエット中だから」

「ワインは何にする？」

「アルコールはいらない。オレンジジュース、いただけますか」

俊彦を無視して、ウエイターに言った。

金銭感覚がないというレベルではない。すべての商品には値段がついていて、お金を払う必要があるのだという感覚そのものがない。平気で「佐久間」と呼び捨てにすることもふくめて、育ちがちがう。

みじめだった。

少なくとも一億円は超えると見込んでいた遺産はゼロになった。さらに傷害致死の罪を背負《しょ》い込み、死体を隠したXが誰かも分からない。こつこつ貯めたへそくりの三十万円もたった今、失ったかもしれない。

ケン玉くんのせいで、人生がめちゃくちゃ。

同じ会社で働いていた四つ年上の先輩がいた。高卒で契約社員だった。大卒の景子より給料は安かったかもしれない。だが、ずっと親元にいて、お金は使わず、収入のほとんどを貯金していた。安い服を着て、昼食は百五十円以内におさめた手製弁当で、じっと五年耐えて、一千万円貯めた。さらに五年耐えて、二千万円貯めた。その十年で、彼女は仕事と睡眠以外の時間をすべて勉強にあてた。ぜいたくはしなかったが、勉強のための費用は惜しまなかった。

二十八歳で結婚し、二千万円をすべて突っ込んで起業した。幼児の知育玩具《がんぐ》や教材を企画販売する会社を夫とともに経営している。二児の母となり、池袋《いけぶくろ》のタワーマンションに住んでいると聞いた。

人生の勝ち組とは、彼女のような人をいう。

彼女が特別な能力を持っていたわけではない。容姿もかなり劣っている。ただ、長期で計画を立てて、亀のスピードで寄り道せずに進んでいった。

景子は人生のレールを左にそれ、左にそれ、気づいたらぐるりと回ってスタート地点に戻っていた。結婚して七年、年を取って老けただけで、得たものは何もない。反省点を挙げれば、そもそも他力本願だったのがよくない。実際、彼女ほどの努力はしていない。ただ、俊彦のわがままに耐え、そのすべてを飲み込んで、遺産が転がり込んでくるのを待っていただけだ。

離婚することになるだろう。

俊彦は外れ馬券だった。破って、宙に投げ捨てるしかない。

景子が離婚を切りだしたら、どんな表情をするかは想像できる。「え、なんで？」と言うにちがいない。景子の心を覆っているこの絶望に気づいていないから、俊彦にとってはすべてが青天の霹靂《へきれき》である。

俊彦はすんなり離婚に応じるだろうか。

どのみち、もう一緒に暮らすことはできない。

一人、荷物を持ってあのアパートを出ていく自分の姿を想像した。

ふいに笑い声が聞こえてくる。

景子をのぞいた三人で、景子が知らない昔の思い出話をしている。凜も佐久間も普通に笑っていた。あの屋敷での食事はつねに寒々としたものだったのに、三人だけだとまるで本当の家族である。

俊彦が言った。「あ、佐久間。見た？　六本木《ろっぽんぎ》のツリー」

「ええ、見ました。テレビでもやっていましたね。新聞の一面にも出ていました」

「すごいよね。あれを作ったのが自分の妹とは思えない」

「はい」と佐久間はうなずいた。

六本木にできた、巨大な六本のツリーのオブジェである。

通称、『ｓｉｘ　ｔｒｅｅ』と呼ばれている。

商業施設内にあり、新しいデートスポットになっている。一万を超えるというLEDの電飾がついていて、季節によって色や柄が変わる。簡単にいうと、春は桜になり、夏は緑の広葉樹になり、秋は紅葉になり、冬はクリスマスツリーになる。おもしろいのは電飾の見せ方で、風が吹いて桜吹雪が散っているように見えたり、雨が降って葉から水が滴っているように見えたりする。

ただ光るだけの電飾ツリーならいくらでもあるが、動きの要素を取り入れることでより神秘的な幻想世界を作っている。

夏には木にカブトムシの模型がついていたり、セミの鳴き声が聞こえてきたり、グリム童話に出てくる七人の小人が枝のあいだに隠れていたり、願いを書いた短冊を吊《つ》るす場所があったり、子供が喜ぶ仕掛けがたくさんある。

このデザインと設計を手がけたのが、凜である。

六本木の新名所になり、よくテレビでも紹介されている。経済効果もすごく、凜のもとには依頼が殺到していると聞く。

ここにも勝ち組の女がいる。凜の場合、根本的に才能がちがうのだけど。

俊彦が言った。「景子、どうしたの？　なんか元気ないけど」

「いや、べつに」

「あ、さっきのこと、引きずってる？」

「あ……、うん、まあ」

トキに突然、「出ていけ」と怒鳴られたことである。認知症の老人に言っても仕方ないけれど、もちろん不快な気持ちは残っていた。

「景子、おばあ様となにかあったの？」

「いや、何もないけど」

「あ、いや」と佐久間が口を挟んだ。「あの、景子様。先ほどのことは、気になさる必要はありません。あれは景子様に言ったのではないですから」

「えっ」

佐久間が姿勢を正して言った。

「一度どこかで話さなければならないとは思っていたんです。私もこの先、どうなるか分かりません。いい機会ですから、ここでお話ししようと思います。お二人の母である真紀子様のことです。実は昌房様から、母のことを子供たちに話すなと口止めされていました。ですが、もういいでしょう。昌房様には内密にしていただけますか」

「もちろん」と俊彦は言った。

「ええ」と凜も言った。

「真紀子様が蒸発されたのは、俊彦様が六歳、凜様が二歳のときなので、よく分かっていなかったでしょう。私も内情をすべて知っているわけではありません。あくまでも私の目から見たこととして話します。

今から三十五年前の話です。昌房様は三十一歳、真紀子様は二十一歳でした。当時は七星重工がまだ健在で、私は若手社員でした。道山様が社長で、昌房様が次期社長と考えられていました。七星重工の下請け工場があって、その経営者の一人娘だったのが真紀子様です。昌房様がたまたまその工場を訪れて、事務をしていた真紀子様にひと目惚《めぼ》れしたのがきっかけだそうです。

真紀子様は、美しい女性でした。昌房様は即座に求婚しました。ですが、いい返事はもらえませんでした。というのも、真紀子様は別の男性と付き合っていたからです。ただ、彼女の親が経営していた工場は、七星重工との取引がなくなれば、即座に倒産してもおかしくない状況でした。逆にいうと、政略結婚というわけではないですが、縁談としては悪い話ではありません。

そのとき、いろいろあったと聞きました。大半は噂です。七星重工の重役が、昌房様に媚《こび》を売るために、暴力団を使って真紀子様の両親や恋人を脅したとか。事実かどうかは知りません。ただ当時、七星重工は栄華の驕《おご》りで、悪い噂がたくさんありました。私の実感としていえば、あのころの七星重工の体質からいって、そういうことがあったとしてもおかしくなかったように思います。

ともかく結果として、昌房様と真紀子様の縁談が決まりました。両親が説得して、恋人とは別れさせたということです。そして真紀子様は榊原家に嫁いできました。夫婦仲は悪くなかったと思います。とはいえ、年の差もあり、真紀子様はまだ二十一歳です。立場上、昌房様には頭があがりません。榊原家は独特の家風ですし、対等な夫婦関係とは少しちがっていたかもしれません。

子宝に恵まれて、三人の子供を授かりました。ですが、あの屋敷で、トキ様による嫁いびりがあったのは事実です。トキ様は、最初から真紀子様のことを気に入っていませんでした。発端は、初対面のとき、真紀子様が対等な口をきいたということだったと思います。そういうことにとてもこだわる性格でしたから。ちなみに、トキ様は華族の出身で、道山様とはお見合い結婚です。その結婚には、今の時代の感覚では分かりづらいのですが、榊原家に華族の血を入れて、家のステータスをあげたいというような思惑《おもわく》があったようです。

バブル崩壊をむかえて、七星重工は傾きはじめました。道山様と昌房様は家のことにかまっていられず、榊原家の屋敷はトキ様の支配下にありました。当時、使用人が複数おりましたが、みんなトキ様の言いなりでした。私がまだ若手社員だったころ、あの屋敷に行ったことがあります。そのとき真紀子様が紅茶を出してくれたのですが、その温度がぬるいとトキ様が激怒されて、ティーカップを床にはたき落としました。真紀子様が割れたティーカップを、生気を失った顔で拾っていたのをよく覚えています。そういったことが毎日のようにあったのでしょう。

あるいは、そういう時代だったのかもしれません。トキ様に同情するなら、トキ様もあの屋敷に嫁いできたときは、同じようなことをされたのでしょうね。やがて七星重工は倒産しました。末期は評判が悪かったせいで、裏切りや詐欺にもあって、めちゃくちゃでした。榊原家も同様で、倒産後のほうがかえって見栄《みえ》を張るので、よけいな散財をしたり。そうしたなかで、真紀子様へのいじめもひどくなっていったようです。育児についてもトキ様の干渉がはなはだしく、ついに限界になったのだと思います。真紀子様は離婚届を置いて、蒸発なさいました」

「実家に帰ったということ？」と俊彦は言った。

「いえ、真紀子様の実家の工場は、七星重工がなくなって、連鎖倒産しました。その時点で真紀子様とご両親の仲はとても悪くなっていました。真紀子様は何度か実家に逃げようとしたのですが、実家のほうが七星重工との関係が悪くなるのを恐れて、嫁いだ以上は戻ってくるなという態度を取ったようです。真紀子様は、ご両親にも行方を告げませんでした。そのご両親は、俊彦様や凜様からすると祖父母にあたるわけですが、今は両方とも亡くなっています。

これは噂ですが、以前付き合っていた男性と駆け落ちしたという話もありました。ですが、そこはよく分かりません。トキ様は、蒸発した真紀子様を探すどころか、せいせいしたとばかりに、真紀子様の私物をすべて捨ててしまいました。したがって手がかりも残っていません。当時いた使用人たちも、榊原家が没落していくにつれて、一人、二人とやめていって、最後には一人もいなくなりました。高齢の使用人が多かったため、年齢的にみんな亡くなっているものと思います」

凜は言った。「お兄様は、お母様のこと、覚えてる？」

「少しだけ」と俊彦。「顔はよく覚えていないけど。むしろよく覚えているのは、使用人のナミエ。いつも幼稚園まで迎えに来てくれて」

佐久間が言った。「ええ、おりましたね。そのあと、しばらくしてやめてしまいましたから、凜様は覚えていないかもしれません」

食事しながら、三人で思い出話を語りあっていた。

景子は黙っていた。きっとおいしい料理なのだろうけど、あとの会計が重荷で、いまいち味が分からなかった。

最後のデザートが出た。佐久間にだけ、豪華な誕生日ケーキが出た。俊彦が恥ずかしげもなく、手拍子つきでハッピーバースデートゥユーを歌った。

食べ終わったあと、俊彦が言った。

「やっぱり歴史はくりかえすんだな。あの家はトリカゴなんだ。お母様も飛び出していった。僕も凜も、そして史穂お姉様も、みんな飛び出した。あの家にいると、息がつまるんだ。古い仕来りに縛られていて、榊原家という看板を守るためだけに、家族に犠牲を強いる。それでいい思いをするのはお父様だけだ。あんな家は滅びるべきなんだ。僕は絶対にお父様のようにはならない」

佐久間が言った。「先ほど、トキ様が景子様を見て『出ていけ』と怒鳴ったのは、真紀子様と勘違いしたからだと思います。というのも、その髪型。髪を後ろで縛っているのは、真紀子様がよくしていた髪型なんです。トキ様の視力もだいぶ弱いですから、その輪郭を見て錯誤して、ふいに昔の記憶がよみがえったのだと思います」

俊彦が言う。「なんで髪を縛ったの？」

景子は答えた。「寝癖がついてボサボサだったから。変？」

「ううん、かわいい」

恥ずかしげもなく、俊彦は妻をほめた。

「でも、だとしたら」と俊彦は言った。「おばあ様はお母様に対して、まさにああいう態度で接していたということでしょ。あんな鬼みたいな剣幕で、『出ていけ』って、お母様を追いつめたんだ」

凜が言う。「史穂お姉様はぜんぜん見つからないの？」

佐久間が答える。「ええ、まあ」

俊彦が言った。「いや、僕が佐久間に探す必要はないって言ったんだ。お父様がなにか言ってきても、探さないでいいって。お姉様は賢いから、自分でやっていける。もし困ったことがあったら、僕か凜のところに助けを求めてくるはずだから、それまでは放っておいていいって」

そうであってくれればありがたい、と景子は思う。家族が探さないなら、警察だって探しはしないだろう。

だが、一方でこうも思う。Xが俊彦という可能性もある。その場合、俊彦が佐久間に命じて死体を隠させたと考えていい。景子をかばってのことなら、史穂を探さないように周囲に圧力をかけているとも取れる。

俊彦は言った。「もう会えないわけじゃない。いや、もう会えないとしても、お姉様が自分の幸せを見つけたなら、それでいいんだ」

最後に、俊彦と凜が誕生日プレゼントを渡した。凜が用意したものらしい。景子は聞いていないが、三人で買ったことになっていた。

佐久間が包みを開ける。シルク製のマフラーが入っていた。その光沢を見ただけで、高価なものだと分かる。佐久間はそのマフラーを首に巻いて、笑顔を見せた。こうしてみると普通のおじさんである。

俊彦が言った。「佐久間ももう六十一歳か。おばあ様が死んで、あの屋敷を売ったら、どうするの？」

「まだ考えていません。長く榊原家に仕えてきたので、それ以外の人生をうまく考えられないのですが、田舎暮らしでもしようかと思っています」

「そっか。まあ、そのときは僕が悪いようにはしないからさ。佐久間はもう僕たちの家族みたいなものだから」

家督を放棄して、何も持っていないのに、何をしてあげられるというのだろう。みずからその地位を放棄したくせに、殿様気分はちっとも抜けていない。

「田舎暮らしか。いいなあ。ねえ、景子。僕たちも田舎に引っ越そうか？」

「……そうね」景子は適当に答えた。

食事を終えて、席を立った。

会計は景子がすることになった。四万七千円だった。もっと高額になるのを覚悟していたが、貯金内でおさまった。デビットカードで支払った。

店を出たところで、俊彦が言った。

「佐久間、うちに泊まっていけば？」

「いいえ、まだやることが残っていますので」

「そんなの、お父様が自分でやればいいんだよ。だいたい、あの家の人間はみんな佐久間に頼りすぎなんだよ」

自分のことは棚にあげて、よく言えると思う。そもそも、あの狭い部屋に他人を呼ぼうとする神経が分からない。佐久間が来たら、大人三人がひしめきあって川の字で寝ることになる。しかも例によって、景子に断りもない。

俊彦はしつこく誘ったが、佐久間は丁重に断っていた。

凜がタクシーを呼びとめ、佐久間と一緒に乗った。佐久間を屋敷に送ってから、凜は自宅に帰るという。

「じゃあ、お兄様、景子さん、さようなら」と凜は言った。

「ごちそうさまでした。マフラー、大切にします」と佐久間が言った。

タクシーが走り去っていった。俊彦は手を振っていた。

「ねえ、俊彦。佐久間さんのプレゼント、代金はどうしたの？」

「ああ、あのマフラーね。いいマフラーだったでしょ。凜の知り合いのデザイナーのお店で買ったから安かったんだよ」

「いくらだったの？」

「三割引きにしてくれて、三万円だった。僕と景子と凜で一万円ずつ」

「そのお金は？」

「クレジットカードで支払ったよ。景子の分も」

　つまり二万円の出費である。さっきの会計と合わせると、六万七千円になる。

月収の三分の一弱が吹き飛んだ。

もう支払ってしまったものは仕方ない、と割りきれた。なぜ事前に相談がないのかという点も、いつも通りなので飲み込んだ。ただ、「景子の分も僕が支払った」という言い方にはカチンときた。

「じゃあ、僕たちもタクシーで帰ろう」

俊彦がタクシーを拾おうとするのを、景子は腕をひいて止めた。

「電車で帰りましょう。タクシー代、もうないから」

思えば、これが俊彦に初めて口答えした瞬間だったかもしれない。

7

電車で帰宅するまでのあいだ、ずっと離婚について考えていた。

離婚しても俊彦がいなくなるだけで、景子の生活に大きな変化はない。一人分の生活費と、今日のような出費がなくなるので、むしろ生活水準は上がるだろう。なにより、ストレスがなくなる。

どうやって切りだそう。

なんなら今、切りだしてやろうか。あなたに愛想が尽きました。私にとっては、あなたとの生活がトリカゴでした。さようなら、と。俊彦のうろたえる姿が目に浮かぶ。俊彦なんて、うろたえればいいのだ。

自宅に着いて、俊彦は疲れたとばかりに、床にごろんとなる。

「景子ぉ、お風呂《ふろ》わかしてぇ」甘え声で言った。

もう慣れたので、腹は立たない。

風呂をわかすのは妻の仕事だと思っている。ついさっき、「あの家の人間はみんな佐久間に頼りすぎなんだよ」と言った男の態度とは思えない。結局、俊彦の本質は、毛嫌いしている昌房とうりふたつである。

景子は浴室に入って、浴槽を洗ってから湯を張った。

部屋に戻ると、俊彦はノートパソコンを開いて、目下進行中のケン玉教室の生徒募集用ポスターを作成している。

いちおう大卒なので、パソコンの基本的な操作法はマスターしている。

景子は言った。「その教室って、どこでやるの？」

「ここだよ。この部屋」

「こんな狭いところで？」

「生徒が増えたら、どこかを借りてやることになるかな」

景子がそのケン玉教室に全面的に協力することも、俊彦にとっては当然なのかもしれない。もはや他人事《ひとごと》なので、無視した。

しばらくして、風呂がわいた。俊彦は一番風呂に入りたがる。亭主関白というわけでもないが、自分が最初に風呂に入るのが当然だと思っている。

「俊彦、お風呂わいたから、入って」

「ねえ、景子。このポスター、どう思う？」

景子はちらっと見て、適当に答えた。「いいんじゃない」

「でも、この色でいいかな。もっと目立つほうがいいんじゃない？」

「どっちでもいいから、はやくお風呂に入って」

「どっちでもよくないよ。この色だと――」

「はやくお風呂に入ってって言ってるの！」

　思わず声を荒げてしまった。

　俊彦に対して、たぶん初めて本気で怒った。怒鳴った自分にも驚いているし、意外な妻の姿を見た俊彦も驚いていた。

　景子は言った。「ごめんなさい、急に大声を出したりして。ちょっと頭が痛いから、はやく休みたいの。だから、お風呂に入って」

「頭が痛いの？　じゃあ薬を――」

「それは自分でするから、お願いだから、はやくお風呂に入って。一番風呂に入りたいんでしょ。俊彦が入らないと、私が入れないでしょ」

「あ、景子、一番風呂に入りたいの？　じゃあ、今日は景子が先に入れば」

「いいから、はやく入ってよ。これ以上、私をわずらわせないで！」

「う、うん……」

　俊彦はおたおたしながら、風呂場に入っていった。

　景子はあぐらをかいて座った。俊彦がやりっぱなしのまま放置したパソコンの電源を落とした。本当に頭が痛くなってきた。

　自分のバッグを手に取った。景子は頭痛薬をいつも持ち歩いている。それが入っているポーチを手に取ったところで、バッグのなかに見覚えのない封筒が入っていることに気づいた。

　封筒を開くと、二枚の手紙が入っている。定規を使って書いたのだろう。筆跡を分からなくするために、角ばった文字になっていた。


『景子様へ。

私は榊原史穂の死体を片づけ、あなたを救った者です。彼女の死体は地中深くに埋められているので、安心してください。

そして私からお願いがあります。短刀直入に申しあげます。

榊原孝之を殺してください。

動機は聞かないでください。ただ、あの男はクズです。殺しても心を痛める必要のない人間です。

私が言ったようにやれば、あなたが逮捕される心配はありません。

当然、引き受けてもらえるものと思っています。

六本木駅にあるコインロッカーを開けてください。そこに凶器と、詳しい犯行計画書が入っています。その受け取りをもって、契約成立とみなします。』


読み終えた。

もう一枚の紙は、六本木駅周辺の地図である。コインロッカーの場所、その箱番号と暗証番号が記されてあった。期限があるらしく、二日後の十二時までに取りに来るように書かれている。

Xは勝也だと即座に分かった。

可能性は高いと思っていた。死体を見てもパニックにならず、損得勘定で即座に死体遺棄という犯罪行為に移れるのは、悪いことをし慣れている人間だけだ。単刀直入の漢字を間違えているのも勝也らしい。

問題は、死体をどこに隠したか。

Xが勝也なら、方法は一つある。勝也は当日、バイクで来ていたが、孝之夫妻は車で来ていた。勝也は親の車の鍵《かぎ》を盗んで、死体をトランクに入れた。孝之夫妻はそれに気づかずに車で帰宅する。しかるのちに、トランクから出して処分する。勝也なら車のドアを犯罪的な方法で開錠する技術も持っているかもしれない。いずれにせよ、親の車をうまく利用して、死体を外に運びだした。

史穂の死体を隠した動機は、一種の交換殺人を成立させるためである。

景子を助けておいて、史穂殺害の証拠を握る。それを使ってあとで脅し、自分が殺したい人間を殺してもらう。孝之を殺す動機は、父との長年の確執もあるだろうが、実利としては代襲相続を狙っているのだろう。

通常、相続は、祖父↓父↓子という順番で行われる。だが、祖父より先に父が死んだ場合、父の相続権を子が代襲できるという民法上の規定がある。

榊原家の場合でいえば、道山はすでに死去したが、その遺産相続はあの屋敷を売らなければならない必要上、トキが死んだ時点で発動することを全員の合意で決めた。おそらくトキより先に昌房が死ぬだろう。同様に、その遺産相続が発動されるのは、トキが死んだ時点となる。そしてトキが死ねば、孝之には遺産の四分の一、およそ二億五千万円が相続される予定だが、その時点で孝之が死んでいれば、その子である勝也が代襲相続できることになる。

勝也は父が相続しても、俺には一円も入らないと嘆いていた。おそらく相続法を勉強して、トキより先に孝之が死ねば、自分に代襲相続されること、つまり直接的に自分のふところに入ってくることを学んだのだろう。

だが孝之を殺しても、自分がその罪で逮捕されれば、相続人の資格は剥奪《はくだつ》される。したがって勝也自身はアリバイを作ったうえで、景子に殺させるつもりなのだ。このかたちは交換殺人に似ている。

勝也は、史穂の死体を隠して家出に見せかけることで、景子を救った。また、景子には死体を移動させる時間も手段もなかったことから、芳樹は景子だけは犯人ではないと誤解した。それと同じことを今度は景子がやればいい。勝也にアリバイがあるときに、孝之を殺す。景子が孝之を殺す動機はないので、警察は景子を疑わない。二人の共犯関係が立証されないかぎり、捕まることはない。

勝也は、景子と組んで芳樹をおとしいれようとしたり、俊彦に媚《こび》を売って家督相続者に推薦させたりして、遺産相続にからもうと手を尽くしていた。父親殺しは、いよいよ最終手段である。

勝也はこの脅迫状を事前に用意していた。そして今日の親族会議のあと、隙を見て景子のバッグに入れたのだろう。

この脅迫状を読むかぎり、景子に断る権利は与えられていない。拒否したら、腹立ちまぎれに警察に告発するかもしれない。勝也も死体遺棄の罪に問われるが、やけになれば後先考えずに行動する。悪事には狡猾《こうかつ》でも、精神的には未熟なので、追い込まれれば自暴自棄になり、最後には自滅するタイプである。

頭を抱えてしまった。

俊彦の鼻唄《はなうた》が、風呂場《ふろば》から聞こえてきた。

一番風呂が好きなうえに、長風呂である。風呂場で何をやっているのかというくらい長い。しかも散らかり放題。風呂のお湯を満杯にしてざぶんとこぼすみたいなことをやりたがるし、入浴剤を入れるのも好きである。

勝也の精神年齢が「悪ガキ」なら、俊彦は「幼児」である。意外と気が合うのは、精神年齢が近いからかもしれない。

最悪だ。一番Xであってほしくなかった相手である。

もちろん史穂の死体を発見したのが勝也だったから、即座に行動に移せたという側面はある。そうでなかったら、とっくに逮捕されていた。

とにかく、どうするか。

やるか、やらないか。孝之を殺さないなら、史穂を殺した罪で逮捕されることも覚悟しておかなければならない。

勝也からすれば、景子が孝之殺しで捕まってもいけないのだ。景子が捕まってすべてを自白すれば、勝也も孝之殺しの共犯になる。だから問題は、景子が逮捕されないために、どういう犯行計画にしたのか、だ。

通常、交換殺人は、AがBのアリバイがあるときに、Bが殺したいCを殺す。次にBがAのアリバイがあるときに、Aが殺したいDを殺すことによって成立する。BはCを殺す動機があるので、Cが殺されたときはまっさきに疑われるが、アリバイがあるので容疑者から外れる。AとDの関係もしかり。そしてAとC、BとDは無関係なので、そもそも容疑者リストに挙がってこない、というところにミソがある。

今回の場合、孝之が殺されれば、動機のある勝也はまっさきに疑われる。だが、アリバイがあるので容疑者から外れる。景子に孝之を殺す動機はないので、容疑者には挙がらないと考えられる。

とはいえ、親族なので、アリバイくらいは聞かれるかもしれない。景子もある程度は疑われることを想定しておかなければならない。

勝也は、交換殺人のスキームだから完全犯罪になるくらいに考えているのだろうか。そんな単純な話ではないと思える。

コインロッカーの荷物を受け取った時点で契約成立とみなすというのも、普通の感覚じゃない。まずは契約内容の提示があり、その内容に疑問があれば質問して、やるかやらないかを決めてくださいというのが普通である。ビジネスの感覚がなく、一方的かつ高圧的な進め方が、いかにも勝也らしい。

しかし勝也に連絡を取るわけにはいかない。これは交換殺人なので、景子と勝也の関係性が知られるのはまずい。景子は勝也の携帯番号もメールアドレスも知らない。俊彦に聞けば分かるが、当然、電話やメール交換などはダメだ。勝也もさすがにそれは分かっているから、一方的な通告のかたちにしているのだ。

どうしたらいいのか分からない。

とりあえずコインロッカーの荷物を受け取って、犯行計画書を読んでみるしかない。だが、それが愚にもつかないものだったらどうするか。勝也の考えることなので、手抜かりがあると考えておくべきだ。

リスクを覚悟で、勝也に接触してみるか。

未知数のことが多すぎる。

最悪のほうに転がったとき、それなら史穂を殺してしまった時点で警察に捕まっていたほうがよかったということになりかねない。あの時点ならまだ、正当防衛を主張することもできなくはなかった。

俊彦の鼻唄が聞こえてくる。風呂に入って、三十分以上経っていた。

六本木駅で電車を降りた。

仕事帰りの午後六時半、駅構内の雑踏をくぐり抜けて、指定のコインロッカーに向かった。箱番号を確認し、暗証番号を入力した。

鍵があいた。扉を開くと、小さな段ボール箱が入っていた。

手に持つと、ずっしり重い。

それを持って、空《す》いているコーヒーショップに入った。ホットコーヒーを買って、誰もいない隅の席に座った。

段ボールを開けた。重さ三キロの鉄アレイ、そして鍵と手紙が入っていた。

手紙を開いて読んだ。


『景子様。共同計画へのご参加、感謝いたします。

つきまして次の通り、実行してください。

実行日は二十六日の土曜日です。自宅から東武伊勢崎《とうぶいせさき》線に乗って、春日部駅の一つ手前の駅、一ノ割《いちのわり》駅で降りてください。

携帯電話は自宅に置いてくること。マスクとメガネをつけ、帽子をかぶるか、髪型を変えるかして変装してください。

駅を出たら、地図に書かれたルートを歩いて、榊原孝之のマンションに向かってください。午後四時から五時のあいだに着き、同封の鍵を使って部屋に侵入し、図面に書かれた場所に隠れてください。

手袋をはめて、指紋を残さないように。トイレは事前に済ませておくこと。

マンションに防犯カメラはありません。

午後七時ごろ、孝之が帰宅します。

隙をついて、鉄アレイで殴って殺してください。必ずとどめをさすように。

殺害後、鉄アレイはその場に捨ててください。そして孝之の財布を奪い、室内を荒らして金目の物を奪ってください。

妻の美乃里が帰宅するのは午後九時以降です。それまでに退出してください。

犯行を終えて、外に出たら、地図に△と記されている場所まで歩いてください。そこに車が停まっています。所沢《ところざわ》ナンバーの、黒の車です。その車の後部座席に、何も言わずに乗ってください。運転手と口をきかず、顔も見ないでください。後部座席に身を伏せて、隠れていてください。

その車で、自宅近くまで送ってくれます。

自宅に帰ったら、犯行時に着ていた服、マスク、メガネ、手袋、帽子、靴などは必ず処分してください。同封の鍵《かぎ》や、孝之宅で奪った物も捨ててください。もちろんこの手紙も焼却処分してください。』

前回と同じく、定規を使って書いた角ばった文字だった。

読み終えて、手紙をたたんだ。

手紙以外に、紙がもう二枚入っている。一枚は孝之の自宅マンションの周辺地図で、一ノ割駅からの徒歩ルートと、帰りの車の停まっている場所が記されている。もう一枚は部屋の間取り図。部屋のリビングにはロフトがついている。ハシゴをのぼってそこに隠れるように指示されている。

おそらく行きと帰りのルートを変更することで、警察の捜査を攪乱《かくらん》する狙いがあるものと思われる。犯人の足取りを追うのは捜査の基本なので、特に逃走ルートで足がつかないように車を手配したのだろう。勝也はアリバイ確保のため、別の場所にいるはずだから、運転手は勝也の仲間だと思う。

息子なのだから、自宅の鍵を入手するのは難しくない。孝之と美乃里の帰宅時間を知っているのもおかしくない。

鉄アレイはおそらく孝之宅から盗んできたものだ。空き巣が部屋に侵入して金目の物を物色しているときに、孝之が帰宅してしまった。とっさにそこにあった鉄アレイで殺した、というふうに見せかける狙いがある。

おまけに二十六日の土曜日は、俊彦は家にいない。ユーチューブの動画を撮影するために、隔週の土曜日に仲間の家に行っている。その日はだいたい帰宅が遅い。昼に出ていって、深夜に帰ってくる。

そして土曜日は、景子の休日である。

勝也は俊彦からそこまでのことを聞いたうえで、計画を立てたのだ。ざっと読んだかぎりでは、明らかな欠陥はない。

コーヒーを飲みほしたところで、スマホが鳴った。俊彦からだった。

電話に出た。「はい、なに?」

「あ、もしもし、景子? 今どこ?」

「帰ってるところ。でも残業したから、帰り、少し遅れる」

「あのさ、わさびとラー油がもうないよ」

「あっそ」

「すぐになくなっちゃうんだよ。帰りに買ってきてよ」

「……はい。それだけ?」

「それだけだよ」

「じゃあ、さようなら」景子は電話を切った。

俊彦は辛いものが好きだ。わさび、ラー油、七味唐辛子、タバスコなど、やたら大量に使うため、すぐになくなってしまう。

よく無職の夫が、働く妻にそんなことを頼めるなと思う。

今、目からうろこが落ちた気がした。

こんなはずじゃなかった。

俊彦と出会うまえに時間を戻したかった。

俊彦と出会っていなければ、榊原家の財産に目がくらむこともなかった。史穂を殺すことも、孝之を殺すように脅迫されることもなかった。

景子は偏差値だって高かったし、容姿も劣ってはいない。俊彦との結婚生活のせいで心がねじ曲がってしまったが、もともとは争いごとを好まない性格だった。俊彦と出会っていなければ、固定給をもらってくる優しい夫と結婚して、賢い子供が二人くらいて、幸せにやっていたかもしれない。

俊彦と出会って、すべてが狂ってしまった。

「残念でしたね」

凛から言われた言葉が、頭から離れない。

悔しくもあるし、妬《ねた》ましくもある。

コーヒーショップの窓ガラス越しに、『six tree』のオブジェが見えた。多くの歩行者が、光に吸い込まれるように、そっちに向かって歩いていく。その気持ちがよく分かる。なんとなく、あの木の前を通りたくなるのだ。光のシャワーが降り注いできて、祝福されている気持ちになる。ウエディングドレスを着てバージンロードを歩いているような、金メダリストが表彰台に向かうときのような、今だけは幸せを独り占めしていい、そんな気にさせられる。

凛はそこまで計算してデザインしている。

凛はそのアイデア一つで、億の金を手に入れる。あんなデザイン、景子の頭をどうひねったところで出てこない。凛のような才能あふれる人間になりたかった。人々から称賛される人間になりたかった。

今にしてみれば、むしろ史穂に共感できる。史穂は妹に嫉妬《しっと》していた。でも、才能や容姿ではかなわない。だからこそ、榊原家の家督と遺産に強くこだわったのだ。凜より勝るものを、なんでもいいから欲していた。

その気持ちが、今なら分かる。

なぜか急に、凜に対して闘争心がわいてきた。負けたくない。べつに戦っている相手は凜ではないのだが、強くそう思った。

刑務所に行きたくなかった。いま逮捕されたら、三十代を刑務所で送ることになる。みじめすぎる。とても耐えられない。

やるしかない。そう自分に言い聞かせていた。

8

一ノ割駅で降りる。

そこから歩いて、地図に描かれたルートで孝之宅に向かった。

ひと駅ぶん歩くことになる。おそらくこのルートは、防犯カメラがある商店街などを避けるためのものと思われる。

靴はスニーカー。普段とは髪型を変えていた。前髪を下ろして、額と両耳を完全に隠している。メガネと大きめのマスクで、顔が出る面積を最小限にしている。ウィッグをつけて毛量を少し増やしている。

ハンドバッグに鉄アレイを入れていた。かなり重いので、バッグのヒモが肩に食い込んでいる。荷物を少なくして、なるべく身軽にした。

決断はできていた。

傷害致死で捕まるか、それともこの交換殺人を成立させて罪をまぬがれるか。この二択についてとことん考えた。

まもなく三十歳になる。三十代を刑務所で過ごすなんて、やはり耐えられない。その意味では、勝也に救われたことになる。

交換殺人が成立すれば、勝也はもう景子を脅迫できない。景子が逮捕されれば、自分も孝之殺しで逮捕されるからだ。孝之を殺して、貸しを清算する。勝也は代襲相続で得た金で、悠々自適に暮らせばいい。

そのあと、俊彦と離婚する。不毛だった二十代と決別して、新たな気持ちで三十代をスタートさせる。

そう腹をくくったら、決行日まで心が揺らぐことはなかった。

まもなく午後四時になる。四時から五時のあいだに、孝之宅への侵入を済ませていなければならない。なるべく顔をあげず、早歩きした。

孝之のマンションに着いた。

だいぶ古い賃貸マンションである。市街地からは外れた場所にある。

周囲に人はいなかった。堂々とマンションに入った。階段をのぼって五階にあがり、孝之の部屋の前に立った。

誰ともすれちがわなかった。すでに手袋をはめている。鍵を差し込んで回した。鍵があいた。ノブを回して、部屋に入った。

玄関に入り、音を立てずにドアを閉める。鍵をかける。

耳をすまし、室内に誰もいないことを確認する。まずは靴をぬぎ、ハンドバッグに入れた。それから持ってきた安物の体育館シューズを履いた。ホームセンターで売られていた量販品である。

部屋にあがった。間取り図で見た通りだった。

それにしても散らかっている。チラシなど、そのつど捨てればいいのに、部屋の隅に積みあげられている。利用頻度の低そうなものが、テーブルに置きっぱなし。冷蔵庫の上に、いろんな荷物が載っている。埃《ほこり》をかぶっているので、何年も放置されているのだろう。収納できる以上の物を買ってしまううえに、もう使わないのにまだ使えるからという理由で捨てられない人の典型である。

1LDKの部屋。リビングにロフトがあり、ハシゴがついている。

そのハシゴをのぼった。

ロフトは二畳分のスペースがあり、完全に荷物置き場になっていた。今は使っていない夏用の扇風機やカキ氷機、衣装ケース、キャンプ用品、大工道具、運動器具などが積み重なっている。そこにあがって、下のリビングからは見えない位置に、体育座りできるくらいのスペースを作った。メガネとマスクを外し、ハンドバッグにしまった。それから鉄アレイを取りだして、床に置いた。

鉄アレイを振りあげ、振り下ろす動作は、くりかえし練習してきた。

あとはじっと、孝之の帰りを待った。

突然、玄関のドアが開く音がして、びくっとした。

腕時計を見る。

時刻は午後六時四十三分。孝之の帰りが予定よりわずかに早い。ただそれだけのことなのに、急に心拍数があがってしまった。

一度、ゆっくり深呼吸した。

心の準備はできている。直前に来て、ひるむような人間ではない。

いま隠れている場所だと、下が見えない。景子は身を乗りだして、顔を半分だけ出して、下のリビングに目を向けた。

部屋の明かりがつき、孝之の姿が見えた。スーツを着ている。

仕事帰りだろう。バッグを床に置いて、ソファーに座った。ちょうど景子に背中を向けるかたちになった。

いきなり行こうと思った。ぐずぐずしていると、決心が鈍ってしまう。

勝負は決めるときに決めないといけない。時間制限もある。比叡山延暦寺《ひえいざんえんりゃくじ》を焼打ちした信長のように、逡巡《しゅんじゅん》なくやる。

虫けらを踏みつぶすように殺すのだ。

鉄アレイを握って、立ちあがった。ロフトから下りようとしたところで、

「あ、美乃里か？」

孝之の声が聞こえて、慌てて身を隠した。美乃里もいるのかと思ったが、ちがった。

孝之はスマホを耳にあてて電話している。

「ああ、今、帰ったところ。……いや、さっき芳樹くんから電話があって。……ああ、例の件だろ、史穂の。……分かってるよ。そっちは何時に帰ってこられる？　……そんなに遅いのか。すぐに帰ってこられないのか？」

電話の相手は美乃里だろう。だが、美乃里の声は聞こえない。

「それで芳樹くんが今から来るっていうんだよ。……いや、もう春日部駅に来ているんだって。……俺もそう答えたけど、でも、家の近くにいるって答えちゃったからさ。来るなとも言えなくて」

しばらく間ができた。

「なんだよ、そんな言い方するなよ。……俺が一番頭に来てるんだ。なにが廃家だよ、くそっ。だいたい親父と兄貴が榊原家をつぶしたようなものじゃないか。偉そうにしや

がって。俺より先に生まれただけだってのに」

　孝之は黙り込んだ。

「いや、それもだけど、それ以上に兄貴は勝也が気に入らないんだよ。まあ、それに関しては……。だいたい勝也のことはおまえが――」

　美乃里も、昌房の理不尽な決定に腹を立てているのだろう。特に孝之が兄に頭が上がらないことを責めているようだ。榊原家の長男信仰は、どこか異様な感じさえある。弟からすれば、腹が立つことも多かっただろう。

「ああ、もういいよ。……今さら言っても仕方ないだろ。終わったことだ。芳樹くんのことは、こっちで適当にあしらっておくよ」

　孝之は電話を切った。舌打ちして、スマホをテーブルに置いた。

　孝之は席を立ち、乱暴に冷蔵庫を開けて、レモンサワーを取った。ソファーに座り、缶を開けて飲んでいる。

　無防備だった。だが、躊躇《ちゅうちょ》せざるをえない。

　ついてない。

　これから芳樹が来ると電話で言っていた。

　すっかり忘れていたが、芳樹は孝之夫妻が史穂を殺したと疑っていた。そのことで景子に証拠探しのための協力を求めてきた。それは断ったが、芳樹はそのあとも単独で行動しているようだ。

とりあえずここでじっとして、なりゆきを見守るしかない。

景子はずっと腕時計を見ていた。十分間、動きがなかった。孝之はレモンサワーを飲みながら、スマホを見ていた。

ピンポーンと、玄関のチャイムが鳴った。

孝之が玄関に出ていく。しばらくして、芳樹と一緒に戻ってきた。

芳樹が言った。「すみません、おじさん。急にお伺いして」

「いや、私もさっき帰ったところだ。ビールでも飲むかい？」

「いえ、結構です。奥さんは？」

「お茶のお稽古《けいこ》。もうしばらくは帰ってこない」

孝之はコーヒーメーカーを作動させ、芳樹をソファーに座らせた。マグカップを一つ持って戻り、自分はロッキングチェアに座った。

「それで、今日はなんの用だい？」

「はい、このまえも話したように」

「史穂のこと？　まあ、君の気持ちも分かるけど、警察にまかせるしかないと思うよ。私も心当たりはないし。姪《めい》とはいえ、そこまで知らないしね。史穂について私が知っていることは、このまえ話した通りだよ」

「いえ、今日はそうではなく、おじさんに協力してほしいことがあって」

「協力？　なんだい？」

「僕はすべて調べたんです。あの屋敷内も、庭も」

「ん？」

「史穂がいなくなったあの日、僕は午前七時半に家を出て、午後六時に帰宅しました。でも、実は午後二時ごろに電話していて――」

芳樹は、景子に話した推理をそのまま孝之に話した。

「したがって史穂の死体は、孝之さんの車で運びだされたとしか思えません。屋敷の敷地内に車を入れるには、裏門を開ける必要があります。あのとき裏門を開けたのは、孝之さんの車を入れたときだけだと佐久間さんも言っています」

「おいおい、史穂の死体ってなんだよ。史穂は自分の意志で出ていったんだろ。そういう話だったじゃないか」

「その可能性はありません。史穂は殺されたんです。あの屋敷で、午後二時から六時のあいだに。証拠もあります。今は言えませんけど」

「じゃあ、なにか。俺が史穂を殺したっていうのか。そんな横暴な話があるか。具体的な証拠でもあるのか。あるなら言ってみろ」

芳樹はじっと孝之をにらんでいる。もちろん具体的な証拠などない。孝之は犯人ではないのだから、証拠が出てくるわけもない。はったりをかまして、孝之にボロを出させようとしているだけだ。

芳樹は言った。「史穂を殺したのは、孝之さんではないですか？」

「そんなわけないだろ。史穂を殺して、なんの得がある？」

「僕が家督を継ぐことを妬《ねた》んだのかもしれない」

「へっ、妬みか。それなら史穂ではなく、兄貴を殺してるよ」孝之は冷笑した。「史穂は自分の意志で出ていったんだよ。俊彦がそう言っていただろ。トリカゴから脱出したんだ。君に愛想を尽かして」

「では、調べさせてもらえませんか？」

「調べる？　なにを？」

「この部屋をです」

「この部屋？」孝之はあきれ顔をした。「君は、この部屋に史穂の死体が隠されていると思っているのか。バカバカしい。それなら調べるといい。令状なんていらない。好きなだけ調べろ」

背中に冷たいものが走った。

まずい。芳樹が部屋を捜索したら、確実に見つかってしまう。

「いえ、もちろん、死体をこの部屋に運び入れたとは思っていません。ですが、失踪《しっそう》に見せかけるために盗んだ靴や旅行カバンは隠してあるかもしれません。あるいは、死体を埋めるのに使ったスコップがあるかもしれない」

「スコップなら、ベランダにあるよ。妻が園芸用に使っている小さいやつだがね。そこに史穂の血痕《けっこん》でもついていないか、見てみるといい」

「分かりました。見てみます」

芳樹は席を立ち、本当にベランダに出ていった。孝之は席を立ち、腹立たしそうに冷蔵庫を開け、レモンサワーの缶を取った。

しばらくして芳樹が戻ってくる。

「このクローゼットのなかも見ていいですか？」

「どうぞ」

孝之は相手にせず、二缶目のレモンサワーを飲んでいる。景子がいる位置からは見えないが、芳樹がクローゼットを開ける音がした。それから、あちこちを見てまわる足音が聞こえた。かなり広範囲に捜索している。

景子は体を丸めて、息をひそめているしかない。芳樹がハシゴを使ってロフトに上がってきたら、一巻の終わりである。

芳樹の足音が近づいてくる。

景子は衣装ケースの隙間から下を見た。芳樹の姿が見えた。芳樹は、ロフトのほうを見上げていた。

一瞬、目が合った気がした。

だが、芳樹はロフトに上がってこなかった。

「気は済んだかい」孝之が嫌みっぽく言った。

「はい。あと、車のなかも見せてもらえますか？」

孝之は、車の鍵《かぎ》がついたキーホルダーを芳樹に放り投げた。

「下の駐車場にあるよ。勝手に見るといい」

「ありがとうございます」

芳樹はその鍵を持って、外に出ていった。芳樹がいなくなると、孝之は席を立って窓際に移動した。カーテンを少しずらして、下を見ていた。おそらくそこから駐車場が見えるはずだ。

それからスマホを取りだして、電話をかけた。

「あ、美乃里か。今、芳樹のやつが来てるよ。あとで詳しく話すけど、俺たちが史穂を殺したと疑っているみたいだ。……そりゃそうだけど、ともかく家の中を調べて、今は車を調べている」

孝之は、窓から下の駐車場を見ながら話している。

「いや、それはどうだろう。……でも、死体か、史穂の持ち物が出てくると思ったのかもしれない。……分からないけど、そのようなことは言ってたよ。……いや、相手にしてられるか。こっちは疑われてんだぞ」

美乃里の声が聞こえないので、話の内容はよく分からない。

「いや、まずいぞ。そんなことになったら、兄貴に口実を与えてしまう。兄貴は、本当は俺には一円だって遺産を渡したくないんだ。……ああ、そうか。……そうだな。なるほど、分かった。……あ、芳樹のやつが戻ってくる。ひとまず切るぞ。……うん、分かった。なるべく早くな」

孝之は電話を切って、スマホをポケットにしまった。リビングに戻って、何事もなかったかのようにロッキングチェアに座った。

しばらくして芳樹が戻ってくる。

「なにか見つかったか？」と孝之は言った。

「いえ」芳樹はキーホルダーを孝之に返した。

「君、変なことしてないだろうな。車にわざと史穂の毛髪を落として、私たちを犯人に仕立てるようなことを」

「しませんよ。それをするなら、こんなに堂々とは来ません」

「ふん。じゃあ、帰ってくれ」

「実はもう一人、孝之さん以外に疑っている人間がいるんです」

「ほう、誰だ？」

「勝也くんです」

「勝也？　なぜ？　それこそ、あいつは関係ないが」

「自分の父親に家督を継がせるためです。史穂がいなくなり、俊彦くんが相続放棄すれば、あとは孝之さん以外にいないので」

「へっ、親のためにしたってことか。そんな孝行息子だったら、どんなによかっただろうな。あいつはそんな人間じゃないよ。自分の欲得しか考えていないからな。あいつなら平気で親も売るね」

「ええ、もちろん親のためではなく、自分のためでしょう。孝之さんに渡った家督は、次に自分に回ってくる」

「だとしたら、私が家督を継いだら、今度は私が殺される番だな。まるでサスペンスドラマだ。まあ、あいつが犯人なら、ぜひとも証拠をそろえて、警察に訴え出てもらいたいものだね。死刑だって大歓迎だ。さあ、もう帰ってくれ。君と話すことはもうない。廃家になるしな。親戚《しんせき》付き合いも今日までだ」

「……今日のところは、これで帰ります」

「永久にさよならだ」

芳樹は言いかえすことなく、頭を下げて部屋を出ていった。

孝之はロッキングチェアから、ソファーに移った。

景子は腕時計を見る。七時五十七分。芳樹が来て、一時間が経過している。

美乃里が帰宅する九時までに殺さなければならない。

ふいに思考が駆けめぐる。

芳樹が来たとき、運が悪いと思ったが、むしろ逆かもしれない。芳樹は手袋もせず、部屋中を触りまくって指紋を残している。孝之も美乃里に電話して、芳樹が来ていることを知らせている。この状況下で孝之を殺せば、死体を発見するのは、やがて帰宅する美乃里であり、犯人として疑われるのは芳樹である。ほとんど言い逃れようがないくらいの状況証拠がそろっている。

ためらっている時間はない。美乃里は九時以降に帰宅する予定だったが、先ほどの電話で、帰宅が早まる可能性もある。

すでに決断はできている。

孝之はソファーに深く座ったまま、動かずにいる。

孝之がテレビをつけた。なんの番組かは分からないが、笑い声がする。

ちょうどいい。足音がまぎれる。

景子は立ちあがり、鉄アレイを持った。足音がしないように気をつけながら、ゆっくりハシゴを下りた。

孝之はこちらに背中を向けて、テレビに目を向けている。

息を殺し、後方から近づいていく。

孝之の背後に立った。

その瞬間、孝之が振り向いた。景子とばっちり目が合った。

「え、なぜここに？」と孝之が言った。

景子は息を止めて、両手で鉄アレイを持って、高く振りあげた。

「ちょ、ちょっと待て」

景子はためらわず、鉄アレイを孝之の頭上に振り下ろした。孝之はソファーに腰を沈めていたため、とっさに身動きできなかった。頭だけ動かして、よけようとした。そのせいで鉄アレイは直撃せず、側頭部をかすめた。

景子はふたたび鉄アレイを振りあげる。

「ま、待て！　なぜ――」

すべての力を込めて、頭頂部に叩《たた》き落とした。頭蓋骨《ずがいこつ》がつぶれる感触があった。

孝之はソファーからずり落ちて、床に倒れた。

「う……、あ……」

断末魔の叫びが、かすかに聞こえた。

景子は鉄アレイを床に置いた。

頭部の皮膚が裂けて、床に血の海が広がっていく。血の広がり方とその匂いが、史穂のときとよく似ていた。

死体を見るのは二度目だからか、落ち着いていた。

そのまま二分待った。

テレビではCMが流れている。そのCMをなんとなく見ていた。まるでカップラーメンができあがるのを待つみたいに。

三分待って、孝之の手首をつかみ、脈がないことを確認した。

終わった。これで交換殺人は成立した。さっさと家に帰り、俊彦と離婚して、三十歳になるまえに新しい人生をスタートさせよう。

すぐに帰る支度をした。

まず、洗面所に行って鏡の前に立ち、自分の顔や体に返り血が飛んでいないかを確認した。ロフトに戻り、そこに置いておいたハンドバッグを肩にかけた。落し物はないかチェックしたあとで、玄関に行った。体育館シューズをぬいでバッグに入れ、スニーカーを出して履いた。メガネとマスクをつけた。

玄関のドアを少し開けて、隙間から廊下をのぞき見る。誰もいないのを確認して、外に出た。階段を急ぎ足で下りた。

少し息が切れる。今になって足が震えてきた。

一階に下りて、エントランスホールを通って外に出た。

真っ暗だった。

ちょうど正面から歩いてくる女性がいた。

美乃里である。

とっさに隠れようとしたが、それだと不自然な動きになってしまう。いちおう変装はしている。マスクとメガネをして、普段とは髪型を変えている。うつむいたまま、まっすぐ突っ切って進んだ。

美乃里とすれちがった。こちらに気をとめた様子はない。

九時以降の予定だったはずだが、孝之から電話をもらって、帰宅を早めたのだろう。

あやうくニアミスするところだった。

まもなく美乃里が死体を発見する。さっさと立ち去らないといけない。

帰りの車が停まっている場所に急ぎ足で向かった。予定外のことが多かったが、結果的にうまくいった。これで容疑は芳樹に向く。

そこの角を曲がったところに車が待っているはず。おのずと小走りになった。

だが、角を曲がったところで、足が止まった。

車がなかった。

そのとき、遠くで女の悲鳴が聞こえた。明らかに美乃里の声だった。たった今、死体を発見したのだろう。

立ち止まったまま、思考が停止してしまった。

場所を間違えた？　いや、そんなはずはない。地図は完璧《かんぺき》に頭に入っている。間違いなく、△の印があったのはここだ。

犯行時刻が少し遅れたから、車が帰ってしまったのか。いや、七時から九時が予定時刻なので、まだ範囲内のはずだ。

であれば、運転手が場所を間違えたのだろう。

運転手は、たぶん勝也の仲間である。信用するべきじゃなかった。少なくとも信用できないことを前提に、次善の策を考えておくべきだった。

しばらく周辺を歩いてみる。だが、車はどこにも停まっていない。

同じところを行ったり来たりしても、車は見当たらない。

遠くからパトカーのサイレンが聞こえてくる。

美乃里が通報したのだろう。

どれくらい時間が経ったのか、分からなかった。腕時計を見る。もう八時十九分になっている。十分以上、うろうろしていたことになる。

車を探すことはあきらめた。

いつまでも犯行現場付近にいるのはまずい。

車を探しまわったので、自分が今どこにいるのか分からなくなってしまった。土地勘はまったくない。北も南も分からない。

とにかく現場を離れることだ。

逃げろ、逃げろ。

パトカーのサイレンとは逆の方向に遠ざかろうと思った。景子は走った。たちまち全身から汗が噴きだしてきた。

第三章

1

その夜、佐久間から俊彦に電話があった。

「えっ、おじ様が……」

俊彦はそうつぶやいたきり、ずっと黙っていた。

「うん、今から行く」

電話を切り、俊彦は青ざめた顔を景子に向けた。

「孝之おじ様が殺されたって……」

「えっ、どうして？　誰に？」と景子は言った。

「……芳樹さん、らしい」

佐久間から聞いた話を、俊彦はそのまま話した。その内容は、景子にとっておおむね想定通りのものだった。

死体を発見した美乃里が、警察に通報した。事情を聞いて、警察は麹町の屋敷に戻っていた芳樹をただちに任意同行したという。

俊彦と景子はアパートを出て、麹町の屋敷に向かった。

疲れきっていた。

あのあと、パトカーのサイレンから逃げるように、懸命に走った。スマホは家に置いてきたので、今いる場所がどこか分からなかった。走れるかぎり走った。やがて線路を見つけ、それに沿って歩いていったら、知らない駅に着いた。電車を乗り継いで帰ってきた。

自宅に着いたときは、夜十一時近かった。

しばらくして俊彦が帰ってきた。

そのあと佐久間から電話があった。麹町の屋敷に着くと、凜も来ていた。遅れて、陣内が来た。昌房と佐久間はリビングにいた。集まって話したが、誰も正確な情報を持っていなかった。夜も遅くなり、みんな寝室に入った。景子は一睡もできなかった。俊彦はすんなり睡眠に入り、朝まですやすや眠った。

朝になって刑事が数人来た。埼玉県警の捜査一課である。

現場主任は竹中《たけなか》といった。

小柄な刑事だった。出目金のような大きい目、おでこの深い皺《しわ》。眉《まゆ》のところに大きなイボがある。てっぺんを少しとがらせた短髪で、髭《ひげ》の剃《そ》り残しが目立っていた。左手であごを触るのが癖のようだ。

昌房、陣内、佐久間、俊彦、凜、景子の順番で、一人ずつ事情聴取を受けることになった。残りはダイニングの長テーブルにいた。みんな睡眠が足りていないせいで、頻繁にあくびをしていた。

二時間が過ぎて、やっと景子に順番が回ってきた。

客間に呼ばれた。竹中を中心に、刑事が三人いた。

刑事の前に座ると、やはり気を吞《の》まれてしまう。口をすべらせることがないように気をつけた。だが、睡眠不足のせいで、うまく集中できない。とにかく多くしゃべらないことだ。一問一答式の答え方でいい。

景子が最後なので、状況説明は確認するだけにとどまった。警察はすでに芳樹を犯人だと断定しているようだった。問題は、孝之を殺した動機である。つまり史穂の失踪《しっそう》に孝之夫妻が本当に関わっているのか、そこに焦点は絞られている。

景子は、あらかた話が終わったところで、口を挟んだ。

「あの、ちょっといいですか？」

「はい、なんですか？」と竹中が言った。

「実は誰にも話していないんですが、先日の廃家が決まった親族会議のあと、私は芳樹さんにあるお願いをされたんです」

「お願い？」

「芳樹さんは、史穂さんが孝之さん夫妻に殺されたと考えているみたいでした。理由は、この屋敷から死体を持ちだせたのは、孝之さんの車以外にありえないからです。それだけでは決定的な証拠とは言えないんですが――」

ここはすでに芳樹が警察に話していることかもしれないので、先に話してしまったほうがいいだろうと判断した。芳樹から聞いた推理や、史穂が隠していた金のインゴットについても話した。

「それで、芳樹さんが言うには、あのとき屋敷にいた人間で、唯一、絶対に犯人ではありえないのは私と俊彦だけということで、史穂さんを殺した犯人を暴くために協力してほしいと頼まれたんです」

「協力とは、具体的に言うと？」

「孝之さんの自宅に盗聴器をしかけるのを手伝ってほしいと言われました。夫婦で二人きりのときなら、証拠となるような会話をするかもし……」

ハッとした。

自分が発した言葉で、いま初めて気づいた。

芳樹はあのとき、部屋に盗聴器をしかけていたのではないか。

芳樹ももちろん部屋に死体が隠されているとは思っていなかっただろう。だが、それを口実に部屋を調べさせてほしいと訴え、家捜ししていると見せかけて、盗聴器をしかけていたのだ。

なぜその可能性に今まで気づかなかったのだろう。

だとしたら芳樹が帰ったあとは、盗聴器が作動していて、部屋の音はすべて録音されていた可能性が高い。

つまり景子が孝之を殺したとき、部屋は盗聴されていた。

孝之を殺すとき、私は声を発しただろうか。

なにせ緊張していたので、よく覚えていない。孝之を殺すとき、「死ね！」とか、叫んだような気もする。だとしたら、景子は終わりである。犯人の声が録音されていて、声紋から景子だと特定される。

なぜ芳樹が来た時点で、その可能性に気づかなかったのだろう。芳樹が盗聴器をしかける意図を持っていることは知っていたのに。

あのとき、やはり動揺していたのだ。実際、財布を奪うなどして強盗に見せかけるつもりだったが、それもすっかり忘れていた。

そしてなにより、芳樹が盗聴器をしかけていたのだとしたら、すべてがおかしなことになってくる。なぜこれから孝之を殺すのに、その部屋に盗聴器をしかけるのか。盗聴器をしかけたあとで殺意がめばえて殺したのだとしても、普通は盗聴器を回収するはずだ。逆にいえば、自分がしかけた盗聴器をそのまま残しておいたことが、芳樹が犯人ではない間接的な状況証拠になるともいえる。

頭が混乱してきた。

いま初めて気づいたので、うまく考えがまとまらない。

「どうしました？」と竹中は言った。

「あ、いえ……。どこまで話しましたっけ？」

「芳樹さんに、孝之さんのお宅に盗聴器をしかけるのを手伝ってほしいと頼まれたところまでです」

「あ、はい……、それで、ええと……」

「どうしました？」

「いえ、ちょっと寝不足なので、ボーッとしちゃって……。ええと、はい、それで私は断りました。孝之さんが史穂さんを殺したという証拠もないですし。第一、盗聴器をしかけるなんて、犯罪ですしね」

「断ったら、芳樹さんはなんて言いましたか？」

「なんて言ったかは覚えていません。私はそのまま立ち去りました。そのあとは何も言ってきていません」

事情聴取はそれで終わった。しどろもどろな感じになってしまったが、寝不足ということでごまかした。警察は、第一容疑者である芳樹の身柄を押さえている以上、この事情聴取をさほど重視しているわけではないことは伝わった。

その日はそれで自宅に帰った。

その後は、特に何もなかった。

芳樹逮捕が既定路線なのは感じた。ただ、孝之夫妻が史穂を本当に殺害していた可能性もあるとみて、少し複雑な捜査になっているようだ。実際、美乃里は被害者の妻というより、史穂殺害の容疑者として取り調べを受けている。

佐久間からの情報では、警察が芳樹の同意を得て、屋敷内の芳樹の部屋に捜索に入ったということだった。

芳樹ははじめ否認していたが、今は黙秘しているという。

警察がすべての情報を公開するわけではないが、芳樹が盗聴器をしかけていたという話は出てこなかった。杞憂《きゆう》だった可能性もある。

もう一つ、勝也には孝之の死亡推定時刻にアリバイがあったことが分かった。その時間帯、ホストクラブのキッチンで働いていた。自分にアリバイがある時間帯に孝之を殺すように命令していたわけだから、これは当然である。

ともかく複雑な構図になったものの、最終的には望んだかたちになった。勝也の要求通り、孝之を殺して、交換殺人が成立した。

景子はひとまず安心した。

芳樹が孝之殺害の容疑で逮捕されたのは、事件の六日後のことだった。

陣内は言った。「しかし、大変なことになったねえ」

陣内は、景子が出したインスタントコーヒーをひと口飲んだ。だが、口に合わなかったのか、それ以上手をつけなかった。

陣内がアパートに来ていた。夜九時を回っている。

「まさか芳樹くんが孝之さんを殺すとはねえ。そんな青年には見えなかったけど。史穂さんを殺されたと思って、カッとなってやっちゃったのかねえ」

芳樹が逮捕されて、五日が経つ。

警察は史穂殺害の件で、美乃里を捜査していた。だが、具体的な証拠はなく、死体さえ出てきていないので、結局、打ち切られたようだ。

陣内は言った。「史穂さんはどこで何をしているんだか。本当に孝之さんに殺されたのかねえ。もう私にはついていけないよ」

正直、芳樹には同情する。彼には非はないのに、妻が殺され、自分も冤罪《えんざい》で逮捕されることになった。もちろん景子は『レ・ミゼラブル』のジャン・バルジャンのような崇高な人間ではないので、自分の身代わりになって芳樹が逮捕されたからといって、名乗り出る気はもうとうないが。

陣内は話もそこそこに、書類を取りだした。

「いちおう俊彦くんたちも確認してくれる？　これが正式な昌房さんの遺言状になるから。法律用語で難しく書いてあるけど、内容は以前にも言った通りだよ。相続は、トキ様が亡くなった時点で発動する。榊原家の屋敷を売って現金化し、そのうちの半分は寄付、四分の一は孝之さん、八分の一ずつを史穂さんと凜ちゃんが相続する。売却手続きは、凜ちゃんの会社に一任する」

「孝之さんの分はどうなるんですか？」と景子は聞いた。

「勝也が代襲相続することになる。ある意味、もっとも得をしたのは勝也ってことになるな。皮肉なことだが」

ひとまず安心した。勝也に代襲相続されなければ、また何をやりだすか分からない。望み通りにお金をもらえれば、大人しくなるだろう。

二度と勝也とは関わりたくない。結局、犯行後の逃走用の車がなぜ用意されていなかったのか、分からないままである。結果的にうまく切り抜けられたが、そのせいで景子が捕まっていたとしてもおかしくなかったのだ。

俊彦は言った。「そんな、得だなんて。お父様が亡くなって、一番悲しんでいるのは勝也くんなんですよ」

陣内は苦笑いした。「ああ、そうだったな。これは失言でした。まあ、その一番悲しんでいるはずの彼は、遺産をすぐによこせと私に言ってきているんだがね。相続はトキ様の死後に発動されると、孝之さんも生前に合意のうえで決まっていることなんだから、できないと何度も言っているのに」

この世に神はいるのだろうか。

いるとするなら、神は勝也に史穂の死体をプレゼントしたことになる。この死体を隠せば、景子に孝之を殺すように脅迫できるよ、と。そして親の車のトランクという、絶好の死体の隠し場所まで用意してやった。

孝之殺害の直前に芳樹が訪ねてくるというハプニングがあったのに、それも結果的にいい方向に転がった。逃走用の車を用意できないというミスもあったのに、うまく破綻《はたん》をまぬがれている。

すごい幸運の持ち主である。そして二億五千万円を手に入れる。

勝也には神がついている。そうとしか思えない。

景子もざっと遺言状に目を通した。特に目新しい情報はないが、そのなかに気になる一文があった。付記として追加されたもので、『俊彦が相続放棄を翻意した場合は、このかぎりにあらず』とある。

「陣内さん」と景子は言った。「この一文はどういう意味ですか？」

「ああ、それは佐久間さんが言ったんだよ」

「佐久間さん？」

「遺言状を作成していたとき、佐久間さんもいたんだ。それで昌房さんに言って、この一文を追加してもらったんだよ。相続が開始されるまえ、つまりトキ様が亡くなるまえに、俊彦くんが相続放棄の意思を撤回して、家督を継ぐと言ったら、一番初めの遺言状の内容が復活するという意味だ。寄付はなくなって、俊彦くんが二十代当主になり、五億の遺産が相続される」

「でも、なぜ佐久間さんが？」

「佐久間さんも、それから昌房さんも、本音はやっぱり俊彦くんに継いでもらいたいんだなあ。だから万が一でも俊彦くんの気持ちが変わるかもしれないから、ギリギリまでその可能性を残しておきたいということなんだろうね」

誕生日会のときの佐久間の笑顔を思いだす。俊彦と凜に対しては、家族愛に近いものがあるのだと思う。

陣内が言う。「ちなみに聞くけど、俊彦くん、やっぱり気は変わらないか。あれからいろいろあったけど」

「僕の意思は変わりません。あの家は滅びるべきなんです。あんな家があるから、こんな惨劇が生まれる。孝之おじ様も、芳樹さんも、みんな被害者なんです」

「あるいは、そうかもしれんな」

陣内は疲れたように言った。一時は遺産相続のおこぼれに与《あずか》ろうと、裏で画策していた。今は刀折れ、矢尽きて、諦観《ていかん》している。

陣内は遺言状を封筒にしまった。

「さて、これで私は完全に引退だ。これが弁護士としての最後の仕事になる」

「これからどうなさるんですか？」と景子は聞いた。

陣内の老後に興味はない。ただ、結婚を考えていた女性とはどうなるのか、少しだけ気になっていた。

「さあ、何も決まってないよ。そんなに蓄えがあるわけでもないから、悠々自適ってわけにはいかないな。凜ちゃんも近々ニューヨークに発《た》っていうし、昌房さんはホスピスに入る。あの屋敷に残るのは、トキ様と佐久間さんだけだ。佐久間さんだって、もう年だしね。みんな、老いたなあ。光陰矢のごとし、だ」

陣内は力なく笑った。

「榊原家との付き合いも、もう四十年以上になる。七星重工時代に裁判があって、そのとき弁護団に入ったのが最初だった。あの屋敷に初めて行ったときはぶったまげた。今は見る影もないけど、庭なんか見事なものだったし、使用人がずらっと並んでいた。あるときお茶会が催されたんだよ。和服を着たトキ様が出てきて、お茶を点《た》ててくれるんだけど、私が畳のへりを踏んで歩いたら、びしっと怒鳴られたりしてね。お茶菓子のうえに金箔《きんぱく》が載っててさ。みんな並んで正座していると、茶器が回ってくるんだ。順番にその茶器を手に取って鑑賞して、次の人に回す。金持ちの趣味なんだろうけど、何をしているのかがよく分からなくて、あとで大笑いしたよ。それも今は昔か。あの屋敷が誰の手に渡るのか知らないけど、なくなってほしくはないな」

陣内はちらりと腕時計を見た。

「俊彦くんたちはどうするの？　これから」

「……………」

「ケン玉、うまくいくといいねえ」

陣内は微笑んだ。嫌みでも皮肉でも揶揄《やゆ》でもなかった。陣内も、基本的には俊彦のことが好きなのだと思う。

「じゃあ、失礼するかな」

陣内は帰っていった。アパートの部屋に、夫婦二人きりになった。その瞬間、俊彦と出会ってから今日にいたるまでの長い日々が急に思い出された。

そして今、ピリオドを打ったのを感じた。

明日《あした》、離婚を切りだそうと思った。

2

「俊彦。今日の夕食、ピアッツァで食べない?」

朝、出社するまえに聞いた。無職の俊彦はパジャマ姿のまま、布団の上であぐらをかいてテレビを見ていた。

「外食? いいよ」

「じゃあ、七時に上野《うえの》駅のいつもの場所で。お金、持ってる?」

「うん、三千円ある。Ｓｕｉｃａもあるから大丈夫」

ピアッツァは、二人にとって馴染《なじ》みの深いレストランである。学生時代、当時は俊彦のおごりでよく行っていた。もう何年も行っていない。一人四千円くらいするので、今の収入ではなかなか行けない。

俊彦は満面の笑みを浮かべていた。明日、遊園地に行こうと言われた子供みたいに。基本的に外食が好きなのだ。

あと一週間で三十歳になる。そのまえにケリをつける。

本当に不思議なのだが、これほどの目にあっても、俊彦を嫌いになれなかった。第一に顔が好きだし、第二にズレているとはいえ、素直で優しい男である。育った環境が特殊すぎて、常識から外れているだけだ。

大坂城に隔離されて、母・淀君《よどぎみ》とその侍女に保護されて育った豊臣秀頼《ひでより》のように。秀頼は大人になって初めて牛を見て驚いたという。俊彦も大人になって初めて水道や電気に料金がかかることを知った。

頭が悪いのではなく、常識を知る機会がなかっただけだ。

もし俊彦が夫ではなく、息子だったら、きっとかわいかっただろう。無償の愛で、熱中するケン玉を応援できたかもしれない。

俊彦は、幼いときに生き別れた母の像を景子に求めていると思えることがある。幼少期に母に甘えられなかったぶん、景子に甘えているのだと。実際、俊彦との関係は夫婦というより、母子に近い。だから「お金、持ってる？」みたいな世話をいちいち焼かなければならない。

それもう、どうでもいいことだ。

「行ってきます」景子は部屋を出て、仕事に向かった。

仕事を終えて、待ちあわせ場所に向かった。

俊彦は先に来ていた。駅前の人通りの多い場所で、ケン玉をしていた。しかも見物人が七人も集まっている。俊彦はニコニコ顔だった。見られていることを意識してか、ケン玉ショーをはじめている。

景子は恥ずかしくて、声をかけられなかった。

あらためて俊彦には恥という感覚がないのだと思った。

だから逆に、見栄《みえ》もない。穴のあいた靴下でも平気で履けるから、逆に高い服を着て見栄を張ることもない。「靴下に穴があいてるぞ」と笑われても、かえって人を笑わせて陽気でいられる。それが俊彦のいいところだと思うけど。

たとえば坂本竜馬《さかもとりようま》のように、汚れた服を着て、風変わりな舶来品のブーツを履き、ぼさぼさの天然パーマを適当に束ねるだけのスタイルで、まわりに笑われてもへっちゃらでいる。竜馬はその常識にとらわれない感性で、「侍の世の終わりを予感し、カンパニーの仕組みをいちはやく理解して亀山社中《かめやましやちゆう》を作り、「世の人は　われをなにとも　ゆわばいえ　わがなすことは　われのみぞ知る」と詠《うた》った。

ひいき目かもしれないが、この二人には共通項がある気がする。

竜馬が死罪を恐れずに脱藩したことと、俊彦が億を超える遺産を放棄することは、凡人には真似できないという意味で、どこか似ている。命やお金を瑣末《さまつ》なものと考えて、ほっぽりだす豪胆さがある。

でも、やはり何かがちがう。

竜馬は冷徹な目を持った革命家だったのに対して、俊彦はしょせん幼稚な駄々っ子にすぎない。

やっぱりよく分からない、俊彦のことが。

景子が離れたところから見ていると、俊彦がふいに気づいた。

「あ、景子！」

俊彦は大声で叫んで、ケン玉ショーをやめて走ってくる。まるで飼い主を見つけて、尻尾《しっぽ》を振って駆けよってくる犬みたいに。

ケン玉ショーの見物人たちが、いっせいに景子の顔を見た。

「行きましょう」

穴があったら入りたい気持ちしかわいてこない。さっさと立ち去りたかったので、景子は足早に歩きだす。俊彦がケン玉を持ってついてくる。

レストランに着いて、予約席に座った。

俊彦はテーブルに着くなり、「何を食べようかな」とひとりごちて、店員を呼んだ。

店員にメニューの説明をさせて、軽やかに会話しながら注文を決めていく。こういうところは本当に板についていて、淀《よど》みがない。

このシーンだけ見ると、できる男に見える。榊原家の血なのだろうか。殿上人のごとき高貴な香りが、体中から発散されている。安い服を着ているが、それだって形式にとらわれない上流階級のたしなみみたいに見える。

俊彦は値段など気にせず、本当に自分が食べたいものを頼んでいた。景子は割安なコースメニューを頼んだ。

芳樹が逮捕されて、少し経った。俊彦がこの状況をどう思っているのか分からない。家にいても話題にもしない。特に変化もない。

旧七星重工の創業家一族に起きた殺人事件なので、三日くらいはテレビでもさかんに報道されていた。テレビでは芳樹が犯人という前提で報じられている。これが冤罪《えんざい》であることを知るのは、景子と勝也だけだ。

メニューを頼んで、店員が離れたところで、俊彦が言った。

「今度、わんにゃん会でイベントをやろうと思っているんだ」

「へえ、なんの?」

「もちろんケン玉のイベントだよ。人が集まっているところに行って、ゲリラライブ的にやろうと企画しているんだ。それを動画に撮って——」

迷惑ユーチューバーみたいなことをやろうとしている。そんなことをしたら、迷惑防止条例違反で逮捕されるという感覚は俊彦にはない。

それから『わんにゃん会』がなんなのか分からなかった。たぶんケン玉仲間の集まりを指すのだろうけど、景子は初耳である。

少し考えて、分かった。

おそらくケン玉の変形である。ケンを「犬」と読んで、その鳴き声の「わん」。玉を「タマ」と読んで、猫によくある名前だから「猫」とみなして、その鳴き声の「にゃん」。合わせて『わんにゃん会』なのだと思う。

俊彦のゲリラライブのプレゼンが終わったところで、景子は聞いた。

「ところで、なんでわんにゃん会なの？」

「ああ、名前の由来？　みんな犬と猫が好きだからだよ」

「あっそ」

推理とぜんぜんちがっていた。少し笑ってしまった。

そう、いつもそうなのだ。景子はいつも考えすぎていて、ああじゃないか、こうじゃないかと俊彦の考えを推理するのだけど、答えはたいてい別のところにある。何も考えていない人間の考えなんか、推理できるわけもないのに。探偵みたいに頭を使って、神経をすり減らして、一人で空回りして、へとへとになる。骨折り損のくたびれ儲《もう》け。俊彦との結婚生活はずっとそうだった。

食事がある程度進んだところで、景子は切りだした。

「俊彦、話があるんだけど」

「話？　なに？」

「唐突だけど、離婚しましょう」

「え、なんて言ったの？　今」

「離婚。まえから考えていたのだけど、私たち、離婚しましょう」

俊彦は肉をほおばっていた。嚙《か》み砕き、飲み込んでから言った。

「え、離婚？　どうして？」

「もう疲れたから」

「疲れたって、何に？」

「俊彦との生活に」

「僕との生活？　というと？」

「私が毎日どういう生活をしているか、知ってる？　朝七時に起きて、俊彦の分もふくめて朝食を作り、洗濯をして、化粧して、朝八時には家を出る。仕事は通常午後五時までだけど、残業で六時、七時になることもある。それから帰って夕食を作り、お風呂《ふろ》をわかし、洗濯物をたたみ、そんなことをしているうちに九時、十時になる。布団を出して、十一時過ぎには布団に入る。土日だって似たようなもの。仕事で出勤する日も多いしね。少しでもお金を稼ぎたいから、仕事があるときは出ていく。それに対して、俊彦はどう？　無職だから、平日も休日もない。昼間に何をしているのかは知らないけど、どうせケン玉しているだけでしょ」

「あ、家事をしてほしかったの？　なあんだ。いや、僕は家事をしちゃいけないのかと思っていたんだよ。それは景子の領分だから。ときどき景子が大変そうだから、手伝おうかとも思うんだけど、景子にもプライドがあるだろうと思って、手を出さないようにしていたんだ。それなら言ってくれればよかったのに」

怒りで脳が瞬間沸騰して、血管が切れそうになる。

だけど、あるいは本当かもしれないと思った。

俊彦が子供だったころ、榊原家には使用人がたくさんいた。俊彦が掃除でもしようものなら、使用人が飛んできて、「おぼっちゃまはそんなことなさらないでください」と言われたのかもしれない。家事をしてはいけないと脳に刷り込まれてきたから、自分の食べ終えた皿すら放置してきたのだ。

「いや、それだけじゃなくて、一番の問題はお金。俊彦はうちの家計、知ってる？　私の給料は月二十三万円。ボーナスはない。それで家賃を払って、税金を払って、携帯料金を払って、蓄えはいくらもない。やっと貯まったお金も、俊彦がすぐにタクシーに乗ったりするから、あっさりなくなっちゃう」

「あ、お金なら大丈夫だよ。今度、ケン玉教室をはじめれば、お金が入ってくるから。ユーチューブだって軌道に乗れば――」

「あてにならないわよ。ケン玉教室なんて、何人集まると思ってるの？」

「いや、僕は教えるのはうまいんだよ。イチムラさんなんか、僕が教えたらすぐに『もしかめ』ができるようになったんだから」

「ユーチューブだって、四百人くらいしか見てないし」

「でも、最初はそんなものだよ。凜だって、ニューヨークで初めてやった個展はさんざんだったっていうし」

「俊彦と凜さんでは才能がちがうの！」

凜がニューヨークで初めて個展を開いたのは、二十歳である。

アメリカのキュレーターがその才能を青田買いして、個展を開く場所を提供してくれたという。だが、当時はまったくの無名である。来場者はほとんどいなかったし、エスタブリッシュメントにも酷評されたらしい。

だが、その時点で、知る人ぞ知るというレベルであっても、才能を高く評価する人はいたのだ。そもそも、二十歳でニューヨークで個展を開くところまで持っていけていることが普通じゃない。

俊彦のような底辺ユーチューバーと比較するのもおこがましい。

「俊彦も私も、もう三十歳よ。いつまでこんな生活を続ける気なの？　こんなんじゃ子供だって作れないし」

「あ、子供が欲しかったの？　なあんだ、それなら言ってくれればよかったのに。僕だって子供が欲しいと思っていたんだよ。でも、景子が仕事を生き甲斐《がい》にしているから、子供は欲しくないのかと」

以前にも似たようなことは言っていた。俊彦の目には、景子が今の仕事を生き甲斐にしているように見えるらしい。

「この状況で、どうやって子供を育てられるのよ」

「育てられるよ。お金がなくても、部屋が狭くても、愛の力があればどんな困難だって乗り越えられるよ」

「は？　愛の力？」

「あ、そうだ。子供ができたら、ケン玉を教えよう。僕がケン玉をはじめたのは八歳なんだ。でもチャンピオンになるには、もっと早いほうがいい。子供が手で物をつかめるようになったら、ケン玉を教える。僕が指導すれば、世界一にだってなれるぞ。八歳スタートと二歳スタートじゃ、天と地ほどちがうんだから」

「うるさい。いちいち口答えしないで。話が先に進まないでしょ」

興奮して、息が切れた。ああ言えばこう言う男である。すべてを自分に都合よくしか解釈しない思考回路の持ち主だ。

「もううんざりなのよ。俊彦にも、この生活にも」

景子が言うと、俊彦は目を丸くした。ん、なんで？　という顔をする。察知力がないので、いつもニュアンスが伝わらない。

景子は冷静に、抑えた声で言った。

「お金を貯めても貯めても、出ていく一方。お金のない生活はもういやなの。こんな生活があと十年も、二十年も続いていくなんて耐えられない。私には自由にできる時間もお金もない。全部、俊彦に盗《と》られた」

今までは遺産相続のことがあったから、期間限定だと思えばこそ、我慢できた。その可能性がなくなった今、もう耐えられない。

「でも、お金がなくても愛があれば生きていけるし、子供も育てられるよ」

「愛があってもお金がなければ生きていけないし、子供も育てられない」

「そんなことないよ」

「あるの。今、私がしゃべってるんだから、黙って」

「…………」

「結局、子供が生まれたって、私が働いてお金を稼いで、家事も育児もすべて私がやることになるのよ。俊彦はどうせ子供にケン玉を教えるだけでしょ」

「…………」

「それに今はもう、愛もない。愛とかなんとか言うには、私はもう疲れすぎた。そんな浮ついた年齢でもないし」

一気に力が抜けてしまった。

こんな男と結婚したばかりに、二人も殺す羽目になった。

黙って、と景子が言ったからだろうか。俊彦はずっと黙っている。

俊彦は、この状況の深刻さが分かっていないのだろう。ぺろりと皿を平らげて、上品にナプキンで口を拭《ふ》いている。

「俊彦、最後に聞くわ。榊原家の家督を継ぐ気はない？　今なら佐久間さんが追加してくれた一文があるから、翻意も可能だけど」

「……あ、しゃべっていい？」

「いいわよ。さっきは黙れって言ったけど、今は質問しているんだから」

「ない。それだけは絶対に」これ以上ないくらい潔く、俊彦は言った。

「分かった。じゃあ、離婚しましょう」

景子はテーブルに離婚届を出した。自分のところは記入済みである。

俊彦は黙り込んでしまった。

やがてメインディッシュの皿が片づけられ、デザートが運ばれてくる。

景子は先にデザートを食べ終えた。

「私はもう、あのアパートに帰らないから。別の部屋を借りたの。自分の荷物はすでに運び入れてある。その離婚届は、俊彦の気持ちの整理がついたところで、自分のところを記入して役所に提出してくれればいいから」

「ふうん、なるほど」と俊彦は言った。「つまり、景子は今日から別のアパートの部屋に住むということだね」

「そう」

俊彦は二度うなずいた。ＯＫという感じで。

「なるほど。でも、ちょっと待って。それだと大変じゃない？　景子は二つ分の家賃を払うことになるけど、大丈夫なの？」

「は？」と景子は言った。「なんで俊彦の家賃まで私が払うのよ。俊彦の家賃は、俊彦が自分で払うの」

「でも、僕はお金を持ってないよ」

「いや、だから自分で働いて、お金を稼いで、そこから払うの」

「でも、僕はケン玉教室もあるし、ユーチューブもあるし、それだってすぐには収入にならないから、そのあいだはどうするの？」

「そんなのは全部やめて、仕事を探すしかないでしょ」

「なんで？」

「なんでって、なによ」

頭が痛くなってきた。離婚の意味がまったく分かっていない。

やはり景子のことを母だと思っているのだ。そして俊彦は永遠に子供なのである。夫婦の縁は切れるが、親子の縁は切れない。そういう種類のものだと思っている。たとえば六歳の子供が、母から「今日をもって離縁します」と言われても、意味を理解できないのと同じだ。

「いい？　俊彦。俊彦には難しいことかもしれないけど、なんとか理解してね」

「うん」

「とにかく私は俊彦と離婚するの。今日をもって私とあなたは赤の他人になる。これからはそれぞれ独立して生活していくことになる」

「なるほど」

「まず、俊彦は仕事を探して、自分でお金を稼ぐ。今までみたいにバイトじゃダメよ。最低でも月二十万円は稼げる仕事を見つけて、家賃も光熱費も携帯料金も自分で払わなきゃいけないし、ごはんを作るのもお風呂《ふろ》を洗うのも洗濯するのも、つまりこれまで私がやってきたことをすべて、自分でやらなきゃいけないの。ケン玉をやりたければやってもいいけど、それも仕事の合間にやる」

「合間に？　いや、景子、ケン玉はそんなに甘くないんだよ。世界一になるには、ケン玉にすべての情熱を注がなきゃいけないんだ。二十四時間、三百六十五日をすべて捧《ささ》げるくらいじゃないと、世界一にはなれないよ」

「知らないわよ、そんなこと」

「うん、知らないのだろうと思ったから、いま言っているんだよ」

「…………」

結局、景子が何を言っても、こうやって口答えしてくるのだ。

頑固親父でもないのだが、この男を説得するのは世界一難しい。特に「遺産相続を放棄すること」と「ケン玉に関すること」だけは、ひたすらに頑《かたく》なで、俊彦の考えを変えさせるのは不可能である。

堅固というより、説得のために費やしたすべての言葉がすり抜けていってしまう。底に穴があいていて、何を入れてもこぼれ落ちてしまい、受けとめてもらえない。俊彦の言うことはすべて実体のない空論で、すかすかの気体であるがゆえに、殴っても破壊することができない。

「とにかく私は離婚します。あのアパートには帰りません。俊彦はこれから一人で生きていってください」

「なるほど。で、僕はこれからどうすればいいの？」

「だから、まずは自分の仕事を探すのよ」

「なんの仕事？」

「やりたい仕事をやればいいでしょ」

「やりたい仕事って……、ケン玉？」

「ケン玉が仕事になればいいけどね。ケン玉教室にたくさん生徒が来て、ユーチューブの視聴者数が百万人を超えて、ちゃんと収入になればいいけど、すぐには難しいから、自分にできそうな仕事を探すの」

「自分にできそうな仕事って？」

「知らないわよ。自分のことなんだから、自分で考えなさいよ」

「どうやって？」

「……だめだ、こりゃあ」

これが自分の夫であることが信じられない。離婚を突きつけられてショックを受けているのではなく、意味を理解できていないのだ。

今まで突っ込んだ話はしてこなかった。

生活面はすべて景子がやってきて、俊彦は自由にさせてきた。俊彦は愛や夢を語る詩人だが、現実的なことになると幼稚園児並である。景子を愛していて、ケン玉で世界一になるのが夢。そこだけは純粋な子供である。

ダメな子供を持った母の心境に近い。

でも、景子は母ではない。離婚届を提出すれば、ただちに赤の他人になる。

突き放すしかない。たとえ俊彦が破滅するとしても。

「俊彦、いい？」

「うん、なに？」

「俊彦は、これからは自分でお金を稼いで、自分の力だけで生活していかなければならないの。まずはハローワークに行く。ハローワークは分かる？」

「うん、職業安定所のことでしょ。駅の近くにある」

「そう。そこに行って、親切そうな職員を見つける。仕事を探しているんですけど、と言いなさい。いろいろ質問されるから、すべて正直に答える。まだ若いから、選択肢は少なくないはず。職業訓練コースを受けてみるのもいいと思う。あとは手取り足取り教えてくれるから、言われた通りにやる。いいわね」

俊彦は返事をしなかった。

「俊彦にとっては初めてのことも多いだろうから、大変だろうけど、歯を食いしばって頑張って。みんな、そうしてるの。凜さんみたいなずば抜けた才能がないかぎり、みんな歯車で、いやだいやだと言いながらも身を粉にして働いて、下げたくもない頭を下げて、お客さんに足蹴《あしげ》にされてもなんでもないって顔をして、お金を稼ぐの。俊彦はもう榊原家の御曹司ではないのだから、その地位をみずから放棄したのだから、そこから逃れることはできない」

景子は俊彦の返事を待たず、席を立った。

「さようなら、俊彦。今までありがとう」

レジに行って会計をすませた。飼えなくなった犬を山に置き去りにするような後ろめたさをおぼえたが、振り向くことなく店を出た。

俊彦のことが嫌いなわけではない。俊彦が悪いわけでもない。

でも、もう戻れない。

上野駅まで歩いて、電車に乗った。

引っ越し先は、埼玉県川口《かわぐち》市にある。家賃七万円のワンルーム。家具つきで、すぐに入居できる。布団はないが、寝袋を用意してある。けっして上等な部屋ではない。でも防音や防犯はしっかりしている部屋を選んだ。

住所変更の手続きは済ませてある。俊彦に住所は教えない。来られたら困るからだ。川口駅を出て、歩いてアパートに向かった。

鍵《かぎ》をあけて、部屋に入る。ここから新しい生活がはじまる。

できれば転職もしたい。恋だって新たにできるだろう。

新しい自分になる。

ふいに不安になる。私はこの崩れた人生を立てなおせるだろうか。

俊彦はどうしているだろう。ちゃんと家に帰れただろうか。

一人でやっていけるだろうか。いや、やっていけないことは分かっている。凜や佐久間が手助けしてくれるといいけど。

つい俊彦のことを心配してしまう。

疲れきって、寝そべった。

手持ちぶさたに転職情報誌を読んでいたら、スマホが鳴った。

俊彦からだった。電話に出た。

「あ、景子。あのさ、明日《あした》、無料の廃品回収の日なんだって。壊れたオーブントースターがあったよね。あれ、出したほうがいい？」

「……そ、そうね」

「あれ、どこにしまったっけ？」

「邪魔だから、押し入れに突っ込んでおいたはずだけど」

ガタガタ音がした。

「あ、あった。じゃあこれ、僕が出しておくからね」

声の調子がいつもと変わらなかった。すっとぼけているわけではない。もう夫婦ではないことを理解していないのだ。

「あのね、俊彦。僕がやっとくね、じゃなくて、これからは全部、俊彦が自分で考えて、自分の責任でやるの。分かった？」

「なんで？」

「なんでじゃない。とにかくそうなの。今後、困ったことがあったときは私じゃなくて、佐久間さんに電話しなさい」

「なんで？」

「子供じゃないんだから、なんでなんで言わない」

イライラして、電話を切った。

やっぱり頭が悪いのだろうか。想像力はないにせよ、いちおう大卒だから、穴埋め式の勉強ならできるはずだが。

「いや、私が悪いのか……」

今までは全部、景子がやってきた。俊彦にまかせるより、自分でやったほうが早かったからだ。俊彦は子供のままでいいと思っていた。そうすれば遺産が手に入ったとき、景子の自由にできる。

景子にとって俊彦は、昌房が死んだ時点で必ず当たることが決まっている宝くじみたいなものだった。景子はその宝くじを、大切に大切に保管してきた。働かなくても家事をしなくても、好きなだけケン玉をやらせてきた。宿題をやれと言われない子供が、ずっとゲームをしているみたいに。

ずっとゲームばかりやってきた子供に、いきなり働いて自立しろというほうが無理である。でも、こうするしかない。このショック療法が、偶然でも、いい方向に転がってくれることを祈るしかない。

ふたたびスマホが鳴った。俊彦からだった。

もう出る気はしなかった。

無視する。そう決めた。子供が母から自立するには、それしかない。たとえ死ぬとしても、崖《がけ》から突き落とすしかない。

いっそ携帯番号を変えるか。そのうえで転職してしまえば、俊彦の側からみれば景子は行方不明になる。あるいは俊彦の母の真紀子も、こんなふうに子供三人を置いて、家を出ていったのかもしれない。

歴史はくりかえす。榊原家はきっとこんなことを何百年も続けてきたのだろう。

スマホが一分以上鳴り続けている。

二分が過ぎ、三分が過ぎても、まだ鳴っている。

根負けして、電話に出た。

「あ、もしもし、景子？」と俊彦が言った。

「今度はなに？」

「あのさ、今、刑事がうちに来ているんだ」

「えっ」

「竹中さんっていう埼玉県警の刑事。僕たちから話を聞きたいって」

3

景子が急いで足立区のアパートに行くと、俊彦は部屋で竹中にケン玉ショーを披露しているところだった。

竹中は困惑顔である。景子が現れて、ホッとした表情をしている。

竹中は言った。「急にお呼びだてして申し訳ありません。別居中だったとは知らなかったもので」

「いえ。それで、なにを?」

「ええ、夜も遅いのでさっそく。先刻ご承知の通り、芳樹さんが孝之さん殺害容疑で逮捕されたのですが、少々雲行きが怪しくなってきたんです」

「雲行きが怪しいとは?」

「つまり芳樹さんが犯人だとすると、つじつまが合わないことがあるんです。事件を整理しましょう。孝之さん殺害の日、芳樹さんは午後七時ごろに部屋を訪ねたことは認めています。そして本人の記憶では、八時前に部屋を出た。妻の美乃里さんが八時過ぎに帰宅して、死体を発見する。通報したのは八時十一分。死亡推定時刻もおおよその時刻です。したがってその時刻に犯行現場にいた芳樹さんが犯人と考えるのは当然で、だから逮捕されたのですが、しかし芳樹さんが言うには、その日、孝之さん宅を訪ねたのは盗聴器をしかけるためだったというんです」

心臓が、ラグビーボールのように不規則に跳ねた。

やはりそうだった。

とすれば、景子が孝之を殺したとき、部屋は盗聴されていたのだ。

あのとき、声を発しただろうか。

「その録音データがここにあるんです。聞いてみますか？」

竹中はICレコーダーの再生ボタンを押した。

「なにか見つかったか？」と孝之は言った。

「いえ」芳樹は答えた。

「君、変なことしてないだろうな。車にわざと史穂の毛髪を落として、私たちを犯人に仕立てるようなことを」

「しませんよ。それをするなら、こんなに堂々とは来ません」

竹中はレコーダーを止める。

「芳樹さんは、孝之さん夫妻が史穂さんを殺したのではないかと疑っていました。そこで史穂さんの靴や旅行カバンなど、証拠となるものがこの部屋にあるかもしれないから調べさせろと要求しました。孝之さんが勝手にしろと言ったので、芳樹さんは部屋を調べました。ですが、部屋を調べるふりをして、こっそり盗聴器をしかけていたんです。盗聴器内蔵の電源タップをコンセントに差し込みました」

竹中は突然、黙った。そして下からのぞきこむように、景子に視線を向けた。景子はその視線にじっと耐えた。

「そのあと、芳樹さんは車も調べさせてほしいと言いました。車のキーをもらって、部屋を出て、駐車場に行きました。車のトランクなどを調べたあと、マンションの裏手に回って、盗聴電波の受信機を設置しました。電波が来ることを確認して、その時点から録音をはじめました。そして部屋に戻った」

竹中は少し早送りして、レコーダーを再生した。

「さあ、もう帰ってくれ。君と話すことはもうない。廃家になるしな。親戚《しんせき》付き合いも今日までだ」

「……今日のところは、これで帰ります」

「永久にさよならだ」

竹中はレコーダーを止める。

「これが芳樹さんが帰るまえの会話です。空気が殺伐としているのは、妻を殺したのはあんただろと芳樹さんが問いつめ、孝之さんが怒っているところだからです。芳樹さんからすれば、めいっぱいプレッシャーをかけて、わざと怒らせたあとで、夫婦でどういう会話をするか聞きたかったようです。それで史穂さんを殺したかどうか、ある程度、裏づけられますから」

竹中はレコーダーを再生させた。

しばらく無音だった。やがて足音がして、ドアが開き、閉まる音が聞こえた。これは芳樹が部屋をあとにした音である。

このとき景子はロフトで息をひそめている。

無音が続いた。

テレビの音が聞こえはじめる。そう、孝之がテレビをつけたのだ。その音にまぎれるように、景子はロフトから下りて、孝之の背後に立った。

「え、なぜここに？」と孝之が言った。

しばらく間があって、

「ちょ、ちょっと待て」

ザッ、と音が鳴った。鉄アレイが孝之の側頭部をかすめた音である。だが、これは致命傷にならなかった。

「ま、待て！　なぜ――」

バコッと、さっきよりも強い音がした。孝之がソファーからずり落ちて、床に崩れ落ちる音がした。

「う……、あ……」断末魔のうめき声が聞こえた。

景子の声は入っていなかった。

竹中はレコーダーを再生させたままである。テレビの音がずっと聞こえている。

竹中は言った。

「犯人は二度、孝之さんを殴っています。二度目のが致命傷でした。犯行時刻は、正確に八時一分です。テレビが放送されていた時刻を確認したので、一分の狂いもありません。そして犯人はこの五分後に帰ります」

五分後、ドアが開く音がして、閉じる音がした。

「犯人が帰ったその数分後、美乃里さんが帰宅し、死体を発見します」

ドアが開く音がして、閉じる音がする。足音がして、

美乃里の悲鳴が聞こえた。

マンションの外にいる景子にも聞こえた、あの悲鳴である。

竹中は再生を止めた。

「美乃里さんはパニックになりましたが、どうにか通報しました」

竹中はＩＣレコーダーをポケットにしまった。それから、もったいぶるようにゆっくり景子の顔を見た。

「さて、音しか聞こえないので、現場は見えないわけですが、ここから考えられる可能性は二つです。一つは、芳樹さんが犯人である場合。芳樹さんは一人で玄関に向かい、帰ったと見せかけて室内に残っていた。孝之さんは芳樹さんが帰ったと思い、ソファーに座ってテレビをつける。その背後に回り込んで殺害した。ただし、疑問は残ります。芳樹さんにはもともと殺意がなかったのは明白です。孝之さん宅を訪れるまえに電話をかけていますし、室内を手袋もせずべたべた触って指紋を残している。要するに、自分が犯人だという証拠を残すようなことばかりしています。つまりもともと殺意はなく、あくまでも盗聴器をしかけることが目的だったんです。それなのに、なぜこの会話の流れで、突然殺意がめばえたのか。仮に衝動的に殺してしまったのだとしても、自分がしかけた盗聴器を、まさに自分が殺人を犯している場面が録音されているのに、現場に残していくのはあまりにも不自然です」

今、はっきり確信した。

竹中は景子を疑っている。そうとしか思えない。

何を根拠に疑うのかは分からない。だが、録音データを聞かせて、あえて捜査情報をもらしているのは、景子を揺さぶるためだと考えられる。

ここはポーカーフェイスを貫くしかない。

通常、刑事は二人一組で行動するのが基本である。しかし竹中は一人で来ている。上司にも報告せず、独断で行動しているのかもしれない。そういう刑事は危険だ。犯人逮捕のため、違法捜査だってやりかねない。

竹中は言った。

「もう一つの可能性は、芳樹さんが部屋を訪ねたとき、すでに犯人が室内に隠れていたという可能性です。犯人は、孝之さんが帰宅するまえに室内に侵入していた。孝之さんが帰宅したのは午後七時前です。そして芳樹さんが訪ねてくる。芳樹さんは盗聴器をしかけて帰りました。そのあと犯人は孝之さんを殺した。もちろん芳樹さんに罪を着せるためです。ただしこの犯人は、芳樹さんが部屋に盗聴器をしかけていたことは知らなかった。そう考えれば、つじつまが合います」

完璧《かんぺき》に言い当てられている。

動揺するな、と自分に言い聞かせた。

竹中は、推理で景子が犯人だと見抜いている。だが、決定的な証拠は持っていない。だからこそカマをかけてきているのだ。

大事なのは、焦ってボロを出さないことだ。かといって黙りこくるのもよくない。黙秘は自白に等しい。第三者の目線で受け答えするのが正しい。

「どう思いますか？」

竹中は、俊彦を無視して、景子の目を見て言った。

景子は答えた。「考えすぎじゃないですか」

「ほう。というと？」

「芳樹さんが犯人だと考えるのが普通だと思いますけど。だって芳樹さんは部屋中を捜索したと言いましたよね。もし犯人が室内に隠れていたなら、そのとき見つかっているんじゃないですか？」

「すばらしい着眼点です。ですが、芳樹さんは部屋を捜索するふりをして、隙を見て盗聴器をしかけていただけなんです。探していない場所もたくさんあったので、そこに隠れていたのでしょう」

「でも、芳樹さんが盗聴器を残していったのはおかしいとおっしゃいましたけど、逆にあえてそうした可能性もあるんじゃないですか。だってその録音データを聞けば、今、竹中さんが推理したように、自分が帰ったあとで、別の誰かが殺したというふうに受け取れるじゃないですか」

「まあ、そうですね」

「指紋を残していったのだって、自分が犯人だったらそんなことするわけないということをあえてして、言い逃れる口実を作ったともいえますし」

「ええ、捜査本部にもそういう意見はありました。そういうことをする犯人もいなくはないです。まあ、私はその説は採りませんが」

「なぜです？」

「手が込みすぎでしょ。たとえば殺される直前に、孝之さんが『芳樹！』と犯人の名前を叫んでしまったらどうするんですか？」

「そのときは盗聴器を回収すればいいんです」

「うーん」竹中は腕を組み、わざとらしく首をひねった。

「なにより、もし犯人が部屋に隠れていたのなら、その犯人は芳樹さんが部屋に訪ねてくるのを知っていたことになりますよね。芳樹さんが来ることを知っていて、事前に隠れていて、芳樹さんが帰ったあとで殺すことで、芳樹さんに罪を着せようともくろんでいたということなんですよね」

「ええ、そういうことですね」

「だとしたら、その日、芳樹さんが孝之さん宅を訪ねることを知っていた人物のなかに犯人はいるはずです」

「芳樹さんは、その日、孝之さん宅を訪ねることを誰にも話していなかったと言っています。おまけにアポなしです。孝之さんの仕事が終わるのは午後六時で、だいたい七時に帰宅します。芳樹さんは六時半に春日部駅に着いて、孝之さんに電話して、今から家に行きますと伝えました。孝之さんもそのとき知ったんです」

「つまり、犯人にとって芳樹さんが訪ねてきたのは偶然ということですか？」

「芳樹さんが嘘をついていないなら、ですが」

「そんな偶然、ありますか？」

「うーん」

「犯人は孝之さんを殺すつもりで、自宅に侵入して隠れていた。そして孝之さんが帰宅する。ようし、殺してやろう、と思ったところで、芳樹さんが偶然、訪ねてきた。芳樹さんは部屋を捜索したけど、たまたま犯人が隠れているところは探さなかった。そして芳樹さんは帰った。ようし、ちょうどいい、芳樹に罪を着せてやろう、と犯人は考えて下りてきて殺した。そういうことになりますけど」

「まあ、そんな偶然、めったにないですよね。偶然なので、絶対にないとも言いきれないわけですが」

実際には、そんな偶然があったのだ。

竹中は言う。「まあ、ともかく景子さんは芳樹犯人説を採るわけですね。だとすると、殺害の動機はなんですか？」

「史穂さんを殺されたからじゃないんですか」

「いや、そう疑ってはいたけど、芳樹さん自身、孝之さんが史穂さんを殺したという確信までは持っていないんですよ。そう断定できるだけの証拠がないからこそ、わざわざ盗聴器をしかけに行ったんです」

「…………」

「それから、凶器はどう説明します？　あれは孝之さん宅にあったものでした。つまり犯人が持ち込んだものではないんですよ」

「……あの、ちなみに凶器ってなんですか？」

「ああ、言ってませんでしたね。鉄アレイです」

やはりカマをかけてきている。

孝之殺害事件の報道はすべてチェックしている。凶器が鉄アレイであることは報道されていなかった。つまり犯人しか知らない情報である。うっかり口をすべらせていたら、秘密の暴露になって、犯人だと特定されてしまう。

竹中は続けた。「あの鉄アレイは、美乃里さんの話では、以前、孝之さんが筋トレをはじめるんで買ってきたものだそうです。しかしそれは三日坊主で終わり、どこかにしまっていたということです。もし芳樹さんが犯人なら、部屋を捜索しているときに見つけて、これを凶器として使ったことになります」

「……その鉄アレイは、現場に残っていたんですか？」

「はい、残っていました。なぜ鉄アレイを凶器に選んだのか。鉄アレイって使いやすい凶器でしょうか。実際、一撃目はかわされています。一撃で殺すなら、ナイフとか、返り血を浴びるのがいやだったとしても、たとえば絞殺だって可能です。芳樹さんは元バレーボール選手です。孝之さんを殺すのは肉体的に容易だったはずです。実際、部屋には鉄アレイよりも凶器として使いやすいものがありました。ほら、あの家、物が多くて散らかっているでしょ」

「知りません。行ったことありませんから」

「ああ、そうでしたね。物が多くて散らかっているんですよ。たとえば玄関の傘立てに、金属バットだってあったんです。勝也が昔、野球をやっていたんだそうです。芳樹さんが犯人なら、いったん帰ったと見せかけて、そのバットを持って引き返してきて殺したというほうが自然だと思うのですが」

「………」

危険だ。さりげなくカマをかけてきている。

おそらく竹中はこの会話を録音しているのだろう。

たぶん、この会話自体に意味はないのだ。明らかに秘密の暴露を狙っている。このまま竹中のペースに巻き込まれて、べらべらしゃべっていると、どこかで口をすべらせてしまう。もう黙ろうと思った。

「いやあ、すごいですね、景子さんは」

「何がですか？」

「捜査一課の刑事でも、こんな口頭でちょこっと説明しただけで、まるで自分で見てきたかのように理解して、矛盾点を指摘するなんて、なかなかできませんよ。頭がいいんですね。情報を整理して、合理的に解析する能力、すなわち推理力があるということです。刑事にスカウトしたいくらいです」

「………」

「逆に敵には回したくない相手です。結局、刑事に求められる能力と犯罪者に求められる能力って、同じなんですよ。優秀な刑事は、優秀な犯罪者にもなれる。その逆もしかり。景子さんが犯罪者になったら、逮捕するのは難しそうです。お願いですから、埼玉県に来て殺人を犯すのはやめてくださいね」

竹中は下品に笑った。

「まあ、景子さんのおっしゃる通りで、捜査本部でも芳樹さんが犯人だと考えていますし、だから逮捕もしているわけです。最大の理由は、孝之さんの死亡推定時刻に、芳樹さんがそこにいたという厳然たる事実です。矛盾点も多々ありますが、殺人事件なんてそんなものです。犯人は泡食って混乱していますから、一貫性も合理性もないのが普通です。そんなのは取っ払って、核心的なことだけとらえればいい。それは被害者の死亡推定時刻に現場にいた人間が犯人ということです。まあ、私はあえて逆張りしているのですが、だとしても犯人は分かっているんです」

「えっ」

「犯人は、息子の勝也です」

竹中は人差し指を立てて、景子に向けた。

「理由は、孝之さんが死んで得をした人物だからです。そしてなにより、やりそうな人間です。ただし、勝也にはアリバイがあります。つまり実行犯は別にいる。おそらく金をつかませて仲間にやらせたのでしょうね。この犯人は、ピッキングなどで開けた形跡はないので、孝之さん宅の鍵《かぎ》を持っています。鍵を持っているのは、孝之さん、美乃里さん、そして高校卒業まで同居していた勝也の三人です。複製も容易な鍵なので、それを実行犯に渡したのでしょう。今、勝也の人間関係をあたって、殺人を請け負った人物を洗いだしているところです」

さっそくボロが出ている。所詮《しょせん》、勝也が考えた計画だった。

竹中の推理はほぼ当たっている。景子が実行犯であることも、かなりの濃さで疑っているはずだ。あとは決定的証拠をつかむだけ。

「景子さん？」と竹中は言った。

「え、あ、はい？」

「大丈夫ですか？　うわの空ですが」

「ええ、大丈夫です。ちょっと頭の中を整理していただけです」

「それからもう一つ、史穂さんの失踪《しっそう》についてもあらためて捜査するつもりです。芳樹さんは、孝之さん夫妻が殺して、死体を車で運びだしたと考えているようですが、他にも可能性はあります。ただ、いずれにしても自分の意志で失踪したとは考えにくい。やはりあの金のインゴット。家出するなら、さすがに持っていくでしょう。史穂さんの失踪に関しても、勝也が関わっていると私は踏んでいます。そこでお二人に、勝也について少しお聞きしたいのですが――」

竹中は、勝也の過去、両親や親族との関係、とりわけ交友関係について聞いてきた。

俊彦が知っている範囲で答えた。

「それでは、ご協力ありがとうございました。また、お伺いすることもあるかもしれませんので、よろしくお願いいたします」

竹中はいったん腰をあげたが、すぐに下ろした。

「あ、そうだ。孝之さん殺害の日、お二人はどこで何をしていたか教えていただけませんか。べつにお二人を疑っているわけではなく、聴取する人全員に聞いている形式的な質問なので、どうかお願いします」

俊彦は答えた。「その日、僕はユーチューブの撮影で、仲間の家に行っていました。お昼ごろに家を出て、帰ってきたのは午後十一時くらいだったと思います。佐久間から電話があったのはそのあとです」

「そのお仲間の連絡先を教えてください」

俊彦はスマホを見て、その仲間の名前と電話番号を教えた。

「景子さんは？」と竹中は言った。

「私は家にいました」

「それを証明できる人はいますか？」

「いません。休日で、家でゴロゴロしていただけなので」

「でもその日、この近くで大変な騒ぎがあったのは覚えているでしょう？」

「……いえ」

「あれ、おかしいですね。その日の夕方、そこの角を曲がったところで火事があって、消防車のサイレンがずっと鳴り響いていたらしいですよ。ボヤで済んだんですが、気づかなかったですか？」

「……はい」

「消防車が三台も来て、大騒ぎだったので、気づかないはずはないんですが」

「……いえ、気づかなかったです」

「でしょうね。そんな火事、ありませんでしたから。いえ、ちょっとした冗談です。すみません」

危うくトラップに引っかかりそうになった。調子を合わせて「そういえばサイレンが鳴っていましたね」などと答えていたら、あの日、この部屋にいなかったことがバレてしまっていた。

「では、ありがとうございました」

竹中は頭を下げて、帰っていった。

竹中は景子を疑っていると思える。だが、実際のところはよく分からない。自分が犯人だから、自意識過剰になっているだけかもしれない。

ともかく冷静になることだ。

とは思うものの、竹中が心をかき乱してくる。会話のいたるところにトラップをしかけてくるあたり、もはや名人芸である。つい落ち着きがなくなって、よけいなことまでしゃべってしまいそうになる。

確か、現場主任と言っていた。でもたぶん、今は単独で動いているのだと思う。単独行動を許されている刑事か、あるいは勝手に単独行動している一匹狼タイプか。いずれにしても、頭脳明晰《めいせき》なのは間違いない。

並の刑事なら、芳樹逮捕であっさり終わっているのに。

「ねえ、景子」と俊彦は言った。「竹中刑事の話、意味分かった?」

「まあ、ある程度は」

「僕はさっぱり分からなかったよ。だから景子が竹中刑事と言い合っているのを見て、すごいなって思った」

あるいは、しゃべりすぎだったかもしれない。俊彦みたいにさっぱり分からないという顔をしていたほうが正解だった気がする。

「景子、お風呂《ふろ》わかして」

「あ、はい」風呂場まで行って気づいた。「あ、いやいや」

思わず忘れていた。もう別居しているのだ。

「じゃあ、私、帰るから」

それだけ言って、玄関に向かった。靴を履いて立ちあがったところで、俊彦が背後に来て、ふいに景子の手首をつかんだ。

そして力強く、自分のほうに引っぱった。

子供のような黒目がちな目で、景子をじっと見つめた。

「放して」と景子は言った。

俊彦は放さない。痛みを感じるほどの強さで、景子の手首をつかんでいる。

「放してよ」急に心臓がドキドキしてきた。

俊彦は素直に手を放した。

そのままずっと、そこに立っている。空港で旅立つ恋人を見送るように、寂しげな表情を浮かべている。

その顔を見て、またドキドキしてくる。このドキドキが恋なのか、それ以外の感情なのかは自分でもよく分からない。

景子は黙って玄関から出た。ドアを閉めた。

しばらくその場から動けなかった。

動けない理由も、自分ではよく分からなかった。混乱しているのか、それとも俊彦が追いかけてくるのを待っているのか。

手首に、俊彦の手の感触が、体温が、まだ残っている。

手首を強くつかまれたまま、「行くなよ」と言葉ではっきり言われていたら、私はどうしていただろうと思った。

4

別居をはじめて六日が経った。

いまだに俊彦から電話がかかってくる。たいてい、つまらない用事だ。別居の意味がまったく分かっていない。

もはや他人事《ひとごと》だけど、やはり心配になる。俊彦は、今月の家賃や光熱費をどうするつもりだろう。今後はすべて俊彦に請求がいくかたちになる。仕事をちゃんと探しているのだろうか。聞きたいけど、我慢している。本人が困っていたとしても、自立心を起こさせるために、あえて何もしない。

人のことより、自分のことだ。

過去を断ちきって、新しい人生をスタートさせるのが景子の望みである。

景子は仕事を終えて、自宅アパートに帰った。

玄関前に男が立っていた。竹中である。やはり一人だった。

「ああ、お帰りなさい、景子さん」

景子は足を止める。竹中は薄笑いを浮かべている。

「なぜここが？」と景子は言った。

「誰にも話していないのに、なぜ住所を知っているのかということですね。まあ、そこは警察ですからね」

　想像はしていたが、おそらく景子には警察の尾行がついているのだろう。

「私に、なにか？」

　声が震えた。ふいうちを食らって、少なからず動揺している。

「実は見てほしいものがあるんです。立ち話もなんなので、どこかで――」

「どうぞ」

　景子はドアの鍵《かぎ》をあけて、部屋に入った。

「では、失礼します」竹中も入ってくる。

　やかんでお湯を沸かして、お茶を淹《い》れる。少し時間を稼いで、落ち着こうと思った。湯呑《ゆの》みを二つ持って、竹中の前に座った。

　竹中はお茶をひと口飲んで、息をついた。

「申し訳ない。急にお訪ねしたりして」

「いえ。それで、見てほしいものってなんですか？」

「これは孝之さんを殺害したと考えられる犯人の写真です。景子さんの知っている人かどうか、確認してもらえますか」

　竹中は一枚の写真を向けてきた。景子はそれを受け取った。

　見覚えのない男が写っていた。

　画像が悪いため、顔ははっきりしない。二十代くらい。くわえ煙草で、ポケットに手を突っ込み、昔のヒッピーを思わせるような汚い服装をしている。髪が長く、髭《ひげ》を生やしている。本当に知らない男だった。

少しほっとした。警察は的外れなところを捜査しているらしい。

「いえ、知りません」

景子が写真を返すと、竹中はそれを見てわざとらしくのけぞった。

「あ、すみません。これは私の大学生のころの写真でした。ハハハ。でも、どうです。意外と男前でしょ、ねえ。警察の広報誌に載せるので、昔の写真を持ってくるように言われたんですよ、失敬、失敬」

その写真をスーツのポケットにしまって、もう一枚の写真を出した。

「こっちです。孝之さん殺しの犯人は」

女が写っていた。間違いなく、あの日の景子だった。

罠《わな》にはまった。一度安心したぶん、その反動で反応してしまった。写真から思いきり目をそむけてしまった。

あらためて写真を見つめなおす。

そこまで鮮明な写真ではない。景子は変装している。たとえばこの写真を俊彦に見せても、景子とは断言できないと思う。

どこで撮られたものかは分からない。だが、完全に夜であることと、景子が走っている様子なので、犯行後の逃走中のどこかだと思う。勝也のせいだ。逃走用の車が用意されておらず、現場付近をしばらくうろうろしたあと、走って逃げるしかなかった。そのときに映ったのだろう。

「この人が犯人だと断定されたんですか？」

「いえ。ですが、私は確信しています。というのも、あの日、美乃里さんが帰宅したとき、マンションの入り口でこの女とすれちがったというんです。はっきりと顔を見たわけではありません。この女は明らかに顔を隠していますしね。ただ、美乃里さんはあのマンションに長く住んでいますから、入居者のことはある程度把握しています。見かけたことのない女なので、印象に残ったのでしょう」

写真を持つ手が震えてきた。手が震えていることを竹中に悟られたくなかったので、写真を竹中に返した。

「美乃里さんに見せたら、この女に間違いないと言いました。マンションの住人全員に確認も取りました。誰も知らないということです。孝之さんが殺害された直後にマンションから出てきたわけですから、この女が犯人と考えていいと私は思っています。景子さん、この写真の女、知っていますか？」

「……いえ、知りません」

「そうですか」

竹中はじっと写真を見つめる。おや、という顔をした。

「あれ、この女、景子さんとちょっと似てるなあ。まゆげなんか特に。いや、髪の長さがちがうか。この女のほうが少し長いですね」

写真と景子の顔を交互に見比べて、竹中はしらじらしく笑った。

「おそらく勝也の女か、仲間でしょう。男ではなかったのが意外でしたが、今、勝也の交友関係を調べているところです」

「勝也さんに聞いたらどうですか？」

「いや、答えるわけないでしょ。勝也はまだ泳がせています。ですが、あとは時間の問題でしょ。私の勝ちです。これで刑事部長をぎゃふんと言わせてやりますよ。私は言ったんです。芳樹を犯人と断定するのはまだ早いって。なのに聞き入れてもらえず、逮捕しちゃったんですから」

竹中は、この写真の女が景子だと見抜いている。

終わったのだろうか。

いや、まだ分からない。この写真だけでは景子とは断定できないはず。史穂の死体もまだ見つかっていない。景子は、殺害現場に証拠品の類《たぐい》を残していない自信がある。あのとき身に着けていたものはすべて処分したから、家宅捜索に入られても問題ない。決定的な証拠はつかんでいないからこそ、こうして景子にプレッシャーをかけて、ボロを出させようとしている。

竹中がつかもうとしているのは、景子と勝也がつながっていて、事実上の交換殺人をしたという証拠だろう。景子が焦って、勝也に連絡を取るのを待っているのだ。二人の共謀の証拠をつかむために。

　今、口裏を合わせるために、景子から勝也に連絡を取るのはまずい。竹中は盗聴さえしている可能性がある。もう二十四時間、監視されていると考えていい。同様に、勝也も監視されている。問題は、勝也のほうがプレッシャーに負けて、慌てて景子に連絡を取ってくることである。

　こっちから行ってもダメだが、向こうから来られてもダメなのだ。勝也に、絶対に連絡してくるなと伝えることもできない。

　だが、あの勝也がそこまで頭の回る人間だろうか。

　やはり勝也の計画に乗っかった自分がバカだった。せめて逃走用の車をちゃんと用意できていたら、防犯カメラに映ることはなかったのに。

　竹中は言った。「くれぐれも勝也には内緒にしておいてください。この女に飛ばれたら厄介ですから」

　逆なのだ。竹中はそう言いつつ、むしろ景子が口裏合わせのために勝也に連絡を取るようにうながしている。普通の女なら、ここまで露骨なプレッシャーをかけられたら、焦って連絡してしまうだろう。

　だが、私はちがう。

「では、失礼します」

　竹中は立ちあがり、部屋を出ていこうとする。

「史穂さんはまず、殺されていますね」

竹中は突然、振りかえって、唇を曲げてにやりと笑った。

「あ、そうだ」

竹中はそれだけ言って、玄関から出ていった。

「家出ではなく、殺されたんです。問題はいつ、どこで、誰に殺されたのか。そして死体はどこに行ったのか、です」

「………」

竹中はそれだけ言って、玄関から出ていった。

景子はぐったりと体を横たえた。三十分くらいそうしていた。

深呼吸して、立ちあがる。カーテンの隙間から、窓の外を見た。警察の監視がついているはずだが、ここからは見えなかった。

竹中の狙いははっきりした。

完全に景子を疑っている。そして史穂の失踪《しっそう》と孝之の殺害を関連づけている。だが、決定的な証拠まではない。

今はとにかく動かないことだ。じっとしているしかない。

たった一人の部屋である。

明日《あした》、三十歳の誕生日をむかえる。だが、祝ってくれる人はいない。

床に腰を下ろし、体育座りをした。一人暮らしになってから、急に食事を作るのが面倒になった。フライパンや鍋《なべ》を洗うのが特に苦痛である。外食か、冷凍食品ですませてしまうことが多くなった。

突然、スマホが鳴った。まさか、勝也からかと思った。

おそるおそる画面を見ると、俊彦からだった。

「なんだ、俊彦か」電話に出た。「はい、もしもし」

だが、返事はない。

「もしもし、俊彦？　なに？　……俊彦？」

電波障害かと思ったが、息づかいは聞こえる。さすがは元夫婦である。電話の向こうで息をひそめているのが俊彦であることはなんとなく分かる。榊原家の御曹司は、息づかいも上品なのである。

「もしもし、俊彦、なにかあったの？」

警察から俊彦にアプローチがあったのだろうか。何も知らない俊彦からボロが出ることはないけれど。

「俊彦、黙っていたんじゃ分からないわよ」子供を諭すように言った。

「さっき……」俊彦の声だった。

「うん、なに？」

「さっき、佐久間から電話があって……」

「そう。佐久間さんから電話があって、どうしたの？」

「お母様から……、手紙が届いたって……」

「お母様？」

「……う、うん」

「それで、なんて書いてあったの？」

「まだ読んでない。佐久間も封を開けてないから。麴町の屋敷に、手紙が届いたって佐久間が電話してきたんだ」

「そう。それでどうするの？」

「……どうしよう？」

「どうしようって言われても」

俊彦の声が震えていた。これほど動揺するのは珍しい。俊彦は優柔不断ではない。むしろ決断力がありすぎて、景子に相談もなく勝手に決めてしまうことが多かった。こんなふうにおたおたするのは、逆にないことである。

「とりあえず読んでみるしかないんじゃない？」

「……うん、そうだけど」

「手紙は麴町の屋敷に届いたんでしょ。だったら、行って読むか、佐久間さんに封を開けて読んでもらうしかないんじゃない？」

「……うん」俊彦の声がかぼそい。「ねえ、景子。一緒に行ってくれない？」

「私が？　麴町の屋敷に？」

「……うん」

なぜ保護者みたいに付き添わなければならないのかと思う半面、気にもなってきた。なぜ失踪した母が、このタイミングで俊彦に手紙を書いたのか。道山の死後、榊原家にはいろいろあった。孝之の殺害と芳樹の逮捕は、テレビでも報道されていたから、真紀子が目にしていてもおかしくない。

もう一つ、気になっていることがある。

史穂の死体はどこに行ったのか。

勝也が親の車を利用して運びだした可能性が高いと思っていた。だが、勝也はもはやあてにならない。屋敷の敷地内に芳樹が探していない場所があって、今でもそこに隠されているのかもしれない。

竹中も史穂の死体を探しているはずだ。もしまだ敷地内にあるなら、竹中に見つけられるより先に、対処しなければならない。俊彦と別れたことで、あの屋敷に行くチャンスはなくなった。ちょうどいい口実になる。

景子は言った。「分かった。今から麴町の屋敷に行くわ」

麴町の屋敷に着くと、すでに俊彦は来ていた。

佐久間が玄関に迎えにきて、ダイニングに通された。あの長テーブルに封筒が置いてあって、そこに俊彦が座っていた。

俊彦は景子の顔をちらりと見て、うつむいた。少しやせたような印象を受けた。

景子は封筒を手に取った。まだ封は切られていない。

宛名は榊原俊彦になっている。裏に窪田《くぼた》真紀子と差出人の名前が書かれている。窪田は旧姓だったはずだ。住所は書かれていない。

消印は練馬《ねりま》区の郵便局である。この場所に心当たりはないという。

景子は言った。「お義父《とう》様は、寝室？」

佐久間が答えた。「あ、いえ、二日前に千葉県にあるホスピスに移ったので、今はこの屋敷にいません」

「あ、そうだったんですか。トキおばあ様は？」

「自分の寝室で、もうお休みになっています」

「この手紙が来たことは、他には誰に話したんですか？」

「俊彦様以外には話していません。ですが、真紀子様本人からの手紙と考えて間違いないと思います。筆跡が似ているので」

佐久間は一枚の書き置きを取りだした。かなり古い紙である。一度くしゃくしゃにして丸めた跡が残っていた。

『ごめんなさい。この屋敷での生活にもう耐えられません。探さないでください。子供たちのこと、よろしくお願いします。真紀子』

佐久間が言う。「真紀子様が家を出ていったときに残した書き置きです。トキ様が丸めて捨てたのですが、私が拾って保存しておきました」

確かに筆跡はよく似ている。

佐久間はこの書き置きと見比べて、間違いなく真紀子本人からの手紙と判断して、俊彦に連絡したという。

封筒には紙以外のものも入っているようだった。ゴツゴツした感触があって、ちょっと重い。封筒を俊彦の前に置いた。

「じゃあ、俊彦、開けてみたら？」

だが、俊彦は封筒に触れようとしない。まるで巣穴にこもって、蛇が通りすぎるのを待っているリスみたいに見えた。

俊彦は言った。「景子、開けて読んでみて」

「私が？」

俊彦はうじうじと肩をすくめ、目を伏せている。

男のくせにと思うが、意気地なしでは割りきれない側面があるのも事実である。六歳のときに生き別れた母から、俊彦からすれば自分を捨てた母から手紙をもらった息子の気持ちは、景子にはちょっと想像できない。

ためらっていても時間の無駄なので、景子は封を破った。

なかにネックレスと、四枚の便箋《びんせん》が入っていた。

まずはネックレスを取りだした。楕円《だえん》形の、赤い宝石がついている。ガーネットか、ルビーだと思うが、その光沢とサイズからいってかなり高価なものである。ただ、古いものという印象は受けた。

俊彦と佐久間が目を見合わせている。

俊彦は言った。「お母様のだ」

「はい」佐久間はうなずいた。「真紀子様のもので間違いないと思います。結婚の折、昌房様がプレゼントしたものです」

景子は言った。「つまり、私は本物だと言いたいわけね」

筆跡とネックレス、間違いなく真紀子本人からの手紙である。

「じゃあ、読むわよ」

景子は四枚の便箋を開いた。声を出して読みあげた。


『俊彦へ。

突然、手紙を送って、ごめんなさい。二十年以上も前に別れた母から、このような手紙をもらって驚いていることでしょう。

同封したネックレス、覚えているでしょうか。大事な式典に出るときに、私が必ず身につけていたものです。子供だったあなたが覚えているかは分かりませんが、佐久間さ

ん に聞けば分かると思います。

本当はあなたと連絡を取るつもりはありませんでした。私は三人の子供を捨てて、あの屋敷から逃げた愚かな母です。もう二度と子供たちとは会わないと心に誓って、一人で家を出ました。

実際にそうするつもりでした。でも、ダメですね。あなたが出演しているユーチューブの映像、見てしまいました。ひと目で俊彦だと分かりました。六歳のときの面影が、そのまま残っていましたから。

と同時に、あなたが生き生きと、楽しそうな仲間に囲まれて、元気に活動しているのを見て、ホッとしました。私はあなたを傷つけてしまったのではないかと、それだけがずっと気がかりでした。六歳の、甘えん坊だったあなたを捨てて母がいなくなったことが、心の傷になって、人生に暗い影を落としてしまったのではないかと。でも、杞憂《きゆう》でしたね。あなたは私が思うよりもはるかに強い子でした。道に迷うことなく、まっすぐ自分の人生を進んでいったのですね。

母としてはそれが一番うれしいことです。

今日、こうして手紙を送ったのは、あなたが私のことで誤解していることがあるのではないかと思ったからです。それならば誤解は解いておきたい。そのまえに、私が家を出ていった経緯について話さなければなりませんね。

もう二十年以上前のことですが、私にとってはつらい日々でした。今さら思い出したくないことばかりです。

どんな事情があれ、子供たちを捨てた事実には変わりありません。母として許されないことです。でも、あの屋敷で義母から受けた数々の仕打ちに、私はもう耐えられませんでした。子供たちを連れていくことはできませんでした。女一人で育てていく自信もありませんでしたし、当時、榊原家は政界や警察、そして裏社会と通じていました。もし私が子供たちを連れて家を出れば、特に長男である俊彦を連れていけば、榊原家の財力をもってどんな手段を用いてでも、居場所を特定されて捕まっていたでしょう。誘拐犯にさえされてしまいかねない状況でした。

私が挑むには、あまりにも巨大な権力でした。子供たちまで道連れにはできない。私にはきつく当たった義母も、子供たちに乱暴なまねをすることはありませんでしたし、屋敷に置いていくしかありませんでした。

義母との関係が悪かったのは事実です。榊原家にふさわしい嫁にしようと教育してくださっていたのかもしれませんが、私は義母が納得するような嫁にはなれず、その教育の一つ一つが拷問のようでした。

とりわけ跡取り息子の俊彦が生まれてからは、帝王学のようなものを身につけさせようと激しく干渉してくるようになりました。俊彦がアニメを見ただけでも、そのようなものを見せるなと、私が叩《たた》かれたこともありました。

当時、道山様と昌房様は、七星重工が倒産したあとで、新たな事業を立ちあげようと多忙をきわめていました。屋敷に帰ってくることもあまりありませんでした。私は自由な外出すら許されませんでしたから、あの屋敷で多くの時間を義母と差し向かいでいなければなりませんでした。

使用人はみんな義母の言いなりで、私はつねに監視されていました。ささいなことで叩かれたり、部屋に閉じ込められたりしました。外部と連絡を取ることさえできない状態に置かれ、このままでは精神的に決壊してしまうところまで追い込まれていました。一人で逃げだすしかなかったのです。

私はひとまず知人の家に身を隠しました。幸い、榊原家は私を探しはしなかったようです。しばらくして落ち着いてから、仕事を見つけ、一人での生活をはじめました。

それから長い年月が過ぎました。今はもう心も落ち着いています。

最近になり、義弟であった孝之様が殺されたというニュースを報道で見ました。子供たちのことが心配になり、居ても立ってもいられなくなって、人に頼んで榊原家のことを調べてもらいました。

道山様はもう亡くなったのですね。トキ様も認知症が進んでいるとか。そして昌房様ももう長くないと聞きました。

憎しみが残っていないといえば、嘘になります。

ですが、あれから時間も経ちました。いずれ、みんな死にゆく身であり、すべては過去のことです。私の人生は、もう役割を終えたようなものです。今は過去がどうあれ、子供たちが幸せになることを祈るばかりです。

誤解してほしくないのは、私は榊原家に対して抱いていた憎しみを、とうに水に流しているということです。ですから、俊彦までその憎しみに引きずられて、判断を誤ることがないようにしてほしいのです。

今、私が願うのは、俊彦、そして史穂と凜の三人の子供たちが、何にも縛られることなく、それぞれに生き甲斐《がい》を見つけて、自分の人生の道を進んでいくこと、その先で幸せを手にしてほしい、ただそれだけです。

家を出たという史穂も、いずれ何かを見つけて、戻ってくることでしょう。凜はすでにそれを見つけているようです。そして俊彦の夢は、ケン玉で世界チャンピオンになることなのですね。もしそうなれたら、母としてこれほど喜ばしいことはありません。もちろんいばらの道でしょうが、きっとあなたのなかに流れる榊原家の血が、過酷な挑戦をさせるのかもしれませんね。

そして榊原家二十代当主となったあなたが、華々しい舞台に立って、脚光を浴びる日が来ることを母として切望してやみません。

遠い場所から、俊彦のことを想い、応援しています。

どうか昌房様には、母からあなたに手紙を書いたことは内緒にしておいてください。死のまえに混乱させたくありません。昌房様が穏やかな死を迎えられることを祈っております。なにより私はもう、あの人の妻ではないのですから。』

「母、真紀子より。ということだけど」

景子は手紙を読み終えて、便箋をたたんだ。

俊彦はしょんぼりと椅子に座っている。佐久間は黙して立っていた。

景子は言った。

「真紀子さんは、榊原家が廃家になることを知らないみたいね。普通に俊彦が当主になると思っている。まあ、当然か。人に頼んで調べてもらったって書いてあるけど、遺言の内容までは知らないんでしょうね」

おそらく孝之殺害のニュースを見て、興信所にでも調査を依頼したのだろう。それで史穂の失踪《しっそう》や俊彦のユーチューブを知って、実際に動画で俊彦の顔を見て、矢も楯《たて》もたまらず手紙を書いたものと思われる。

「でも、どこに住んでいるんだろう。練馬区にいるのかな」

佐久間が言った。「確か、出身は茨城だったはずですが」

景子がふと見ると、俊彦は声をあげずに泣いていた。というか、ぐずっている。目に涙をためて、洟《はな》をすすっていた。

「俊彦？」

景子が呼びかけると、俊彦は顔をあげた。

「届いていたんだ……」

「僕のユーチューブ、ちゃんとお母様に届いていたんだ」

佐久間がティッシュの箱を持ってきて、俊彦に差しだした。俊彦は三枚引き抜いて涙を拭《ぬぐ》い、さらに三枚引き抜いて洟をかんだ。ティッシュを無駄づかいするのも、俊彦がこの屋敷で培った習慣の一つである。

「ん？」

佐久間が言った。「やっぱりケン玉はお母様のためだったんですね」

俊彦はうなずいた。

「うん、なんでもよかったんだ。僕がどんな世界でも有名になれば、お母様の目に届くんじゃないかと思った。そしたら連絡をくれるんじゃないかって。それならユーチューブでやればってマサさんに勧められて、やることにしたんだ。有名になれるなら、ダンサーでもゲーマーでもよかったんだ。ケン玉だったのは、自分にできることのなかでもっとも世界一になれる確率が高かったからで」

「そうだったんだ……」景子はつぶやいていた。

単にケン玉が好きなのだと思っていた。そんな意図があったなんて知らなかった。佐久間は気づいていたことになる。

景子は言った。「で、凜さんには伝える？　お母様から手紙が来たことを」

「いや、黙っておこう。手紙は僕宛てに来たものだし、凜宛てには来ていないことを知ったらショックを受けるかもしれないから。お母様なりに、すでに名を成している凜には遠慮したのかもしれない。そのときが来たら、お母様の意志でちゃんと凜宛てに手紙を書くだろう。だから今は内緒にしておこう」

俊彦は突然、立ちあがった。ライオンのように雄々しく胸を張った。

「それより、佐久間」

「は、はい」と佐久間は言った。

「僕は榊原家の家督を継ぐよ。お父様にそう伝えてくれ」

「えっ、あ、はい」

「それから僕は、今日から二十代当主としてこの屋敷に移り住む」

「分かりました。では、そのまえに、まず陣内様に連絡いたします」

「そうして」

その顔は、もう涙でぬれていなかった。家来に切腹を申しつけるように、厳しい声で言い放った。すでに殿様づらである。

佐久間は電話をかけるため、慌ててダイニングを出ていった。

俊彦が家督を継ぐ。

景子がずっと夢見ていたことが、たった今、現実になった。すなわち億を超える遺産がふところに転がり込んでくる。

いろんな感情が一気に駆けめぐった。

俊彦の相続放棄宣言から、すべての歯車が狂いだした。そのせいで史穂を殺し、孝之を殺し、狂いに狂って、一周回って元に戻った。

と同時に、ぞっとした。私はもう、俊彦の妻ではないのだ。

「ね、ねえ……、俊彦」

「ん？」

「あ、あの、離婚届は？」

「離婚届？　ああ、あんなもの、破り捨てたよ」

「えっ」

「離婚なんかしない。景子は一生、僕の妻だ」

俊彦はまっすぐ景子を見つめた。

「僕は今日から榊原家の当主だ。ケン玉はもうやめる。お母様は僕のことをちゃんと見ていてくれたんだ。これからはこの家の再興に人生を捧《ささ》げる。没落したこの家を、僕が立てなおす。どうか景子は、妻として僕を支えてほしい」

「は、はい」自然と返事していた。

榊原家の神霊が降りてきて、俊彦に憑依《ひょうい》したのかと思った。

まるで人間が変わっていた。顔つきや言葉づかいも幼稚さが消えて、殿様としての貫《かん》禄《ろく》が出ている。

「この屋敷も売らない。ここを担保にしてお金を借りて、事業を立ちあげる。そして、いつかお母様をこの屋敷に迎え入れる」

「はい……」

「失ったものを取り戻すんだ」

まるで嘘みたいだった。

これまでの努力はすべて無駄だった。鍵《かぎ》は、母だったのだ。母からの手紙によって、閉ざされていた俊彦の心の扉が開いた。

私は、俊彦のことを何も分かっていなかった。

5

麹町の屋敷で、誕生日の朝をむかえた。

三十歳になった。

昨日はそのまま屋敷に泊まった。昨夜、俊彦の部屋で、つまり史穂が死んだ部屋で、久しぶりに俊彦に抱かれた。

寝ようと思って明かりを消したら、俊彦が景子の布団に入ってきた。景子は黙って受け入れた。母からの手紙をもらって気が高ぶっていたのか、あるいは久しぶりのセックスだったからか、俊彦はやけに荒々しかった。女に配慮しない乱暴な抱き方だったが、不思議といやではなかった。

陣内が屋敷に来たのは、午後になってからだった。

昨夜、佐久間から電話をもらい、朝一番で家を出たという。千葉県にある昌房のホスピスに行って、話をまとめてから麴町に来た。

陣内は言った。

「昨晩、佐久間さんから電話をもらって驚いたよ。家督を継ぐのをあれほどいやがっていたのに、何があったんだい？」

「気が変わったんですよ」俊彦は微笑みかえした。

「まあ、とにかくよかった。昌房さんも喜んでいた。というか、安心したんだろうね。伝統に従って、長男にバトンを渡せたんだから。昌房さんも好き好んで廃家にしようと思ったわけじゃないんだよ」

母から手紙が来たことは、内緒にすることに決めていた。陣内に話せば、口止めしても昌房に伝わってしまう可能性があるからだ。

「景子さん、ちょっといい？」陣内は言った。

「あ、はい」

陣内は俊彦と距離を取ってから、小声で言った。

「肝心の相続内容だけど、まえにも話した通り、最初の遺言状に戻ることになる。ただし、あのときと異なるのは孝之さんが亡くなっていることだ。普通であれば、勝也が代襲相続することになるけど、昌房さんはことのほか勝也を嫌っている。そこで勝也を相続人から外すように言われた」

「えっ」景子は思わずつぶやいた。

「あとで詳しく説明するけど、相続廃除の手続きをしてくれと。つまり勝也に榊原家の財産を相続するのにふさわしくない非行があることを立証して、家裁に相続廃除を認めてもらうことになる。彼には二度の逮捕歴がある。一度目は酔っ払っての喧嘩《けんか》、二度目はあおり運転での暴行だ。いずれも和解が成立して、起訴はされていない。でも榊原家の名誉を傷つけたのは間違いないから、廃除の理由としては成立するだろう。彼が廃除されれば、相続人は俊彦くん、凜ちゃん、史穂さんの三人。史穂さんが見つからなければ、その分は二人で半分に分けるように、とのことだ」

「いや、ちょっと待ってください。私も相続法については少し勉強しましたけど、それは無理じゃないですか」

陣内はにやりと笑った。

「ああ、無理だ。本来はね。孝之さんの相続分の二億五千万は、道山様が亡くなった時点で確定している。今さら廃除はできない。だから裏技を使う」

「裏技？」

「まあ、見ててよ」

陣内はがぜん張りきっていた。

孝之の遺言状を偽造するつもりかもしれないと思った。そこに勝也を相続廃除することを明記しておく。美乃里をうまく抱き込めば、やってやれないことはない。それでうまくいくかどうかは分からないが、陣内にしてみればイチかバチかでもいいのだ。もう実質的に弁護士としての活動はしていない。だから偽造がバレて、弁護士資格を剝奪《はくだつ》されたってかまわない。

俊彦が翻意したのは陣内のおかげではないので、報酬を支払う必要はない。ただ、陣内はどんな手段を用いてでも勝也を相続廃除させて、俊彦の取り分を増やしたうえで、しかるべき報酬を要求してくるはずだ。

それはいいとして、問題は勝也である。

相続廃除されたら、一円も入ってこない。そのとき、どう出てくるか。

景子としては、勝也が代襲相続を受け取って大人しくしてくれるほうがいい。とすれば、俊彦をうまく動かして、勝也をかばうような措置も必要になってくる。

まだ遺産を受け取ったわけではない。竹中から逃げきったわけでもない。信長を討ち取っても、三日天下に終わったら意味がない。

戦いはむしろここからだ。

陣内は言った。「ここに来る途中、偶然だけど、勝也から電話がかかってきたよ。すぐに遺産を受け取る方法はないか、とね。頭に来たから、相続廃除する方針だと伝えたら、わめきだした。電話を切って着信拒否にしてやったがね」

陣内はせせら笑った。

そのあと凜が訪ねてきた。仕事が終わってから来たという。

「お兄様、家督を継ぐって本当？」

「ああ、凜。本当だ」

「なぜ急に気が変わったの？」

「気づいたんだよ。それが僕の宿命だということに」

俊彦は犬歯を見せて、凜に微笑みかえした。凜は景子に視線を向けた。なにか言いたげに見えたが、何も言わなかった。

俊彦は言った。「それでみんなに相談があるんだけど、僕はできればこの屋敷を残したいと考えているんだ。そのための知恵を貸してくれないだろうか」

さすがは俊彦である。世間知らずなので、いざというときに知恵が出てこない。まわりに「どうしたらいい？」と聞くだけだ。

陣内が言う。「俊彦くん、この家に現金はもういくらもない。この屋敷は、税金もふくめて維持費がかなりかかる。トキ様の介護費用もいる。このままだと近い将来に貯金は底をつくだろう。あとはこの屋敷を売るか、担保に入れて借金するしかない。でも借金するにしても、返済のめどがないから、結局は売ることになる。それなら先に売ってしまったほうが得だと思うが」

「なぜ、この屋敷を残したいの？」と凜が聞いた。

俊彦は答えなかった。

俊彦はこの屋敷に母を呼びたいのだ。いずれ昌房とトキが死んだら、この屋敷に母を呼びよせて、母との失われた二十四年間を取り戻そうと思っている。榊原家の再興は建前にすぎず、そっちが本音だと思える。

結局、この件については結論が出なかった。

夕方になる。

みんな長テーブルに集まって、陣内を中心に今後の相談をしていた。

佐久間は軽食を用意したり、トキの介護に戻ったり、忙《せわ》しなく動いている。トキは、道山が死んだ五ヵ月前より、ますますやつれている。この様子では、そのうち食事も排《はい》泄《せつ》も自力ではできなくなるだろう。

俊彦や凜は、介護を手伝おうともしない。介護をする佐久間を気づかいはするが、トキにはまったく情がないように見える。

日が暮れて、突然、勝也が現れた。ダイニングに来るなり、まっさきに陣内につかみかかっていく。

「陣内、てめえ。やっぱりここにいやがったか」

「ちょ、ちょっと、君」

「着信拒否しやがって。なめんじゃねえぞ。相続廃除ってどういうことだよ」

「は、放せ」

「なめた真似しやがったら、ただじゃすまさねえぞ」

勝也は陣内の胸ぐらをつかみ、容赦なく引きずり倒した。七十歳近い陣内は、空のペットボトルみたいに簡単に床に倒れた。

「勝也くん、やめないか」

俊彦が間に入った。佐久間も駆けつけてきた。俊彦と佐久間で、勝也をはがいじめにして引き離した。

陣内は起きあがって言った。「相続廃除は、私が決めたことじゃない。私に文句を言われても困るね」

「そんなこと認めねえぞ」勝也が叫ぶ。

「認めるかどうかは家裁が決めることだ。文句は家裁に言いなさい。こちらは君の非行の証拠をそろえて提出するだけだ」

「どうせ捏造《ねつぞう》するつもりだろ」

「ハッ、捏造などしなくても、君に不利な証拠ならいくらでもある。君にだって身に覚えがあるだろ」

「うるせえ！」

「しかし、君もたいしたタマだな。父親が殺されたばかりだというのに、さっそく遺産をよこせとはね」

ふたたび勝也が陣内につっかかる。いや、むしろ陣内のほうが近づいていった。俊彦と佐久間が止めに入って、もみくちゃになった。

景子は干渉せず、離れたところに座っている。凛もそうしていた。

勝也が陣内を殴った。陣内は大げさに転がった。

「警察を呼んでくれ！」陣内が叫んだ。

最悪の展開である。これで勝也は相続人の資格を失ったも同然だ。

景子は相続法に詳しい。

民法八百九十一条。詐欺や強迫によって被相続人の遺言を妨害した者は、相続人の資格を失う。この場合、陣内が遺言を執行する者なので、その陣内を殴ったり脅したりすれば、それで相続欠格となる。

むしろ陣内は、わざと勝也を怒らせて、みんなの見ている前で殴らせたのだ。陣内が何を企んでいるのかは分からないが、勝也に対する裁判所の心証は最悪だ。これで手続きをすんなり進められる。

勝也はまんまと陣内の術中にはまっている。

問題は、それで勝也がどう出るか。

今度は景子が脅迫されることになりかねない。景子と勝也は共犯関係にある。景子が孝之殺しで逮捕されれば、勝也も共犯で逮捕される。だから本来、景子を脅迫できる立場にはないのだが、そういう理屈が通用する相手とも思えない。自暴自棄になったら、何をしでかすか分からない。

ふと、凜の視線を感じた。目が合うと、凜が笑った。

「何がおかしいの？」と景子は言った。

「いえ」凜は微笑んだまま、視線をそらした。

四人の男がもみあっていて、二人の女が冷めている。

とはいえ、景子と凜ではあらゆる条件がちがう。史穂に対する苛立《いらだ》ちとは、また別の苛立ちを感じた。史穂に対しては同質なものと競いあうイライラだが、凜に対しては異質なものへの嫉妬《しっと》もふくんだイライラである。

突然、目の前のテーブルが平手で叩《たた》かれた。勝也だった。

「よう、姉さんよ」勝也は景子に顔を近づけた。「なに、すました顔してんだよ」

「は？」景子は勝也をにらみかえした。

「は？　じゃねえよ。なあ、俺たち、一時は同盟を結んだ仲だろ。一緒に芳樹さんをおとしいれようって相談したじゃねえか。てめえだけ遺産をもらって、あとは知らねえって、それはねえんじゃねえか」

血の気が引いた。勝也は興奮していて、何を言いだすか分からない。代襲相続できるように口添えしろと、暗に訴えているのだろうか。だが、相続廃除に関しては昌房と陣内が進めていることなので、景子の力がおよぶところではない。

第一、こんなところで大暴れしたところで、状況がよくなるわけもないのに、そんなことも分からない愚か者に何を言えばいいのだろう。

「何を言っているのか、よく分からないけど」

「しらばっくれてんじゃねえよ。そんな女じゃねえだろ、てめえ」

勝也がいきりたって景子の肩口をつかもうとした瞬間、俊彦が前に進みでた。勝也の手首をつかんで、ひねりあげた。

「景子に乱暴なまねをするな。君でも許さないぞ」

王子様のような、凛々《りり》しい声だった。

勝也が少しひるんだのが分かった。少なくともこのなかで唯一、自分に味方してくれる俊彦を敵に回すのはまずいと思ったのだろう。

ふたたび勝也は陣内に向かった。

「こっちは親父を殺されてんだぞ。慰謝料を払えよ」

「それは芳樹くんに請求するんだな」

「芳樹は、史穂の旦那《だんな》だろ。だったら史穂に支払われる遺産を俺によこせ」

「むちゃくちゃだな。君は少し社会勉強をしたほうがいい」

「なんだと！」

また喧嘩《けんか》になる。陣内が殴られて、倒れた。

陣内は唇を切って出血していた。俊彦と佐久間が勝也を押さえているすきに、携帯電話を取りだして警察に通報しようとした。

そのとき、気配がした。

ダイニングの入り口に、芳樹が立っていた。

「あ」と景子が言うと、全員の視線がそっちに向いた。逮捕されているはずの芳樹が現れたことで、みな唖然《あぜん》として、争いをやめた。

陣内が言った。「芳樹くん……、どうしてここに？」

その後ろから、すっと竹中が現れた。

「これはみなさん、おそろいで」

「竹中さん、いったいどうしたんですか？」

「やあやあ、お取込み中、申し訳ありません。大丈夫ですか、陣内さん。唇から血が出ていますよ。ちょうどいいタイミングでしたな。榊原勝也、君を傷害の現行犯で逮捕する。おい、連れていけ」

竹中の後ろから、ぞろぞろと刑事が入ってきた。

若い刑事が数人、勝也を取り囲んだ。勝也は抵抗するが、あっさり床にねじ伏せられて、手錠をかけられた。そのまま連行されていった。

「なぜ芳樹くんがここにいるんですか？」と陣内が言った。

「釈放されたからです」と竹中が答える。「容疑が晴れましたから」

「えっ。というと、誰が孝之さんを殺したっていうんですか？」

「それをこれから捜査するんです」

竹中は令状を開いて見せた。

「今からこの屋敷を家宅捜索します。みなさん、ここに集まっていてください。それじゃあ、手はず通り、はじめて」

竹中が言うと、捜査員がいっせいに動きだした。ざっと見て、三十人はいる。すでに日が暮れているので、庭に投光器まで持ち込まれている。

「何をはじめるんですか？」と陣内が言った。

「史穂さんの遺体がこの屋敷内にあることが濃厚になったんです」

「史穂さんの遺体？　誰が殺したっていうんですか？」

「うるさい人だねえ。あとで説明しますから、ここにいてください。この広い屋敷を捜索するんですから、ちょっと時間はかかります。なにせ大富豪の屋敷ですから、税金逃れのための隠し部屋があるかもしれませんからね」

かなり長い時間、ダイニングで待たされた。

竹中はまず芳樹を連れて、どこかに行った。しばらくして佐久間を呼んだ。その他はずっと長テーブルに座っていた。

見張りの警官がいるので、私語もできない。一度トイレに行ったが、そのときも女性警官がついてきた。

二時間が経ち、やっと竹中が芳樹と佐久間を連れて戻ってきた。

「お待たせしました」

竹中は言って、全員を長テーブルに座らせた。

「では、私のほうから説明させていただきます。まず孝之さん殺しから。警察はこれを芳樹さんの犯行と考えて逮捕したわけですが、今は完全に否定されています。では、誰が殺したのか。孝之さん殺しの犯人は、勝也です。動機はもちろん代襲相続を狙ってのことです。しかし勝也には完璧《かんぺき》なアリバイがあり、実行犯ではありません。つまり誰かに殺害を依頼したと考えられます。

問題は何によってか。金銭を報酬として依頼したとは考えにくい。今の時点で、勝也にそんな大金はありません。遺産が入ったらという後払いで、殺人を請け負う人間がいるとも思えません。勝也に女がいて実行させたという線も考えられましたが、これも念入りな捜査の結果、否定されました。

私は最初、これは交換殺人だったのではないかと考えました。つまり史穂さんは殺されている。勝也には共犯者Xがいて、史穂さんを殺したかったXと、孝之さんを殺したかった勝也が共謀して、それぞれ殺す相手を交換したのではないか。そう考えると、話の筋が通ります。

ただし、史穂さんを殺したのが勝也とは考えにくい。史穂さんが殺されたのは、十月十八日午後二時から六時のあいだと考えられます。場所は、おそらくこの屋敷内。犯人はそのときここにいた人物です。名前を挙げますと、トキさん、昌房さん、孝之さん、美乃里さん、俊彦さん、景子さん、凜さん、陣内さん、佐久間さん、そして勝也。このなかの誰かです。

もしあらかじめXと勝也とのあいだに交換殺人の密約があったのなら、勝也がこんな状況で史穂さんを殺すのは不自然です。なぜこんな容疑者が絞られる状況で殺すのか。

この屋敷から死体を外に運びだすのも難しい。失踪《しっそう》に見せかけるにしても、死体の処理もふくめて、他にもっといい方法があったはずです。

なにより少なくとも交換殺人なら、勝也が史穂さんを殺すのはXにアリバイがあるときでなければならないはずです。しかし史穂さん殺しに完璧なアリバイがあるのは芳樹さんだけ。先ほども言ったように、芳樹さんはX、すなわち孝之さん殺しの犯人ではないことは分かっています。

私は、史穂さん殺しに関しては、不慮の事故だったのではないかと考えます。つまりXは史穂さんを誤って殺してしまった。衝動的な殺人なのか、傷害ないし過失致死なのかは分かりません。ともかく殺してしまった。死体が見つかれば、Xが犯人だと即座に分かる状況だった。そこに勝也が現れる。勝也が死体を隠して、失踪に見せかけることでXを助けた。そのかわり、Xに孝之さんを殺すように依頼した。つまり、やや変則的なかたちですが、交換殺人が成立したことになります。

さて、このように考えますと、Xの条件は、第一に史穂さん殺しに関して、そのとき屋敷にいた人物であり、第二に孝之さん殺しに関して、その時刻にアリバイのない人物ということになります。

孝之さん殺しの犯行時刻は正確に分かっています。午後八時一分です。

第一の条件で、芳樹さんが外れる。第二の条件で、そのときユーチューブの撮影で仲間の家にいた俊彦さんはアリバイあり。自宅マンションの防犯カメラに映っていた陣内さんもアリバイあり。仕事中だった凜さんもアリバイあり。トキさん、昌房さん、佐久間さんは、トキさんのかかりつけ医がその日、麴町の屋敷を訪れていて、三人を目撃しているのでアリバイあり。犯行直後に帰宅した美乃里さんもアリバイあり。つまりアリバイがないのは景子さんだけです」

ここにいる全員の視線が、景子に向いた。

「そんな……。私が犯人だというの？　根拠のない憶測でしょ」

めいっぱい演技でごまかした。

まだ詰んでいない。具体的な証拠の提示はない。状況証拠に基づく推理にすぎない。あとでいくらでも反論できるはずだ。

見苦しくても、まだ戦う。並の人間なら、ここまでプレッシャーをかけられたら自白してしまうだろうが、私はちがう。

竹中は言った。「ええ、根拠のない憶測です。ですが、あとはこの家宅捜索の結果が語ってくれると思いますよ。そうそう、犯人の写真。昨日見せたものより、もっとよく写っているのを見つけたんです」

竹中は一枚の写真を取りだした。

間違いなく、あの日の景子だった。どこで撮られたものかは分からない。画像がクリーンアップされていて、かなり鮮明に写っている。だが、変装はしている。これだけで景子と断定できるとは思えない。

「これは一ノ割駅の防犯カメラの映像です。犯人はわざわざ春日部駅の一つ手前で降りたんですね。これから孝之さんのマンションに向かうところです。人を殺すために。見てください、景子さん。この女の邪悪な顔を」

「…………」

「どうですか、そろそろ自白する気になりませんか？」

「なんのことだか、さっぱり分かりません」

「たいしたタマですな。私も長く刑事をやっていますが、これほど肝っ玉のすわった殺人犯には出会ったことがありません」

「なにか勘違いをしているんじゃありませんか、竹中さん」

「まあ、いいでしょう。史穂さんの死体は、この敷地内にあるはずなんです。史穂さん殺害のとき、勝也はバイクで来ています。バイクでは死体を運べません。ちなみに孝之さんの車のトランクに死体を入れて運びだした可能性もありません。帰るとき、美乃里さんがトランクを開けて荷物を入れているからです。芳樹さんによれば、史穂さんが失踪したあと、屋敷内も庭もすべて調べたということです。死体を外に運びだすチャンスは、その日の午後二時から六時のあいだだけ。史穂さんの殺害が不慮の事故だったことを考えれば、死体を外に運びだす時間的な余裕も手段もなかった。とすれば、可能性は一つ。芳樹さんが調べていない場所、おそらく隠し部屋のようなものがあって、そこに死体は隠されている。それが出てくれば、すべてはっきりします」

隣にいる俊彦が、じっと景子の顔を見つめている。どんな表情をしているのか見るのが怖くて、俊彦に顔を向けられなかった。

刑事が一人入ってきて、竹中に耳打ちする。

「分かった。今、行く」

竹中は言って、全員に顔を向けた。

「史穂さんの殺害場所が分かりました。俊彦さんの部屋です。床に大量の血が流れたようです。血液反応が出ました。比較的新しい血液ということなので、史穂さんのものと考えて間違いないでしょう。では、みなさんも参りましょう」

竹中が先頭を歩いた。全員が立ちあがり、竹中のあとについていく。景子はもっとも遅れて席を立った。俊彦が景子のそばに寄り添っている。

二階にあがり、俊彦の部屋に入った。

部屋のカーテンを閉めて、明かりを消した。暗闇のなか、特殊なライトを当てると、血の跡が緑色に光って見えた。

雑巾《ぞうきん》で拭《ふ》きとった跡がはっきり残っている。

それから部屋の外に死体を引きずっていったのだろう。血の跡も引きずられて、部屋の外へと続いていた。

竹中は言った。「死体を引きずっていったようですね。跡を追ってみましょう」

緑色に光る血の跡を追っていくと、二階の突きあたりの壁にぶつかった。

そこにアンティークのキャビネットがある。なかに年代物の西洋人形や陶器が入っている。キャビネットの上に花瓶があり、造花がささっていた。この造花は、景子が初めてこの屋敷に来たときから飾ってある。

「ここは……」と凜は言って、佐久間の顔を見る。

佐久間が言った。「そうですね。ダストシュートがある場所です」

竹中が言う。「ダストシュートとは？」

「古い屋敷なので、ダストシュートがついているんです。今はもう使っていないので、こうしてキャビネットを置いて隠しているのですが」

「これ、どかしてくれ」

竹中が部下に命じた。二人の刑事がキャビネットを持ちあげてどかすと、壁にダストシュートが現れた。

佐久間が言う。「昔は取っ手がついていて、引くことができたのですが、もう使わないので外してあるんです」

竹中はボールペンの先端をダストシュートの隙間に突っ込んだ。テコの原理で、ダストシュートの投入口を開いた。

なかに顔を入れて、匂いを嗅《か》いでいる。

「匂いはないな」

佐久間が言った。「匂いがあがってこない構造になっているんです」

「出口はどこですか？」

「建物の外側です。昔はこのダストシュートにゴミを落として、外にある焼却炉で燃やしていました。ですが、近所の苦情もあって、今は焼却炉自体、撤去してありますし、ダストシュートも使っていません。出口はコンクリートを塗ってふさいであります。もう二十年以上前だと思いますけど」

「ここにダストシュートがあることを知っているのは？」

「私とトキ様、昌房様、孝之様くらいだと思います。あ、でも凜様と勝也様は知っていたはずです」

凜が言う。「子供のころ、勝也と遊んでいて、たまたま見つけたんです」

「はい。このキャビネットを動かして、二人で遊んでいたんです。そのときはまだ取っ手がついていました。子供がダストシュートに落ちたら危ないので、開閉できないように取っ手を外したんです」

竹中は言った。「つまり、勝也は知っていたんですね。では、そのダストシュートの出口があった場所に案内してください」

今度は佐久間の先導で歩いた。外に出て、屋敷の裏側に回った。そこの壁に、微妙に色のちがっている場所があった。

佐久間が指さした。「ここです」

竹中は言った。「では、みなさんはこちらへ。壁を壊しますので」

庭の離れた場所に移動させられた。

屋敷の裏側に投光器が運ばれ、ドリルを持った捜査員が走っていった。しばらくしてコンクリートを削る音が聞こえてくる。

その音と振動が、自分の心をえぐっていくように感じられた。

十分ほどで作業は終わったようだ。

竹中が歩いて戻ってきた。

「ダストシュートから、史穂さんの死体が発見されました。腐乱がひどいので、見ないほうがいいでしょう。これで確定しましたね。史穂さんを殺したのは、景子さん、あなたです。場所は俊彦さんの部屋、そして死体をダストシュートに放り込んだのは勝也です。では、景子さん、署までご同行願えますか？」

みなが棒立ちで、景子の顔を見ている。

景子は立ち尽くしたまま、動けなかった。

もう終わったのは間違いない。

二人、殺した。

まさか自分が殺人を犯すことになるとは思わなかった。

本当に信じられない。自分を善人だとは思わないが、少なくとも自分の人生で他人の命を殺《あや》めるようなことが起きるとは思いもしなかった。

俊彦のせいだ。

「僕は遺産相続を放棄します」

俊彦が宣言したあの瞬間から、すべてが狂いだした。

俊彦が遺産相続を放棄したりしなければ、ずっと従順な妻でいられたのに。自分のなかの醜い部分をさらけだすことなく、いられたのに。

俊彦のせいだ。

「待ってください、刑事さん」俊彦が景子の前に進みでた。「何かの間違いですよ。景子が犯人なわけありません。史穂お姉様を殺して、孝之おじ様を殺したなんて、そんなわけないじゃないですか。景子はゴキブリ一匹だって、殺せないんですよ。どうして人間が殺せるっていうんですか」

なんの論理性もない抗弁。俊彦らしいと思った。無邪気に妻を信じているだけで、妻を守る術《すべ》をなにひとつ持たない夫である。確かに景子はゴキブリを殺せない。だが、それは心が清らかだからではなく、虫が大嫌いだからだ。新聞紙で叩《たた》いて殺すのはいやだが、ごきぶりホイホイでなら殺せる。

孝之を殺したときも、良心の呵責《かしやく》などなかった。

その気になれば、自分のためならば、躊躇《ちゆうちよ》なく人を殺すことができる人間なのだと自分でも思う。

俊彦は、景子のことを何も知らない。

「僕の愛する景子は、人を殺したりなんかしません」と俊彦は言った。

その言葉を聞いた瞬間、全身の力が抜けた。

「もういいから、俊彦」俊彦の腕を引いて止めた。

「もういいって、何が？」

「竹中さん、行きましょう、警察署に」

「景子、いったいどうしたんだ？」

「どうしたもこうしたもないのよ。竹中さんが言ったことがすべて」

「誰かをかばっているのか？」

「誰もかばってないわよ。あなたは何を聞いていたの？　もう言い逃れできないから、あきらめて観念しただけ」

「ちょっと待って。陣内さん、景子は行く必要ないですよね」

陣内が答えた。「まあ、逮捕状が出ているわけじゃないからね」

景子は首を横に振った。

「俊彦は何も分かっていない。いや、私も俊彦のことを分かっていなかった。結婚して七年、もう八年になるか。ずっとあんな狭い部屋で一緒に暮らしてきたのに、おたがい何も分かっていなかった。ここ半年は本当に驚かされることばかりだった。私の知らない俊彦が次々と出てくる。俊彦はそんなことを考えていたんだとか、そういうことだったんだとか、そんなことばかり。

そして俊彦、あなたも私のことを何も知らない。これから私が裁判を受ける過程で、私がしたことを知って、私の本当の姿を知って、きっと驚くでしょうね。私は強欲で、面の皮が厚い、冷酷な女なの。逆に俊彦は純真で、無知で、無力な男。たぶん最悪のカップルだった。出会うべきじゃなかった。私はあなたがお金持ちだと思ったから近づいたの。あなたがいずれ受け取るであろう遺産を目当てに結婚したの。知らなかったでしょ。私はそんな自分の本性を知られないように、俊彦の前では何枚も何枚も仮面をかぶって、感情を殺して、表情を殺して、じっと息をひそめて、従順な妻を演じてきた。ひどい……、ひどい結婚生活だった」

俊彦に顔を向けた。

「別れましょう、今度こそ、本当に」

俊彦の顔を見られなかったので、その足元に視線を落とした。

「でも、俊彦、ありがとう。昨日、私に言ってくれたこと。女はうれしいものよ。私のような人間でも、あんなふうにまっすぐ、言葉で愛を伝えてもらえたら。心がチーズみたいにとろけた」

竹中に目で合図を送った。

「それじゃあ、行きましょう。竹中さん」

景子は歩きだす。俊彦に背を向け、陣内と芳樹、凜と佐久間のあいだを通り抜けて、表門に向かった。みなの視線を背中に感じたが、それさえもすでに自分にとって過去のもののように感じられた。

二度と振りかえらなかった。

竹中のあとについて、敷地の外に出た。

そこには令和《れいわ》の大都会がある。

いつもそうなのだが、この屋敷を出ると、なぜかホッとする。たぶん無意識に気を張っているのだろう。この空間だけ時が止まっているようで、明治、大正、昭和、その時代の匂いがありありと残っている。むしろ屋敷の外に出ると、令和にタイムスリップしたような気さえしてくる。

表門のところにパトカーが数台停まっていた。そのうちの一台に乗せられた。

竹中も隣に同乗した。パトカーが走りだす。

景子は言った。「竹中さん、いつから私を疑っていたんですか？」

「いつから、と言いますと？」

「だって最初から私を疑っていたでしょ」

「まあ、そうですね。景子さんは最初から怪しいと思っていました。ただ、はっきり確信を持ったのはあのときです。私が最初にアパートを訪ねたとき、ほら、芳樹さんがしかけた盗聴器の録音データを聞かせたでしょ」

「あのとき、なにかボロを出しましたか？」

「ええ。実はあのとき、私、録音していたんですよ。再生してみましょう」

竹中はスマホを取りだして、操作してから再生ボタンを押した。

景子の声が聞こえてくる。

「そんな偶然、ありますか？」

「うーん」

「犯人は孝之さんを殺すつもりで、自宅に侵入して隠れていた。そして孝之さんが帰宅する。ようし、殺してやろう、と思ったところで、芳樹さんが偶然、訪ねてきた。芳樹さんは部屋を捜索したけど、たまたま犯人が隠れているところは探さなかった。そして芳樹さんは帰った。ようし、ちょうどいい、芳樹に罪を着せてやろう、と犯人は考えて下りてきて殺した。そういうことになりますけど」

「まあ、そんな偶然、めったにないですよね。偶然なので、絶対にないとも言いきれないわけですが」

竹中は再生を止めた。「このセリフです」

「それの何が問題なんですか？」

「『下りてきて』、この五文字のセリフです。確かに孝之さん殺しの犯人は下りてきているんです、ハシゴを使って。ロフトに隠れていましたから。ちょうどそこに人間一人が隠れられるスペースがありました。芳樹さんが部屋を捜索したとき、ロフトは見ていないと答えています。芳樹さんが探していない場所で、人間一人が隠れられる場所は、ロフトしかありませんでした。つまり犯人はロフトに隠れていて、まさにハシゴを使って下りてきて殺したんです。しかし、なぜそれを景子さんが知っているんですか。警察はそんなこと発表していません。あなたは孝之さんの部屋に行ったことはないと言いました。ロフトがあることも知らなかったはずです」

「みずから墓穴を掘っていたわけね」

「この『下りてきて』の五文字を聞いた瞬間、犯人はあなただと確信しました。あとはあなたが犯人であるという仮定に基づいて、すべてを逆算して推理を組みたて、証拠を集めていったんです」

「やっぱりあのとき、黙っているべきだったのね。だんまりを決め込むと、かえって疑われると思ってしゃべったのが間違いだった」

「そうですね。ある意味、頭がよすぎるんですよ」

とはいえ、時間の問題だった。

竹中はこちらがボロを出すまで、執拗《しつよう》にプレッシャーをかけてきただろう。集中力を永遠に保ち続けるのは不可能だから、いつかはパンチをかわしきれなくなる。敵に回した相手が悪かった。

「竹中さん、私の刑期、長くなる？」

「二人殺してますからね。死刑はないとしても、短くはないでしょう」

「短くする方法、ない？」

「史穂殺しに関しては、殺意はなかった、で通すことです。死体の腐乱がひどく、死因をはっきりとは特定できない可能性が高い。ですから、史穂に襲われて突き飛ばしたら死んでしまった。つまり正当防衛だったと主張すれば、検察は反証できないはずです。孝之殺しに関しては、勝也に脅された点を特に強調することです。脅されて、怖くて、追いつめられて、やるしかなかった。あとは徹底的に弱々しい女になりきる。いざとなれば演技は得意でしょう、景子さんは」

「アドバイス、ありがとう」

「なんだか、急にのびのびされてきましたねえ」

「あの男のお守りから解放されましたからね。それからやっと、遺産相続をめぐる悪い夢からさめた」

第四章

1

凛は今、ニューヨークのアトリエにいる。

アジアの若手芸術家が集結する展覧会が企画されていて、日本代表として参加することが決まっている。

凛はその展覧会で、センターポジションに立つ。

失敗は許されない。

その準備に追われていて、今日の日付も忘れていた。

新聞の日付を見て、景子の逮捕から三ヵ月が過ぎたことに気づいた。

あの事件のせいで、凛も騒がれる立場になった。一時は栄華をきわめた名家の没落、それを象徴する陰惨な殺人事件。警察の誤認逮捕。SNS上にはでたらめな噂も飛びかって、凛のイメージもいくらか損なわれた。

だが、ここニューヨークでは誰も知らない。

このまま永住を考える。日本はいやだ。陰湿で、閉鎖的で、じろじろ見られる。異質なものを排除する相互監視社会である。

日本はもう衰退国家といっていい。かつてジャパン・アズ・ナンバーワンとうたわれた技術的な優位性は、すっかり失われている。

チャレンジ精神に乏しく、リスクを回避して貯蓄にまわる大企業。既得権益を守るためだけに組織された連合。意欲を失った、頭の悪い若者。何も生みださず、無駄に長生きする年寄り。疲れきって、あきらめムードの中年。ふくれあがった少子高齢化のコストを、その場しのぎの借金と増税と若者への搾取で埋める政府。構想力も計算能力もない、二流以下の政治家。アメリカにへつらうしかない外交。ネット世論に脅え、スポンサーにおもねり、あたりさわりのない常套句《じょうとうく》を羅列するだけのメディア。デフレと低成長の泥沼から抜けだせない経済。

誰もが人頼みで、自分ではやらない。

誰も戦わないのだから、未来などあるわけがない。

できないことが問題なのではなく、やろうともしないことが問題なのだ。

市場としての魅力を失った日本を、世界中の多くの国がもう見ていない。ニューヨークにいて、外から日本を見ると、それが分かる。

ある意味、榊原家とよく似ている。

ダストシュートから見つかった死体は、姉の史穂だと断定された。景子は全面的に自供して逮捕され、後日、勝也も逮捕された。

景子は史穂殺しに関しては殺意を否認している。襲われたので突き飛ばしたら死んでしまったと、部分的に正当防衛を訴えている。孝之殺しに関しては、勝也に脅されて冷静な判断ができなかったと訴えている。

最初から情状酌量狙いのようだ。

勝也は、史穂の死体遺棄と、孝之への殺人容疑で逮捕された。どちらも身に覚えがないと完全否認している。だが、自宅を捜索したところ、史穂が殺害された日に着ていたジャケットが見つかり、史穂の血液が検出された。床の血を拭《ふ》いたり、死体をダストシュートに落としたときに付着したものと考えられる。

さらに勝也には余罪も出てきた。強盗事件で逮捕された犯人が、以前、別の強盗を勝也とやったと供述した。また、勝也の自宅から奪った盗品が出てきたことから、そちらでも逮捕されている。

そして先日、トキが亡くなった。

余命宣告を受けていた昌房より先に、トキが死んだ。そしてその二週間後、昌房が亡くなった。道山の死からわずか九ヵ月のうちに、史穂、孝之、トキ、昌房が亡くなり、景子と勝也が逮捕されることになった。

現在、俊彦と佐久間があの屋敷に住んでいる。

芳樹は屋敷を出ていって、その後の消息は知らない。美乃里も、殺人現場となったマンションを出たらしいが、その後は聞いていない。

結局、親族で残ったのは俊彦と凜だけである。

昌房の遺言状は意味をなさなくなった。俊彦と凜と佐久間で話しあって、あの屋敷は凜が買い取ることになった。といっても売却金額はゼロである。そのかわり、凜の会社から俊彦に毎月三十万円を支払うかたちになった。

つまり、俊彦は十億円の資産を凜に譲渡するかわりに、あの屋敷の永久居住権と、月三十万円のいわば年金を手にしたことになる。

月三十万円だから、一年で三百六十万円。これから五十年生きるとしても、一億八千万円。凜は十億円の資産をもらっているわけだから、損はない。

俊彦はあいかわらず無職である。

家賃はいらないので、月三十万円で悠々と暮らしていける。

今は景子の裁判を支援するために奔走している。いずれ母と再会して、あの屋敷で一緒に暮らす日を夢見ながら。

明日《あした》、景子の初公判をむかえる。

おかしな一族だと、昔から思っていた。

祖父・道山は、頑迷固陋《ころう》で、榊原家の長男というプライドだけは立派な人物だった。終戦時に十四歳。祖父がはじめた鋳物工場が発展して、鉄鋼業で財をなした。戦後に七星重工に改名し、高度成長をむかえて大企業になった。

だが、結局は無能な人間だった。

追い風（高度成長）のときは帆をはるだけで前に勢いよく進んでくれる。だが、嵐（バブル崩壊）が来たら、天候も波も読めず、船の操縦法さえままならない未熟な船長が率いる七星重工丸はあっさり沈没した。

全責任は道山にある。経済合理性より、榊原家のメンツを重視する。人材を見抜く目がなく、社長にひれ伏すイエスマンばかりを周囲に置きたがる。失敗を認めたくないから、方針転換できない。自分の非を認めたくないから、時代のせいにする。見栄《みえ》で突っ込んだ無謀な投資も、バブルがはじけて吹き飛んだ。

道山の仕事は、部下に罵声《ばせい》を浴びせることだった。経営とは名ばかりで、道山が怒鳴って、家来がハハァーとひれ伏す殿様ごっこをやっていただけである。お題目を並べてやれと命令するだけで、何をどうやるかは部下まかせ。指図はつねに大ざっぱで、細かい工夫をディテールに落とし込む作業がない。そのくせ結果を出せない部下には厳しく、懲罰だけは進んでやる。

船が沈みはじめると、船員はさっさと船を捨てて逃げていった。優秀な人材ほど、逃げ足は早かった。七星重工が倒産したあとも、反省も教訓もなく、無謀な事業に走り、残った資産をあっさり消滅させた。

父・昌房は、そんな道山の劣化コピー版だった。道山ほどの行動力もなく、ただ父についていっただけ。桃太郎になれず、犬とか猿とか雉《きじ》とか、そんなのにしかなれない人間だった。榊原家の長男というプライドだけは負けず劣らずあり、家の伝統は律儀に守ろうとする。先祖とか仕来りとか宗派とか、そんなことばかりよく知っていて、それを守ることが価値基準の上位を占めている。

無能なのは父と同じである。困ったときはただ困っているだけで、解決能力がない。そのときに部下や陣内のような弁護士が、こうしたらどうでしょうかと提案すると、よく吟味もせずに飛びついてしまう。助け舟を出されると、その船に穴があいているかどうか調べもせずに乗ってしまう。

自分の頭で考えることができない。すべて人並み以下の能力しかない。勉強もしないし、本も読まない。苦労していないから、人間的魅力に乏しい。人生経験が浅いから、人を見る目がない。陣内のような無能な弁護士を、昔からの付き合いとか、そういう理由で重用するのはそのためである。

叔父《おじ》・孝之は、兄へのコンプレックスに凝り固まった男だった。榊原家では、長男と次男で扱いが異なる。跡取りの長男は帝王として育てられる。次男以下は、長男になにかあったときのストックにすぎない。長男が跡を継いだら、黙って出ていく決まりで、その後は遠い親戚《しんせき》にすぎなくなる。

その理由は、榊原家の歴史にある。江戸時代に、長男と次男が跡目相続で争い、お家騒動に発展したことがあるのだ。長男の評判が悪く、重臣たちが次男を担いで、長男毒殺計画を立てた。未然に発覚し、家来同士で斬りあいにまでなった。将軍がお怒りになられ、お家取り潰《つぶ》しになるところを、大老が仲裁に入って、結果的に長男が継ぎ、次男は重臣ともども切腹となった。以来、二度とこのようなことが起きないように、長男と次男以下を最初から峻別《しゅんべつ》するという慣習ができあがった。

特に孝之は出来が悪かった。専門学校を出たあと、七星重工に入れてもらえず、親のコネで別の会社に入った。七星重工が破綻《はたん》したあとも、道山は昌房とともに事業をはじめるが、孝之には声をかけていない。

これらのことが兄憎しの感情を生んだ。とはいえ、ただ憎むだけで、だからどうするという器量はない。目標を定めて、行動を起こすということが根本的にできない。見返してやるという気持ちはあっても、その手段を磨きはしない。結局のところ、権力に服従し、惰性に流される凡人である。

妻の美乃里も、取り柄のない女である。彼女にとって孝之との結婚は、誤算だったかもしれない。玉の輿《こし》だと思って結婚したが、長男と次男でこれほど差があるとは思わなかったのだろう。孝之はずっと中小企業の平社員で、家一軒買えず、賃貸マンションでやっと世間並の暮らしをしている。

その二人のあいだに生まれた子供が勝也で、これがまたどうしようもない。小学生まではやんちゃな子供。中学に入って非行少年に。勝也の悪評が伝わるたびに、道山や昌房はますます孝之を遠ざけるようになった。

姉・史穂は、欲の皮が張った女だった。貯金が好きで、学生のころから屋敷にある調度品を持ちだして換金していた。脂っこいステーキとあんこが好き。榊原家の家督というブランドに一番こだわっていた。とにかくよく寝る。働きもせず家事もしないのに、なぜかいつも疲れていて、よく眠る。筋肉質で、アレの強い男を好む。とはいえ、支配欲も強いので、尻《しり》に敷ける男がいい。

芳樹はうってつけの男だった。脳が単純なので、緻密《ちみつ》なことはできない。そのぶん史穂の言いなりで、婿養子としておさまるには最適だった。史穂を殺した犯人を捕まえるべく単独で動いていた行動力には少し驚かされたが、見当ちがいの推理で場をかきまわしただけに終わったのが、いかにも芳樹らしい。

俊彦から榊原家の財産をかっさらうのが、史穂の唯一にして最大の野望だった。芳樹を婿養子にして、屋敷から出ていかず、相続放棄させるべく俊彦を少しずつ洗脳していったのは、いかにも史穂らしい。

凛は史穂が嫌いだった。生き物として醜いからだ。

史穂も凛を嫌っていた。容姿と才能に優れ、若くして富と名声を手に入れた妹を妬《ねた》んでいた。その感情は、孝之の昌房に対する感情と少し似ている。榊原家には、兄弟間に軋轢《あつれき》を生ぜしめる宿痾《しゅくあ》があるのかもしれない。

史穂の死体はダストシュートのなかで腐っていた。運びだされるとき、少し見た。姉にふさわしい死に方だと思った。

兄・俊彦は、ピュアすぎる男である。人を疑うという能力が根本的に欠けている。言われたことは素直に信じる。一度信じたことは、そのあとどんなひどい裏切りを受けても、信じ抜く頑固さもある。どんな話にも感情移入してしまう。一度感情移入したものに対しては、無償の愛を注ぐことができる。

人を憎んだり、妬んだりすることもない。ネガティブな感情をぶつけるのは、唯一、父に対してだけ。ただし、これは母への郷愁の表れでもある。母を苦しめた父を許せないという、至極単純な感情に根づいている。

エゴとか欲とか嫉妬《しっと》とか、そういった人間を醜くさせる要素がないから、心はつるんときれいで、清らかに晴れ渡っている。まるで赤ん坊のまま、何にも毒されることなく大人になったような人間だ。

そのかわり自分で生活していく力がない。エサを獲得する能力がなく、衣食住のすべてを用意されないと生きていけない。

その俊彦が連れてきた女が、景子である。極端に表情の少ない女だった。能面のように色白で、幸薄そうな顔をしている。最初に見たときは意志薄弱な女だと思った。つねに俊彦を立てて、自身は一歩引いている。進んで発言せず、相手の感情を読んで、角が立たないように振る舞っていた。同じ部屋にいても気づかないくらい、まるで忍者のように気配を消している。

　だが、それは本性ではなく、手段なのだとやがて分かった。

　本性は毒蜘蛛《どくぐも》である。

　物静かなのは、蜘蛛の巣を張って、獲物がかかるまでじっと待っているからだ。音を立てたら、獲物に気づかれてしまう。獲物を捕らえにはいかない。罠《わな》にかかるまでじっと待つ。それが彼女の本性。

　無表情の仮面の下に、毒を隠し持っている。むやみには動かないが、毒針を刺すときは躊躇《ちゅうちょ》なく刺す。だから、景子が史穂や孝之を殺したと聞いても、驚きはしなかった。彼女ならやるだろうと思った。

　祖母・トキのことを、凜はよく知らない。物心ついたときは、もう現在のような状態になっていて、当時は三階にあった自分の部屋に引きこもっていた。時折、その部屋からうめき声や泣き声が聞こえてくる。

　精神的に病んでいたのは間違いないが、病院に連れていくことはしなかった。おそらく体面を気にしたのだろう。榊原家らしい対処法だと思うが、臭いものに蓋《ふた》をするように、鍵《かぎ》のかかった部屋に閉じ込めておいた。

　凜が中学に入ったころには、認知症になっていた。だが、本当に認知症なのか、それとも精神が壊れきったのかは分からない。

　佐久間のこともよく知らない。もとは七星重工の社員で、倒産後も道山の右腕として事業を支えていた。だが、その事業がのきなみ倒れ、榊原家が落ち目になって屋敷の使用人も次々といなくなったとき、いつのまにか佐久間が執事になっていた。ごく自然に屋敷に移り住み、今のかたちになった。

結婚もせず、そもそも恋愛経験があるのかも分からない。家族も友人もいない。自由な時間は、庭の木陰で小説や哲学書を読み、イヤホンでジャズやクラシックを聴いている。トキが亡くなって介護からは解放された。俊彦が当主になり、屋敷を残すことが決まって、そのまま執事を続けている。誰かに依存しなければ生きていけない俊彦のお守りとして、人生を終えようとしている。

陣内もくせ者である。榊原家を最大のお得意先として、道山や昌房に尻尾《しっぽ》を振って仕事をもらってきた。お調子者で、策謀好き。能力が低いから正攻法では勝負できず、ズルや根回しを多用する。最後、遺産相続にからんで、ひと儲《もう》けをたくらんでいたようだが、成功しなかったようだ。

あの屋敷には、まともな人間がいない。

ある意味、凜がもっともまともである。この私がもっともまともだなんて、皮肉な話ではあるけれど。

凜の芸術的感性は、あの屋敷で育《はぐく》まれた。人間観察には事欠かない環境が、普通とはちがった物の見方、感じ方を身につけさせた。

それを掘って、掘って、掘って、構図と技法を与えて芸術にまで昇華させる。一メートル掘り、二メートル掘り、三メートル掘り、やがて地上の光が届かなくなった真っ暗闇の世界を、想像の光をあてて心の目でじっと見る。あとはそれを正確に、忠実に描きとるだけ。いわば、それが芸術である。

それをくりかえしているうちに、誰かから教わったわけでもないのに、自然と知識や技術は養われていった。気づいたときには天才と呼ばれていた。自分では難しいことをしているつもりはないけど、どうやら他の人にはやろうとしてもできないものらしいと気づいて、やっと自分に自信を持てた。

だから、あの屋敷が原点ではあるのだ。

室町時代から続く名家の香り。そこに宿る金の匂い。渦巻く人間の欲望と、巻き起こる駆け引きや権謀術数。それらが塊をなしたとき、殺人事件として結実する。榊原家という風前の灯火《ともしび》に魅《み》せられて、多くの人が集まり、去っていった。そこにヒーローはいない。醜い人間と愚かな人間しか出てこない。歓喜も哀愁もない、一族の末路があるだけ。終わってみれば滑稽《こっけい》でしかない滅びの物語である。

そして有名無実の二十代当主をもって、幕を閉じる。

兄は結局、トリカゴに戻ってきた。

母に捨てられ、妻とも切り離されたかわいそうな子供。成長することのない永遠の少年は、月三十万円の年金をもらって、何をして生きていくのだろう。ケン玉のチャンピオンをめざすのだろうか。自分にとって価値があると思うことをすればいい。それがもっとも兄らしいと思うから。

日本に戻ることも、兄と会うことさえ、やがてなくなるだろう。

母・真紀子は死んでいると分かったことだし。


先日、昌房が亡くなり、家族だけの密葬をした。そのあとで兄から手紙とネックレスを見せられた。母からのものだという。

兄は半べそをかいて言った。「お母様から連絡があったんだよ、凜」

兄はやつれていた。景子が逮捕されて、心細くなっていたのかもしれない。秘密にしているのがつらくなったようだ。

だが、その手紙を見て、凜は母が死んでいることを直感した。

凜が二歳のときである。

通常、記憶があるのは、早くても三歳からだという。だが、凜には二歳のときの記憶がわずかながらある。シーンごとに腑《ふ》分《わ》けされた断片的な記憶だが、しっかりと色つきで、確かにあったこととして覚えている。

母が突然、いなくなった。

もっともショックを受けていたのは俊彦だった。泣きながら母を探して、「お母様」と呼びながら、屋敷の部屋を一つずつ尋ねまわっていた。泣き方が奇妙だった。ぎぃぎぃと、のこぎりを引いたような泣き声を発していた。お兄様は昆虫になってしまったのではないかと思ったほどだ。

よく覚えているのは、母を探して歩きまわる俊彦を、トキが折檻《せっかん》したことだ。わんわん泣く俊彦を、使用人にむりやり引っ立てさせて、頰を叩《たた》き、鞭《むち》で打ち、それでも泣き止まないので、暗い物置に閉じ込めさせた。俊彦が力尽きてぐったりするまで、戸が開けられることはなかった。あのとき俊彦のなかに、榊原家に対する憎悪の根っこが植えつけられた気がする。

逆に、史穂はけろっとしていた。そもそも史穂は、あの屋敷で使用人のように扱われていた母に冷めた感情しか持っていなかった。孤立していた母より、屋敷における最高権力者のトキについたほうが得だと思っていた節もある。花より団子、愛より金、母より物、そういった現金さは子供のころから変わらない。

凜はまだ二歳である。

いろんなことがよく分からない。

だが、凜の本質は、そのころからすでに観察者だった。

一つだけ明確に覚えていることがある。

夜中にふと目がさめて、異臭に気づいた。窓の外を見ると、焼却炉からもくもくと煙があがっていた。

今でもその匂いを覚えている。

いやな匂いだった。でも、星のない麴町の夜空にまっすぐ昇っていく煙は、白い竜のようで美しかった。

その記憶だけ、一枚の絵画のように覚えている。

凜はそのあとずっと、焼却炉に近づかなかった。悪霊がひそんでいるような気がして怖かったのだ。

その後、おそらく半年ほど経っただろうか、焼却炉は撤去された。業者が来て、解体工事が行われた。凜はそれを自分の部屋の窓から見ていた。ゴーストバスターズがお化け退治をしているのだと思っていた。

だから凜のなかで、母の家出と、焼却炉から出ていた煙は結びついている。

それが指し示す結論は一つしかない。

あのときから榊原家の炎上ははじまっていた。

榊原家をモチーフにした『炎城』。あの燃えさかる炎は、あのとき焼却炉のなかで燃えていた炎であり、立ちのぼる煙は母そのものである。

母の怨念《おんねん》が、今でも榊原家を燃やし続けている。

兄から渡された手紙を見て、かえって凜は確信した。

でも、だとしたら誰がなぜこのタイミングで、母の手紙を偽造したのか。

つまり、これは犯人の犯行計画の一部なのだ。いや、ある意味で、これこそが犯行の目的だったと考えられる。

兄は、間違いなく母からの手紙だと言った。証拠は、筆跡とネックレス。

でも、母が家出したときに残した書き置きと筆跡が同じだったからといって、その書き置き自体が同じ人物によって偽造されたものなら、母だという証明にはならない。ネックレスにしても同様である。

おかしいとは思っていた。

一連の事件の真相が、景子が自供した通りなのだとしたら、たまたま俊彦の部屋で史穂の死体を発見した勝也が、瞬時に交換殺人のスキームを思いつき、景子に孝之を殺させて代襲相続の権利を得ようと考えた。そしてダストシュートの存在を思いだし、死体が腐敗しても匂いがあがってこない構造になっており、出口はふさがれているから、理想的な隠し場所になると思って、死体を放り入れた。それから史穂の靴や旅行カバンを盗んで、家出に見せかけたことになる。

あの勝也がそんな緻密《ちみつ》な計画を立てられるわけがない。あおり運転で暴行を働き、逮捕されるような人間なのだ。

おそらく勝也は冤罪《えんざい》である。真犯人Xは別にいる。

そのXの条件は、①母の手紙を偽造できる人間であり、②母のネックレスを所持していた人間であり、③ダストシュートの存在を知っていた人間であり、④史穂のお気に入りの靴や旅行カバンが分かる人間であり、⑤史穂の死体を見ても驚かず、冷静に行動できる人間であり、⑥高度な計画を立てられる人間である。

だとすると、あの人しかいない。そしてXの目的は、おそらく。

「ふっふっ」

凜は声を出して笑った。久しぶりにおかしかった。

あの人はまんまとやってのけたのだ。

警察をだまし、凜以外のすべての人間をだまし、完全犯罪をやってのけた。

もちろん真実を暴きたてるつもりはない。

凜は、Xが嫌いではない。けっこう気に入っている。自分の手を汚すことなく目的を果たしたのは見事であり、なんといっても目的がかわいい。そして最終的にこうなった今の状態に、凜は満足している。

屋敷を売らずに残したいという気持ちは、凜も同じだった。そしてまったく損のない条件で、屋敷の所有権は凜に渡った。それもXの計らいだろう。

凜はニューヨークのアトリエにいて、コーヒーブレイク中である。

ニューヨークと東京の時差は十三時間。今、ニューヨークは午後七時。日本は、日付の上では明日《あした》の午前八時である。

まもなく景子の初公判がはじまる。

2

佐久間は、広い庭に水を撒《ま》いている。

トキの介護に追われて、庭いじりもずっとできていなかった。雑草を刈り、伸びた枝を切り、枯らしてから火をつけて燃やした。汚れた池は、生き物を救出したうえで、いったん水を抜いた。高圧洗浄機でコケを落とし、ヘドロをかきだしてからあらためて水を入れて、生き物を放した。

壊れていた玄関屋根は修繕した。明日は花壇の土を入れかえる予定である。もう長いあいだ、何も植えられていない。台所にも直したい箇所がある。庭のししおどしは、地震で倒壊したあと放置されている。本当は庭師やリフォーム業者に頼みたいが、今の榊原家にそんな財政的な余裕はない。時間はたくさんあることだし、DIYで少しずつでも元の状態に戻していこうと思っている。

現在、屋敷の主《あるじ》は俊彦である。ずっと無職のままだった。ケン玉もユーチューブもすっかり興味を失ったようで、今は景子の減刑を求める活動をしている。不当逮捕を訴えるビラを作ったり、法律の勉強をしたりしている。

佐久間は口笛を吹いていた。

「陽気ですねえ、佐久間さん」

振り向くと、竹中刑事が立っていた。

「すみません、勝手に入ってきてしまって。ちょっと通りかかったんです。表の門が開いていて、佐久間さんが見えたもので」

佐久間は仕事の手を止めて、頭を下げた。

「門を開けて、風を通していたんです。ここは高い塀で囲まれていますから、風が入りにくくて」

「庭がきれいになりましたねえ。以前はぺんぺん草が生えていたのに」

「私も時間ができたので、ぼつぼつと」

「トキさん、昌房さんと立て続けに亡くなられたそうで、お気の毒でした。佐久間さんは今日の初公判、行かれないんですか？」

「はい、俊彦様だけ行かれました。私は難しいことは分かりませんから」

「なにをご謙遜《けんそん》を。佐久間さんは東大出じゃないですか。当時は一流企業だった七星重工に入社して、二十九歳で助役に抜擢《ばってき》されたと聞きました。倒産後も、道山さんはその能力を買って、手放そうとしなかった」

「昔の話ですよ」

佐久間は北陸の出身で、親は小料理屋を経営していた。一人っ子で、いつも本を読んでいるような子供だった。裕福ではなかったが、近所の学習塾に通わせてもらった。東京の予備校講師が定年になって田舎暮らしをはじめ、暇つぶしに開業したのだが、その先生のおかげで勉強が好きになった。やがて東大に合格した。

佐久間が大学を卒業したとき、七星重工は花形の就職先だった。内定が決まったときの高揚感は今でも忘れられない。入社してすぐに結果を出し、同期で一番出世だった。そして二十九歳で助役というポストに就いた。七星重工特有の役職で、社長を殿様とするなら、助役はいわば軍師である。若手ナンバーワンが抜擢されるのが慣例で、社長にも直接意見することができた。

だが、そのときすでに七星重工は傾いていた。

市場の先行きを読めていなかった。過剰投資がたたって負債が多すぎた。余剰工場や余剰人員が多くて、生産性があがらない。IT分野に疎くて、古いやり方を惰性で続けていた。年功序列なので、人材が活性化されない。

課題があまりにも多すぎた。手を打つまえに、銀行から見放された。死ぬときは、桜が散るように、あっけなかった。

その後、道山から一緒にやらないかと誘われた。榊原家には五百億円の資産が残っていた。それで新しく会社を立ちあげる。社長補佐のポストを用意された。当時、三十四歳だった。他に行くあてがなかったわけではない。ただ、若くして自分を抜擢してくれた道山には恩義があったし、自分にだけ声をかけてくれたという思いもあった。やれるという自信もあった。だから、誘いに乗った。

それがすべての間違いだった。

道山や昌房の無能を見抜けていなかった。

資産はものすごい勢いで減っていった。その底がはっきり見えたところで、道山も昌房もリタイアした。佐久間にとっても二度目の敗北だった。気づけば、もう若くなかった。チャレンジする意欲は萎《な》えた。

榊原家自体が凋落《ちょうらく》し、使用人も次々と去っていった。他に行くあてもなく、なんとなく榊原家の執事におさまった。

ふと思う。自分の人生はなんだったのか。

佐久間は言った。「それで、今日はなんの御用ですか?」

「いえ、本当にちょっと通りかかっただけですよ。もしよかったら、与太話に付き合ってもらおうかと思いまして」

「では、紅茶でもお持ちいたしましょう」

紅茶を入れたカップをお盆に載せて、庭に戻った。

竹中はデッキチェアに腰かけて、無作法に足を組み、煙草を吸っていた。佐久間を見かけると、煙草を携帯灰皿につぶした。

竹中は笑って言った。

「正直、佐久間さんをあなどっていました。ただの執事だと思って」

「私はただの執事ですよ」

「これは私の推理というか、思いつきみたいなものなんですが」

竹中は紅茶を口にした。

「最初は、取調室で勝也を訊問《じんもん》したときの違和感のようなものなんですがね。刑事の経験上、ある程度は分かるものなんですよ。犯罪というのは、ある意味、作品です。犯行現場やそこにある死体は、犯人が作ったものですから。雑な犯人が作った作品は、やはり雑です。計算高い犯人が作った作品は、やはり計算高い。雑な犯人が作った雑な犯行現場と、計算高い犯人がその計算が狂ったことで結果的にめちゃくちゃになってしまった犯行現場のちがいも、経験を積むことで見分けられるようになります。容疑者をよく観察すれば、あの犯行現場を作ったのはこいつかどうかくらい、分かるものなんです。作り手と作品が割り符のごとく、一致するかどうかくらいのことは。それが分からなければ、一流の刑事とはいえない。

勝也は、まあ、バカですね。脳が雑です。頭の中で論理を組み立てられない。三段論法なんて、あの男には無理ですな。一段ずつでしか考えられない。むかつく、だから殴る。欲しい、だから盗む。あおり運転をするのはこのタイプです。車で追い抜かれた、むかつく、だからあおる。思考回路がアホで、一方通行。行き当たりばったり。私は感情直結型と呼んでいます。さて、そうすると、疑問がわいてきます。あの稚拙な脳で、この作品を作れたのかどうか。

榊原景子による史穂の殺害は、計画的なものではありませんでした。事故に近いものです。そしてたまたま死体を発見した勝也が、代襲相続を狙って交換殺人のスキームで孝之を殺害する計画を思いつき、死体をダストシュートに隠したというのですが、勝也にそんなことが可能だろうか。

もう一つ、屋敷を家宅捜索したとき、俊彦さんの部屋から史穂の血液が検出されたのですが、実はもう一箇所、大量の血液が検出された部屋がありました。三階の、卓球台が置いてある部屋です。血は拭《ふ》き取ってありましたが、床の板の切れ目にかなり入り込んでいて、今も残っていました。科捜研によると、女性の血液で、O型でした。そしておそらく二十年以上前のものだと。とすると、今回の事件とは無関係ですので、スルーされましたがね。

それから昔、この屋敷にナミエさんという使用人がいたのを覚えていますか。高齢ですが、ご存命で、現在は老人ホームに入っています。そのナミエさんから話を聞くことができました。その三階の部屋、監禁部屋だったそうですね。昔は外側から鍵《かぎ》をかけられるようになっていて、トキさんが使用人に命じて、よく真紀子さんを閉じ込めていたとか。傲慢《ごうまん》で、意地悪な姑《しゅうとめ》だったようです。

それから焼却炉。撤去されたのは、ちょうど真紀子さんが家出して、約半年後のことです。撤去した業者が見つかって、当時の記録が残っていました。その工事の契約書にサインが残っているんです。覚えていますか。佐久間さんのサインでした。以上のことから、ある仮説が浮かびました」

佐久間は、竹中の言葉をうわの空で聞いていた。

おそらく徳川時代の武家の慣習だろう。子供、特に長男は、物心がつくと母から切り離され、この屋敷の最高権力者、姑の支配下に置かれる。そして跡取りとして、それにふさわしい帝王教育を受ける。

七星重工社長夫人として財を手にしたトキは、屋敷内で権勢をふるっていた。当時、姑と嫁とのあいだには強固な主従関係があった。だが、真紀子はそこまで従順にはなれなかったようだ。トキはこの嫁が気に入らない。閉鎖的な屋敷内にあって、姑による嫁へのしつけは、拷問に近いものだった。

三階のあの部屋は、監禁部屋だった。

当時、佐久間は七星重工の社員にすぎなかったから、屋敷内でトキと真紀子のあいだに何があったのかは知らない。ただ、助役として道山に付き従っていて、この屋敷には頻繁に来ていたので、異様な空気は感じていた。とはいえ、佐久間や外部の人間がいるときは何も起きないのだ。

問題は、トキとそれに服従する使用人たち（全員女だった）、そして真紀子。女だけの世界になったときである。

道山も昌房も、家のことはトキにまかせていた。それが榊原家の仕来りともいえた。また、嫁が姑に服従するのは当然であり、指図に従わない場合はそれ相応の教育をするのも、姑の権利として考えられていた。なにより七星重工が末期に入っていて、やがて倒産し、家のことにかまっていられない状況だった。

真紀子は家出しようにも、子供を人質に取られたようなものだし、親の工場が七星重工の下請けなので、榊原家に楯突《たてつ》くことはできない。親との関係も悪くなっていた。榊原家は政界や裏社会ともコネクションがあり、ある意味では、警察でさえこの屋敷に立ち入ることはできなかった。

逃げ場がなかった。そしてそれが起きた。

その日、佐久間は午前中に屋敷に来た。

すでに七星重工はつぶれていた。新会社の立ちあげ準備に追われていた時期だったと思う。屋敷に来たが、なぜか誰もいなかった。玄関で待っていると、道山から携帯に電話がかかってきた。三階に上がってきてくれ、という。三階に行くと、昌房がいて、手招きでその部屋に呼ばれた。

部屋のなかで、真紀子が頭から血を流して死んでいた。

トキが泣いていた。ゲエッ、ゲエッと、ガマガエルのような汚らしい泣き方だった。

道山はそのトキを介抱している。昌房は立ち尽くし、死んだ妻を見下ろしている。使用人は一人もいなかった。たぶん史穂と俊彦は学校に行っていたと思う。二歳の凜は屋敷にいたと思うが、姿は見えなかった。

実際の犯行現場は見ていないし、説明もなかった。ただ、状況的にみて、トキが真紀子を殺してしまったのだろうと分かった。

佐久間は「警察に通報しましょう」と言った。道山は「バカ言え」と言った。確かにこの榊原家で殺人事件があったことが分かれば、信用を失って新会社の話も立ち消えになってしまうかもしれないとは思った。

道山は言った。「なんとかしろ」

「なんとかと言われても……」

このことを知っているのは、道山、昌房、トキ、佐久間の四人だけ。使用人には休暇を与えているということだった。

道山はトキを連れて、部屋を出ていった。昌房も「佐久間、すまない」とだけ言って、そのあとを追った。

佐久間は一人、部屋に残された。

今になって冷静に考えれば、あのとき榊原家を見限るべきだった。警察に通報して、洗いざらいしゃべってしまうべきだった。

でも、なぜかそのときはそう思わなかった。

七星重工で働いていると、社員というより、榊原家に仕えている武士のようなメンタリティーが植えつけられていく。道山や昌房の雰囲気、あるいは榊原家の歴史的な重みがそうさせるのかもしれない。

道山は殿様であり、佐久間は家来だった。

佐久間は命令を遂行した。

死体となった真紀子を毛布でくるんで簀《す》巻《ま》きにして、紐《ひも》で縛る。ダストシュートまで引きずっていって落とした。

ダストシュートも焼却炉も使われなくなっていたが、使える状態で残ってはいた。外に出て、死体を出して、焼却炉に入れた。昼間にやると目立つので、夜にやった。石油をかけて、数日かけて少しずつ焼いた。死体は炭化して、真っ黒い塊になった。それらをなるべく粉砕して、小分けにして庭に埋めた。

三階の床の血は拭きとり、真紀子は書き置きと離婚届を残して家出したように見せかけた。どちらも佐久間が、真紀子の筆跡に似せて書いたものである。

そして離婚届を提出した。

半年後、証拠を隠滅するために、焼却炉を撤去させた。工事の契約を結んだのも佐久間である。さらにダストシュートの出口を、自分でコンクリートを塗ってふさいだ。二階と三階の投入口は、家具を置いて隠した。

折を見て、真紀子の私物もすべて処分した。

赤い宝石のネックレスだけ残して。なぜそれだけ残しておいたのかは自分でもよく分からない。なんとなくである。

すべて佐久間が一人でやった。それでまったく問題は起きなかった。

道山や昌房は手伝いもせず、報告さえ求めてこなかった。まるで佐久間が勝手にやったことと言わんばかりに。代議士の代わりに罪をかぶって自殺する秘書の心理とはこういうものなのだろうと、あとになって思った。

竹中は言った。

「真紀子夫人はその三階の部屋で殺された。誰が殺したのかは置いておきます。ともかくみんなでその死を隠そうとした。そのとき死体を処理する役をやらされた人間をXと呼びます。Xは死体をダストシュートから落として、焼却炉で焼きました。その後、焼却炉を撤去して、すべての証拠を隠蔽《いんぺい》します。すべてうまくいって、真紀子夫人を失踪《しっそう》に見せかけることに成功しました。しかし皮肉なことに、二十年以上の時を経て、Xはふたたび同じ状況に出くわしました。俊彦さんの部屋で頭から血を流して死んでいる女性の死体を発見したんです」

トキは、自責の念なのか、それとも死者の呪いにたたられたのか、精神的におかしくなった。正常と異常のあいだを行ったり来たり。正常なときは無気力で大人しく、目がうつろに泳いでいる。異常なときは急に錯乱したり、見えない影に脅えたり、ぶつぶつと妄言をつぶやいたりした。

それが数年続いた。

精神科病院に入れるというアイデアは却下された。外聞が悪いうえに、何を口走るか分からないからだ。子供たちにも接触させないようにした。つまるところ、部屋に閉じ込めておいた。三階の監禁部屋にである。真紀子を閉じ込めるための部屋に、今度はトキが閉じ込められる番だった。真紀子の血の匂いが残るあの部屋は、窓がなく、壁が厚いので、監獄として使うにはもってこいだった。

異様な屋敷だった。古い使用人は、いびつなものを感じてやめていった。新しい使用人はまったく居つかなかった。

道山と昌房の事業も、運に見放されて、ことごとく失敗した。資産は減っていき、二人は無気力になった。行き場のなくなった佐久間は、道山らに乞《こ》われて、使用人のいなくなった榊原家の執事におさまった。真紀子の秘密を共有する者として、手元に置いておきたかったということなのだろう。やがてトキが認知症になり、その介護まで押しつけられるかたちになった。

いっそ屋敷を飛び出して、自由に生きたかった。

この屋敷は、俊彦の言う通り、トリカゴなのだ。上等な翼を持っていた凜は、華やかに飛び去っていった。だが、佐久間の翼はすでにもがれていた。あのとき、真紀子の死体を処理したときに。

自分の人生はいったいなんだったのか。

この榊原家にとって、道山や昌房にとって自分はなんだったのか。

「普通、死体を見たら、慌てますがね。Xは慌てなかった。なぜなら、過去に見たことがある光景だったからです。刑事と同じですね。最初に殺人事件の死体を見たら、恐ろしくて体が震えあがるものですが、そのうち慣れます。Xは史穂の死体を発見し、冷静に犯行計画を立てました」

あの日、俊彦と景子が帰ったあと、布団のシーツなどを回収するために俊彦の部屋に入った。そこに史穂の死体があった。景子の犯行だとすぐに分かった。おそらく遺産がらみで争いになり、殺してしまったのだろう。そういえば帰るとき、様子がおかしかった。挙動不審で、何かに気を取られていた。逆に俊彦はこのことを知らない。あの俊彦が姉を殺して、平然としていられるわけがない。

死体を見ても、佐久間は冷静でいられた。史穂の死体に既視感があったからだ。真紀子の死体とうりふたつだった。

犯人は景子である。だからこそ、思いついた犯行計画といえる。

この死体をうまく利用すれば、自分の望みをかなえることができるかもしれない。構想はすぐに頭のなかにできあがった。

問題は、景子を意のままに動かせるかどうか。

表情の少ない女で、俊彦をつねに立てている。一見、控えめな女性に見えるが、それが仮面にすぎないのは分かっていた。その奥に強欲と自己愛がひそんでいる。必死で本性を抑え込んで、しらばっくれた顔をしているだけだ。

ある意味で、自分とよく似ている。

あの女ならやるだろう。自分のため、金のためなら。

「Xは、史穂の死体をひきずってダストシュートに落としました。そして床の血を拭《ふ》きとり、史穂の靴や旅行カバンを隠して失踪に見せかけました。以前、真紀子のときに同じことをしているので、それほど迷わなかったはずです。そうそう、このXは芸が細かい。史穂の血をスポイトのようなもので吸い取って、勝也が着ていたジャケットのそでに付着させるようなこともやっています。

その四ヵ月後、廃家が決まった親族会議のあと、景子に脅迫状を送りました。それから六本木駅のコインロッカーに、孝之宅の部屋の鍵《かぎ》と、その部屋に侵入して盗みだした鉄アレイを置いた。景子からすれば、当然、脅迫者は勝也だと思う。わざと単刀直入の文字を間違えて書くなど、Xはここでも芸の細かさを発揮しています。その脅迫に屈して、景子は孝之を殺しました。

ちなみにXがどうやって孝之宅の鍵を入手したのかは分かっていません。六本木駅の防犯カメラもあたりましたが、死角にあるコインロッカーだったので、荷物を入れたXの姿は捉《とら》えられませんでした。これだけとっても、Xは知能犯ですね。すべてにおいて抜かりがない。脅迫状も鍵もすべて景子が処分してしまっています。証拠らしいものはいっさい残っていません」

史穂の血を吸い取ったスポイトは、園芸用のものである。未使用のものを使った。その日のうちに、勝也が脱ぎ捨てていたジャケットのそでに付着させておいた。黒のジャケットなので、目立たなかった。

孝之宅の鍵を入手するのは簡単だった。美乃里のバッグが部屋に置いてあり、そのなかにキーホルダーが入っていた。自宅の鍵であるディンプルキーの写真を撮り、鍵番号を書きとめた。後日、闇サイトで注文し、公衆の宅配ボックスに送ってもらった。もちろん足がつかないように、偽名を使っている。

六本木駅には、もともと土地勘があった。凜が作った『ｓｉｘ　ｔｒｅｅ』を見に行ったこともある。事前に下見をして、防犯カメラの位置を確認したうえで、荷物を入れるコインロッカーを選んだ。

「景子によれば、孝之殺害後に逃走用の車が用意されている手はずだったそうです。しかし手違いがあって用意されておらず、周辺をうろうろして防犯カメラに映ってしまったというわけです。もちろん、それもXの狙いでした。最終的に景子と勝也を逮捕させるつもりでしたから。

おおむねXの計画通りに進みました。唯一の誤算は、まさに孝之殺害の当日、芳樹さんが孝之宅を訪れたことですが、これも結果的にうまいほうに転んだ。あとはこの交換殺人のスキームに気づいてくれる刑事の登場を待つだけです。もし出てこなければ、Xのほうから少しずつヒントを出していけばいい。ある意味で、この私もXの思惑《おもわく》に乗せられていたことになります。

さて、問題はXの目的です。Xの狙いが、孝之の殺害と勝也の排除にあったのなら、Xは昌房さんかもしれないと思いました。動機は、榊原家の財産の分散をふせぐためです。孝之を殺し、勝也を逮捕させて相続欠格にすれば、自分の子供である俊彦さんと凜さんに全財産を相続させられる。

ですが、そのあと廃家にして、財産の半分を寄付すると聞いて、昌房さんではないと思いました。動機としてつじつまが合わなくなりますからね。しかし遺産相続を放棄した俊彦さんが、突然、家督を継ぐと言いだしたとき、あっ、Xの狙いはこれだったのかと思いました。

俊彦さんに、どうして急に翻意したのか、聞きました。ここだけの話なので、誰にも言わないから教えてくださいとお願いしたら、進んで話してくれましたよ。母から手紙が届いたのだそうですね。それですべてが分かりました。この手紙、そして俊彦さんが家督を継ぐところまでが、Xの計画だったのだと」

道山が死んだあとの親族会議。親族ではない佐久間はテーブルにつくこともなく、部屋の隅で立って聞いていた。

ひざが震えていた。動揺を隠せなかった。

道山は自分について、遺言状にひとことも書いていなかった。

道山には七星重工時代から仕えてきた。倒産後も行動をともにした。結果的にすべての事業で失敗し、資産のほとんどを失った。敗因を挙げればきりがない。一番はバブル崩壊からデフレ不況に入り、多くの企業が守勢にまわるなか、あえて攻勢に出たことである。その攻めの姿勢がすべて空回りした。

その時期、オフェンスにまわれたのは、IT系か、急成長していた中国への投資だけである。本来は五百億円の資産を守りながら、情勢をうかがうべきだった。根本的なところを間違えていたという点で、自分にも責任はある。だが公私を超えて、榊原家に仕えてきたのは間違いない。

だからこそ、真紀子の死体の処理だって引き受けた。

執事になったあとは、トキの介護だって全面的にやった。これほどまでに忠実に仕えてきたのに、遺言にはひとこともなかった。

いや、労《ねぎら》いの言葉さえ、かけてもらったことがない。

道山にとって佐久間は赤の他人なのだ。榊原家の血とは無関係な、ただの家来にすぎない。殿様は家来が死んでも痛くもかゆくもない。そのくせ殿様のために家来が泥をかぶり、血を流すのは当然だと思っている。

トキが死んだら、この屋敷は売るという。

自分はどこに行けばいいのか。

執事としての給料はもらっている。だが、根はケチな道山のことだから、家賃や生活費を引かれて、微々たる額でしかない。老後の蓄えなどいくらもない。当然、退職金だってないだろう。当主は芳樹になるが、権限を持つのは史穂である。あの史穂が、佐久間を憐《あわ》れんで、退職金などくれるわけがない。

トキが死んだら屋敷は売るから、黙って何も持たずに出ていけというのか。

どこにも行きたくなかった。

この年齢になり、金や物には執着はないが、この屋敷には愛着があった。

ここを気に入っている。

麹町の真ん中にそびえたつ、古い洋館。庭は荒れはてているが、手を入れれば美しい日本庭園がよみがえるだろう。

榊原家への忠誠心はもうない。でも、ここを出ていきたくはなかった。

理想的なのは、俊彦か凛が当主になって屋敷に移り住み、佐久間が執事としてお仕えすることである。この二人だけが佐久間を家来ではなく、人として扱ってくれる。佐久間の誕生日を祝ってくれるのもこの二人だけである。

だが、凛は女なので、榊原家の仕来りとして、当主になる資格がない。そもそも本人が興味を持っていない。そして俊彦にもその気がない。それどころか、さすがに佐久間も驚いたが、あの場で相続放棄を宣言した。

佐久間は、遺言状を読みあげる陣内の言葉を、怒りをもって聞いていた。

俊彦と凛だけ残ればいい。

あとはいらない。二人だけが残れば……。

殺意がめばえたのはあのときである。陣内が道山の遺言状を読みあげていたとき、それを片隅で聞いていたときに、殺意がめばえていた。

そこに史穂の死体が現れたのだ。

もともと殺意があったところに、史穂の死体が現れた。

その瞬間には、犯行計画が頭の中にできあがっていた。俊彦と凛以外のすべての人間を排除する計画である。

道山は死んだ。昌房も余命わずか。トキがさほど長くないのは、介護している身なので分かる。トキの寿命を縮めるのは容易である。必要な薬を定期的に飲ませなければ、佐久間のさじ加減で寿命を削れる。

そして今、史穂も死んだ。血のつながりがない芳樹は放逐される。景子に孝之を殺させれば、同様に美乃里も放逐される。そして景子と勝也が逮捕されれば、そう、これで榊原家に残るのは俊彦と凜だけ。

ずっとこの家の人間を観察してきた。

誰がどのように動くかは、手に取るように分かっている。将棋の歩は前に一歩ずつしか進めず、銀は横には動けないというように。この家の人間たちがこういう状況ならこう動くというのは完璧《かんぺき》に把握できていた。

将棋の駒のごとく、一手一手進めてきた。自分の手を汚すことなく、着実に二人以外の人間を排除していった。

特に景子は、飛車角ばりの活躍をしてくれた。唯一の誤算は、芳樹だったかもしれない。史穂の失踪《しっそう》後、あんなに積極的に動く人間だとは思っていなかった。だが、あとは想定通りだった。

そして、最後の王手、俊彦に家督を継がせるには……。

母の真紀子を使う。

俊彦はずっと母の影を追っていた。

六歳の、甘えん坊だった俊彦の前から突然、いなくなった母。

俊彦は泣きながら、母を探して屋敷中をうろつきまわっていた。そして基本的には今も変わっていない。ずっと母を探し求めている。

母からの手紙を偽造し、俊彦が二十代当主になることを望んでいると伝えるだけで、俊彦は変節するだろう。手紙の筆跡は、そもそも真紀子の書き置きを偽造したのが佐久間だったから、一致して当然である。ネックレスも、真紀子の私物をすべて処分したときに残しておいたものである。

景子の排除にも成功した。あの女の本質は、史穂と変わらない。俊彦に対する影響力が強いので、絶対に排除しなければならない存在だった。

あとはこの屋敷をどうするか。

所有権は凜に渡し、そのかわり俊彦が永住居住権と毎月三十万円の年金をもらうという契約は、佐久間が考えて俊彦に提案し、凜の代理人と交渉して、すんなり決まった。佐久間としては、この屋敷を残して、あとは余生を送るだけの金があればいい。凜には損のない提案だから、受けるだろうと思った。

俊彦を説得するのは簡単だった。こういうことは人まかせな殿様である。異を唱えたであろう景子は、もういない。

佐久間はこれまで通り、この屋敷で暮らす。

それだけが望みである。

広い庭に、小鳥が集まってくる。

ヒバリ、ホオジロ……。こんな都会にも野鳥はいる。庭の切り株に米粒などを置いておくと、どこからともなく野鳥がついばみにくる。

　そんなことも老後の楽しみの一つである。

　佐久間はもう一杯、紅茶を入れた。竹中は煙草を吸っていた。

「それで?」と佐久間は聞いた。

「いえ、べつに何もありません。我々はすでに一度、芳樹さんを誤認逮捕しています。そのうえ、さらに起訴した事件をひっくり返すなんて、そんな勇気、私にはありませんよ。こう見えて、長いものには巻かれるタイプなんです。むしろXには、永遠に口をつぐんでいてもらいたいものですな」

　竹中は笑って、煙草を携帯灰皿につぶした。

「まあ、私が言ったのはあくまでも想像の話であって、証拠はありません。三階の部屋の血だって、真紀子さんが殺された証拠にはなりません。鼻血を出しただけかもしれませんからね。真紀子さんは今もどこかで生きていて、俊彦さんが当主になられたことを喜んでいるかもしれません。

　証拠の類《たぐい》は、すべて景子が処分ずみです。彼女の自白が唯一の証拠といっていい。勝也は有罪になるでしょう。心証は最悪で、余罪もある。なにより母の美乃里が率先して息子に不利な証言をしています。

　今日は本当に寄ってみただけです。たまたまこの近くに来たので。私もこの屋敷が残ってうれしいですよ。ここを売って屋敷を壊して、ビルなんか建ったら、興ざめもいいところです。この屋敷は、まさに文化遺産ですな。こんな広々とした庭があって、まさに大都会の閑雲野鶴《やかく》といったところです。私も刑事なんかやめて、こんなところで悠々と暮らしてみたいものですよ」

竹中は紅茶を飲みほして、席を立った。

「では、失礼します。榊原家の再興、心より祈念しております」

竹中は歩いて、表門に向かっていった。

解説

千《せん》街《がい》晶《あき》之《ゆき》（ミステリ評論家）

富豪の一族は必ず内輪で揉《も》める。特に、遺言状がある場合は必ず殺人事件にまで発展する——これが本格ミステリのお約束である。基本的に遺言状というものは、遺族による骨肉の争いをあらかじめ避けるべく作成される筈《はず》だが、ミステリの世界では逆の結果を生むことが多いようだ。

遺言状が惨劇の原因となるミステリといえば、大抵のひとが真っ先に思い浮かべるのは横溝正史の名作『犬神家の一族』（一九五一年）だろう。一代で財を築いた犬神佐兵衛のあまりにも異様な遺言状の発表を皮切りに、一族がひとり、またひとりと惨殺されてゆく……という物語だ。最近の作例では、第十九回『このミステリーがすごい！』大賞を受賞し、ドラマ化もされた新川《しんかわ》帆《ほ》立《たて》『元彼の遺言状』（二〇二一年）が、自分を殺した犯人に全財産を譲るという奇天烈《きてれつ》な遺言状に端を発する物語だった。

タイトルから想像される通り、木《き》元《もと》哉多《かなた》の『遺産相続を放棄します』も、こうした遺産相続ミステリの由緒正しき系譜に連なる小説である。登場するのは、室町時代から続く名家・榊原《さかきばら》家。当主の道山《どうざん》は、かつては鉄鋼業界で三指に入る大企業・七星《しちせい》重工の総帥であり、バブル崩壊後に道山が経営権を失ってからも五百億円の財産は残った。さぞや、一族は奢侈《しゃし》を極めた生活を送っているのだろう……と誰もが思う筈だ。

残念ながら、その想像は大間違いである。そして、本書の主人公・景子《けいこ》もまた、同じ間違いを犯していたのだ。

彼女は大学時代に知り合った道山の孫・俊彦《としひこ》と交際をはじめ、やがて結婚した。お坊っちゃん育ちの俊彦は世間知らずの純粋な性格で、貧困家庭で育ったため金銭欲の強い野心家となった景子とは正反対だった。もちろん景子は俊彦と結婚することで湯水のようにお金を使える人生が手に入ると期待していたのだが、これがとんだ計算違いだったと気づくまでに時間はかからなかった。何不自由のない生活のせいで逆に貧乏暮らしに憧《あこが》れるようになった俊彦は、景子と結婚するや否や、勝手にボロアパートを借りて暮らしはじめたのだ。しかも、稼ぎにつながらない仕事に手を出してばかりで、暮らしを支える景子の苦労など全く想像できない様子である。

榊原家には、麴町《こうじまち》の屋敷で暮らす道山と妻のトキ、長男の昌房《まさふさ》、その長女の史穂《しほ》と夫の芳樹《よしき》のほかに、昌房の長男で景子と暮らしている俊彦、昌房の次女でアメリカ在住の凜《りん》、埼玉に住む道山の次男・孝之《たかゆき》と美乃里《みのり》の夫婦、彼らの息子の勝也《かつや》という一族がいるが、芸術家として成功している凜を除き、いずれも零落している。確かに最盛期は一兆円の資産を誇った榊原家だが、道山と昌房が乗り出した事業はすべて失敗。資産は目減りする一方なのに、名家のプライドから貴族的な生活を続けた結果、一族はどんどん落ちぶれていった。それでも腐っても榊原家、目減りしたとはいえそれなりの遺産が手に入ると踏んで、道山の死を知った一族は麴町の屋敷に集まった。無論、俊彦との貧乏暮らしにうんざりしている景子も遺産目当てである。高齢のトキと長患いの昌房が長くは生きないと予想されることや、代々家督を継ぐ長男が優遇される榊原家の旧弊な習わしを計算に入れれば、遠からず俊彦には億単位の金が転がり込む筈だ。

ところが、遺言状公開の席で誰も予想しないようなハプニングが起こった。俊彦が遺産相続の権利を放棄したのである。

何のために俊彦と結婚したのか……。景子は夫を翻意させようとするが、一度言い出したら聞かない俊彦の信念を覆すのは難しそうだ。他の親族も、遺産を掠《かす》め取ろうと策謀を仕掛けてくる。この四面楚歌《しめんそか》の事態を何とか切り抜けようと知恵を絞る景子だが、そんな彼女を更なる窮地が襲う。ある人物との諍《いさか》いの最中に相手を死なせてしまったのだ。殺すつもりはなかったとはいえ、事故死に見せかけるのは不可能な状況である。

ところが、放置したままだった死体が翌日には消えていた。誰が、何のために隠したのか？　今すぐ逮捕という最悪の事態は免れた景子だが、敵であれ味方であれ、誰かが自分の犯行を知っているという事実は不気味極まりない。彼女は死体を隠した人物＝Xの正体と目的を知ろうとする。場合によってはXを殺害することさえ覚悟しながら……。

ここまでの紹介でお察しの通り、本書は倒叙ミステリの体裁を取っている。倒叙ミステリとは、犯人が誰かを伏せてある通常のミステリとは異なり、基本的に犯人の視点から犯罪の計画と実行、そしてそれが露見する経緯を描くタイプであり、古典的な作例としてはリチャード・オースティン・フリーマン『歌う白骨』（一九一二年）やF・W・クロフツ『クロイドン発12時30分』（一九三四年）などが知られ、近年の日本のミステリでは大倉崇裕《おおくらたかひろ》の福家警部補シリーズ（二〇〇六年～）、倉知淳《くらちじゅん》の乙姫警部シリーズ（二〇一七年～）、降田天《ふるたてん》の狩野雷太シリーズ（二〇一九年～）などが代表例である。一般にはむしろ、『刑事コロンボ』（旧シリーズ一九六八～一九七八年、新シリーズ一九八九～二〇〇三年）や『古畑任三郎』（一九九四～二〇〇六年）といったTVドラマのほうがお馴染《なじ》みかも知れない。

ただし、通常の倒叙ミステリの場合、犯行計画の綻《ほころ》びを探偵役がいかに見出《みいだ》すかが読みどころとなっており、それが読者との知恵比べにもなっているのだが、中には変則的なパターンもある。犯人による計画に別の人物が介入してきたため犯人自身も事件の全容を把握していなかったり、記述の仕掛けによって事実の一部が伏せられていたりする作品だ。このパターンの古典的な名作は、犯人視点の第一部で主人公の名前が記されていないため登場人物の誰が犯人なのかわからないという趣向のアイラ・レヴィン『死の接吻』（一九五三年）である。『刑事コロンボ』でいえば「さらば提督」、『古畑任三郎』でいえば「今、甦る死」などがこの変則パターンだ。

本書もまた、そうした変則的倒叙ミステリに属する試みである。景子は主人公であり犯人でもあるが、自分が殺《あや》めた人物の死体を誰が隠したのかは知らないため、その正体を知ろうと推理する。その意味では、本書は景子を探偵役とするフーダニット（犯人探し）であるとも言えよう。景子の野望は成就するのか失敗するのか、そしてXの正体は誰なのか——という二種類のスリルを、本書の読者は味わうことができる。サスペンスと謎解きの要素を兼ね備えることで意外性を演出した、極めて技巧的な作品である。

著者の木元哉多は二〇一八年、『閻魔堂沙羅の推理奇譚』で第五十五回メフィスト賞を受賞してデビューした。閻魔《えんま》大王《だいおう》の娘である沙羅が、冥界《めいかい》にやってきた死者たちの懇願に応じて、現世への蘇《よみがえ》りか地獄行きかを懸けた十分間の推理ゲームを彼らに課す——という設定のこの作品はシリーズ化され、二〇二二年四月現在で七巻まで刊行されている。二〇二〇年、NHK総合で中条《なかじょう》あやみ主演により連続ドラマ化されたことも記憶に新しい。このシリーズの基本パターンは、自分が誰に殺されたのかを知らない死者が真犯人を推理する——というものだが、中には自分がどんな手段で殺害されたかを推理するエピソードや、他殺でも事故死でもなく自然死した人物がどうしても気にかかっている謎を推理するエピソードなど、変則的な趣向が用意された話も幾つか存在している。

初のノン・シリーズ作品である本書も、倒叙でありながらフーダニットでもあるという変則的ミステリであることを思えば、パターン破りに対する強い嗜好《しこう》が著者にはあるのかも知れない。この先、何をやってくれるのか全く読めない著者の、作家としての活動から目が離せそうにない。

本書は書き下ろしです。

作中に登場する人名・団体等は、すべてフィクションです。

遺《い》産《さん》相《そう》続《ぞく》を放《ほう》棄《き》します

木《き》元《もと》哉《かな》多《た》

令和4年 7月25日 初版発行

発行者●堀内大示

発行●株式会社KADOKAWA
〒102-8177 東京都千代田区富士見2-13-3
電話 0570-002-301(ナビダイヤル)

角川文庫 23182

印刷所●株式会社暁印刷
製本所●本間製本株式会社

表紙画●和田三造

ISBN 978-4-04-112542-7 C0193

◇◇◇

角川文庫発刊に際して

角川源義

第二次世界大戦の敗北は、軍事力の敗北であった以上に、私たちの若い文化力の敗退であった。私たちの文化が戦争に対して如何に無力であり、単なるあだ花に過ぎなかったかを、私たちは身を以て体験し痛感した。西洋近代文化の摂取にとって、明治以後八十年の歳月は決して短かすぎたとは言えない。にもかかわらず、近代文化の伝統を確立し、自由な批判と柔軟な良識に富む文化層として自らを形成することに私たちは失敗して来た。そしてこれは、各層への文化の普及滲透を任務とする出版人の責任でもあった。

一九四五年以来、私たちは再び振出しに戻り、第一歩から踏み出すことを余儀なくされた。これは大きな不幸ではあるが、反面、これまでの混沌・未熟・歪曲の中にあった我が国の文化に秩序と確たる基礎を齎らすためには絶好の機会でもある。角川書店は、このような祖国の文化的危機にあたり、微力をも顧みず再建の礎石たるべき抱負と決意とをもって出発したが、ここに創立以来の念願を果すべく角川文庫を発刊する。これまで刊行されたあらゆる全集叢書文庫類の長所と短所とを検討し、古今東西の不朽の典籍を、良心的編集のもとに、廉価に、そして書架にふさわしい美本として、多くのひとびとに提供しようとする。しかし私たちは徒らに百科全書的な知識のジレッタントを作ることを目的とせず、あくまで祖国の文化に秩序と再建への道を示し、この文庫を角川書店の栄ある事業として、今後永久に継続発展せしめ、学芸と教養との殿堂として大成せんことを期したい。多くの読書子の愛情ある忠言と支持とによって、この希望と抱負とを完遂せしめられんことを願う。

一九四九年五月三日

角川文庫ベストセラー

君を描けば嘘になる　綾崎　隼

瀧本灯子には絵しかなかった。ひたすら創作に打ち込む彼女の前に、南條遥都という少年が現れる。灯子は彼の才能を認め、遥都にだけは心を開くように。しかし嵐の夜、2人のアトリエを土砂崩れが襲い——。

教室が、ひとりになるまで　浅倉秋成

北楓高校で起きた生徒の連続自殺。ショックから不登校になっている幼馴染みの自宅を訪れた垣内は、彼女から「三人とも自殺なんかじゃない。みんな殺された」と告げられ、真相究明に挑むが……。

フラッガーの方程式　浅倉秋成

何気ない行動を「フラグ」と認識し、日常をドラマに変える〝フラッガーシステム〟。モニターに選ばれた涼一は、気になる同級生・佐藤さんと仲良くなれるのではと期待する。しかしシステムは暴走して⁉

ノワール・レヴナント　浅倉秋成

他人の背中に「幸福偏差値」が見える。本の背をなぞって内容をすべて記憶する。毎朝5つ、今日聞く台詞を予知する。念じることで触れたものを壊す。奇妙な能力を持つ4人の高校生が、ある少女の死の謎を追う。

いつか、虹の向こうへ　伊岡　瞬

尾木遼平、46歳、元刑事。職も家族も失った彼に残されたのは、3人の居候との奇妙な同居生活だけだ。家出中の少女と出会ったことがきっかけで、殺人事件に巻き込まれ……第25回横溝正史ミステリ大賞受賞作。

角川文庫ベストセラー

145gの孤独　伊岡　瞬

プロ野球投手の倉沢は、試合中の死球事故が原因で現役を引退した。その後彼が始めた仕事「付き添い屋」には、奇妙な依頼客が次々と訪れて……情感豊かな筆致で綴り上げた、ハートウォーミング・ミステリ。

瑠璃の雫　伊岡　瞬

深い喪失感を抱える少女・美緒。謎めいた過去を持つ老人・丈太郎。世代を超えた二人は互いに何かを見いだそうとした……家族とは何か。赦しとは何か。感涙必至のミステリ巨編。

教室に雨は降らない　伊岡　瞬

森島巧は小学校で臨時教師として働き始めた23歳だ。音大を卒業するも、流されるように教員の道に進んでしまう。腰掛け気分で働いていたが、学校で起こる様々な問題に巻き込まれ……傑作青春ミステリ。

代償　伊岡　瞬

不幸な境遇のため、遠縁の達也と暮らすことになった圭輔。新たな友人・寿人に安らぎを得たものの、魔の手は容赦なく圭輔を追いつめた。長じて弁護士となった圭輔に、収監された達也から弁護依頼が舞い込む。

本性　伊岡　瞬

他人の家庭に入り込んでは攪乱し、強請った挙句に消える正体不明の女《サトウミサキ》。別の焼死事件を追っていた刑事の下に15年前の名刺が届き、刑事たちは過去を探り始め、ミサキに迫ってゆくが……。

角川文庫ベストセラー

ブードゥー・チャイルド　歌野晶午

ぼくには前世があるのです。チャーリー、それがぼくの名前でした。ある雨の晩、おなかをえぐられて、ぼくは死にました。――現世に蘇る前世でいちばん残酷な日。戦慄の殺人劇の謎を描く新本格ミステリ大作！

ガラス張りの誘拐　歌野晶午

警察をてこずらせ、世間を恐怖に陥れた連続少女誘拐殺人事件。犯人と思われる男が自殺し、事件は解決したかに見えた。だが事件は終わっておらず、刑事の娘が誘拐されてしまった！　驚天動地の誘拐ミステリ。

さらわれたい女　歌野晶午

「私を誘拐してください」。借金だらけの便利屋を訪れた美しい人妻。報酬は百万円。夫の愛を確かめるための狂言誘拐はシナリオ通りに進むが、身を隠していた女が殺されているのを見つけて……。

世界の終わり、あるいは始まり　歌野晶午

東京近郊で連続する誘拐殺人事件。事件が起きた町内に住む富樫修は、ある疑惑に取り憑かれる。小学六年生の息子・雄介が事件に関わりを持っているのではないか。そのとき父のとった行動は……衝撃の問題作。

ジェシカが駆け抜けた七年間について　歌野晶午

カントクに選手生命を台無しにされたと、失意のうちに自殺したマラソンランナーのアユミ。同じクラブ・チームのジェシカは自分のことのように胸を痛めて泣いた。それから七年後。新たな事件が起こり……。

角川文庫ベストセラー

女王様と私　歌野晶午

さえないオタクの真藤数馬は、無職でもちろん独身。ある女王様との出会いが、めくるめく悪夢の第一歩だった……ミステリ界の偉才が放つ、超絶エンタテインメント！

ハッピーエンドにさよならを　歌野晶午

望みどおりの結末なんて、現実ではめったにないと思いませんか？　もちろん物語だって……偉才のミステリ作家が仕掛けるブラックユーモアと企みに満ちた奇想天外のアンチ・ハッピーエンドストーリー！

家守　歌野晶午

何の変哲もない家で、主婦の死体が発見された。完全な密室状態だったため事故死と思われたが、捜査のうちに30年前の事件が浮上する。歌野晶午が巧みに描く「家」に宿る5つの悪意と謎。衝撃の推理短編集！

Dの殺人事件、まことに恐ろしきは　歌野晶午

カメラマンの私は、道玄坂で出会った生意気な少年とダイニングバーで話をしていた。しかし、バーから見える薬局の様子がおかしくて――。（表題作）。江戸川乱歩の世界が、驚愕のトリックと新たな技術で蘇る！

名探偵、初心者ですが　舞田ひとみの推理ノート　歌野晶午

焼け跡から女の刺殺体が。所轄の刑事、舞田歳三は、11歳の姪、ひとみの言葉をきっかけに事件の盲点に気づき……次々に起きる難事件に叔父・姪コンビが挑む！　予測不能な本格ミステリ！

角川文庫ベストセラー

名探偵は反抗期 舞田ひとみの推理ノート　歌野晶午

募金詐欺師の女を追う女子中学生3人組と出会った14歳の舞田ひとみは、成り行きで殺人事件に巻き込まれ……次々起きる難事件。予測不能の真相に驚愕必至の大胆不敵な本格青春ミステリ。

誘拐リフレイン 舞田ひとみの推理ノート　歌野晶午

かつて、いくつもの難事件を解決した少女・舞田ひとみは、幼児の誘拐事件に巻き込まれる。ひとみは誘拐された子供を見つけ出すが、それは静かな街を飲み込む壮大な事件の序章に過ぎなかった……。

犯罪者（上）（下）　太田　愛

白昼の駅前広場で4人が殺害される通り魔事件が発生。犯人は逮捕されたが、ひとり助かった青年・修司は再び襲撃を受ける。修司は刑事の相馬、その友人・鑓水と3人で、暗殺者に追われながら事件の真相を追う。

幻夏　太田　愛

少女失踪事件を捜査する刑事・相馬は現場で奇妙な印を発見した。それは23年前の夏、忽然と消えた親友の少年が残した印と同じだった。印の意味は？　やがて相馬の前に司法が犯した恐るべき罪が浮上してくる。

天上の葦《あし》（上）（下）　太田　愛

渋谷の交差点で空の一点を指さして老人が絶命した。同日に公安警察の山波が失踪。老人の調査を依頼された興信所の鑓水と修司、停職中の刑事・相馬の3人は、老人と山波がある施設で会っていたことを知る。

角川文庫ベストセラー

角川文庫ベストセラー

真実の檻　下村敦史

亡き母は、他の人を愛していた。その相手こそが僕の本当の父、そして、殺人犯。しかし逮捕時の状況には謎が残っていた――。『闇に香る嘘』の著者が放つ渾身のリーガルミステリ。

サハラの薔薇　下村敦史

エジプトで発掘調査を行う考古学者・峰の乗るパリ行き飛行機が墜落。機内から脱出するとそこはサハラ砂漠だった。生存者のうち6名はオアシスを目指して砂漠を進み始めるが食料や進路を巡る争いが生じ⁉

悪い夏　染井為人

生活保護受給者（ケース）を相手に、市役所でケースワーカーとして働く守。同僚が生活保護の打ち切りをネタに女性を脅迫していることに気づくが、他のケースやヤクザも同じくこの件に目をつけていて――。

正義の申し子　染井為人

ユーチューバーの純は会心の動画配信に成功する。悪徳請求業者をおちょくるその配信の餌食となった鉄平は、純を捕まえようと動き出すが……出会うはずのなかった2人が巻き起こす、大トラブルの結末は？

クレシェンド　竹本健治

ゲームソフトの開発に携わる矢木沢は、ある日を境に激しい幻覚に苦しめられるようになる。幻覚は次第に進化し古事記に酷似したものとなっていく。『涙香迷宮』の鬼才・竹本健治が描く恐怖のメカニズム。

角川文庫ベストセラー

角川文庫ベストセラー

確信犯　大門剛明

かつて広島で起きた殺人事件の裁判で、被告人は真犯人であったにもかかわらず、無罪を勝ち取った。14年後、当時の裁判長が殺害され、事態は再び動き出す。事件の関係者たちが辿りつく衝撃の真相とは⁉

獄《ひとや》の棘《とげ》　大門剛明

新米刑務官の良太は、刑務所内で横行する「赤落ち」と呼ばれるギャンブルの調査を依頼される。ギャンブル調査をきっかけに、いじめや偽装結婚など、刑務所内にはびこる闇に近づいていく良太だったが——。

優しき共犯者　大門剛明

製鎖工場の女社長を務める翔子は、押し付けられた連帯保証債務によって自己破産の危機に追い込まれていた。翔子の父に恩のあるどろ焼き屋の店主・鳴川が金策に走るなか、債権者が死体で発見され——。

正義の天秤　大門剛明

スター弁護士を喪いピンチの巨大法律事務所。助っ人は、元医師で弁護士の鷹野和也。彼は事務所を「診断」し、無能な弁護士のリストラを宣言。しかも「絶対不可能な案件で、死刑求刑を回避する」と言い出し……。

正義の天秤
アイギスの盾　大門剛明

元医師の弁護士・鷹野を筆頭に、元ニートのゲームオタク、容姿端麗な元裁判官、名弁護士の娘、元刑事など、異色の経歴を持つ弁護士軍団が型破りな法廷戦術で真実を追求する。最強リーガル・ミステリ第二弾。

角川文庫ベストセラー

天使の屍　貫井徳郎

14歳の息子が、突然、飛び降り自殺を遂げた。真相を追う父親の前に立ち塞がる《子供たちの論理》。14歳という年代特有の不安定な少年の心理、世代間の深い溝を鮮烈に描き出した異色ミステリ！

崩れる　結婚にまつわる八つの風景　貫井徳郎

崩れる女、怯える男、誘われる女……ストーカー、DV、公園デビュー、家族崩壊など、現代の社会問題を「結婚」というテーマで描き出す、狂気と企みに満ちた、7つの傑作ミステリ短編。

北天の馬たち　貫井徳郎

横浜・馬車道にある喫茶店「ペガサス」のマスター毅志は、2階に探偵事務所を開いた皆藤と山南の仕事を手伝うことに。しかし、付き合いを重ねるうちに、毅志は皆藤と山南に対してある疑問を抱いていく……。

女が死んでいる　貫井徳郎

二日酔いで目覚めた朝、ベッドの横の床に見覚えのない女の死体があった。俺が殺すわけがない。知らない女だ。では誰が殺したのか――？（「女が死んでいる」）表題作他7篇を収録した、企みに満ちた短篇集。

生首に聞いてみろ　法月綸太郎

彫刻家・川島伊作が病死した。彼が倒れる直前に完成させた愛娘の江知佳をモデルにした石膏像の首が切り取られ、持ち去られてしまう。江知佳の身を案じた叔父の川島敦志は、法月綸太郎に調査を依頼するが。

角川文庫ベストセラー

ノックス・マシン　法月綸太郎

上海大学のユアンは、国家科学技術局から召喚の連絡を受けた。「ノックスの十戒」をテーマにした彼の論文で確認したいことがあるというのだ。科学技術局に出向くと、そこで予想外の提案を持ちかけられる。

パズル崩壊 WHODUNIT SURVIVAL 1992-95　法月綸太郎

女の上半身と男の下半身が合体した遺体が発見された。残りの体と密室トリックの謎に迫る（「重ねて二つ」）。現金強奪事件を起こした犯人が陥った盲点とは？（「懐中電灯」）全8編を収めた珠玉の短編集。

神様の裏の顔　藤崎　翔

神様のような清廉な教師、坪井誠造が逝去した。その通夜は悲しみに包まれ、誰もが涙した……と思いきや、年齢も職業も多様な参列者たちが彼を思い返すうち、とんでもない犯罪者であった疑惑が持ち上がり……。

偽りの春 神倉駅前交番　狩野雷太の推理　降田　天

「落としの狩野」と呼ばれた元刑事の狩野雷太。過去を抱えて生きる彼と対峙するのは、一筋縄ではいかない5人の容疑者で——。日本推理作家協会賞受賞作「偽りの春」収録、心を揺さぶるミステリ短編集。

直線の死角　山田宗樹

やり手弁護士・小早川に、交通事故で夫を亡くした女性から、保険金示談の依頼が来る。事故現場を見た小早川は、加害者の言い分と違う証拠を発見した。第18回横溝正史賞大賞受賞作。

角川文庫ベストセラー

魔欲　山田宗樹

広告代理店に勤める佐東は、プレゼンを繰り返す忙しい日々の中、自分の中に抑えきれない自殺衝動が生まれていることに気づく。無意識かつ執拗に死を意識する自分に恐怖を感じ、精神科を訪れるが、そこでは⁉

代体　山田宗樹

意識を自由に取り出し、人が体を乗り換え「健康」に生きる近未来、そこは楽園なのか⁉ 意識はどこに宿るのか——永遠の命題に挑む革命的に進歩するＡＩと向き合う現代に問う、サイエンス・サスペンス巨編。

悪党　薬丸岳

元警官の探偵・佐伯は老夫婦から人捜しの依頼を受ける。息子を殺した男を捜し、彼を赦すべきかどうかの判断材料を見つけて欲しいという。佐伯は思い悩む。彼自身も姉を殺された犯罪被害者遺族だった……。

アノニマス・コール　薬丸岳

3年前の事件が原因で警察を辞めた朝倉真志。娘の誘拐を告げる電話が、彼を過去へと引き戻す。誘拐犯の正体は？ 過去の事件に隠された真実とは？ 社会派ミステリの旗手による超弩級エンタテインメント！

ラストナイト　薬丸岳

顔には豹柄の刺青がびっしりと彫られ、左手は義手。傷害事件を起こして服役して以来、32年の間刑務所を出たり入ったりの生活を送る男には、秘めた思いがあった——。心奪われる、入魂のミステリ。